Dietrich Knak
Stammhalter

Dietrich Knak

Stammhalter

Ein Baden-Baden-Krimi

Silberburg-Verlag

Dietrich Knak, 1942 in der Nähe von Danzig geboren, lebte lange in Leipzig, wo er Betriebswirtschaft und Gießereiwesen studierte, danach in einem Ingenieurbetrieb arbeitete, heiratete und zweifacher Vater wurde. Schon in dieser Zeit schrieb er zahlreiche Kabaretttexte und Kriminalhörspiele. Noch vor der Wende zog er nach Stuttgart, dort war er im IT-Bereich großer Firmen tätig. Seit einigen Jahren wohnt er in Baden-Baden.

1. Auflage 2011

Lektorat: Michael Raffel, Tübingen.
Umschlaggestaltung: Wager ! Kommunikation, Altenriet.
Druck: CPI books, Leck.
Printed in Germany.

ISBN 978-3-8425-1117-0

1

Ich hatte schlecht geschlafen. Meine üblichen Probleme hingen an mir wie ein junges Kätzchen, das gestreichelt werden wollte. Ich war nahezu pleite, bei den Frauen klappte so gut wie nichts, und ich hatte keinen Auftrag. Nicht einmal ein weggelaufener Hund oder eine verwirrte Oma wollten gefunden werden, und kein Ehepartner zeigte ein Interesse daran, was die andere Hälfte trieb. Mühsam rappelte ich mich hoch und schwankte benommen zum Fenster. Dort starrte ich in eine graue, allgegenwärtige Wolkendecke, die wie ein Betondeckel über Baden-Baden hing und die Stadt zu erdrücken drohte. Selbst die Bäume hatten dieses entsetzliche Grau übergestreift!

Ich schloss die Augen und entschied mich, an etwas Erfreuliches zu denken. Vergebens, alles in meinem Kopf verformte sich nach Kurzem zu einem zäh dahinkriechenden, grauen Brei. Bis ich meine Augenlider vorsichtig ein paar Millimeter nach oben schob. Es traf mich wie eine Erleuchtung. Die Stadt lebte! Und wie sie lebte! Auf der Lichtentaler fuhren die schicksten Autos, die zahlreichen Straßencafés begannen sich zu füllen, akkurat angezogene Männer und Frauen gingen mit festem Schritt in Richtung Kongresshaus, Penner hockten auf einem kleinen Rasenstück und hielten sich an ihrem ersten Bier fest, zur Innenstadt hin sprudelten gleich mehrere Brunnen, und die beiden üppig verzierten Türme der Stadtkirche schauten dem Treiben erhaben zu.

Ich überlegte, was heute so anstand? Rasenmähen auf der Merkurseite, ganz weit oben, da, wo die besonders Reichen wohnten. Das waren zwei Stunden Arbeit, die mir dreißig Euro einbringen würden. Kleine Gärtnerarbeiten hielten mich momentan über Wasser.

Es klingelte. Widerwillig streifte ich den Pullover über und schlurfte zur Tür. Mein Vermieter, der über mir wohnte und wie ich ein Junggesellendasein führte, lächelte mich ausgeruht und vor morgendlichem Tatendrang strotzend an. Mir fiel auf, dass er abgenommen hatte, besonders um die Lendengegend, auch die Backen hatten an Umfang eingebüßt, während die obligatorische Wolke Lavendelduft, mit der er sich gerne umgab, heute noch eine Spur intensiver daherkam. Nur sein Oberlippenbärtchen dümpelte wie gehabt vor sich hin.

»Bonjour, Monsieur Marowski!«

»Bonjour«, murmelte ich ebenfalls. Es gab keinen Zweifel: Monsieur Hausbesitzer hatte einen seiner französischen Tage. Ob es mit seinem Liebesleben oder seinen Geschäften zusammenhing – ich wusste es nicht. Er war diesbezüglich nicht gerade mitteilsam. Doch ich nahm es gelassen. Denn wir hatten auch Gemeinsamkeiten, schließlich waren wir beide um die ein Meter achtzig und Mitte dreißig. Ab da begannen allerdings die Unterschiede: Ich stand auf preiswerte Jeans, T-Shirts und Turnschuhe. Er auf feine Anzüge, Leinenhemden, Seidenkrawatten, handgefertigte Schuhe und Hüte. Alles grundsätzlich aus den besten Herrenboutiquen der Stadt zusammengetragen. Allein der hellblaue Armani-Anzug, in dem er heute steckte, war sicher mehr wert als mein kompletter Kleiderschrank samt Inhalt.

»Herr Marowski! Wir müssen reden! Dringend!«, sagte Dr. Wohlleben forsch, aber durchaus wohlwollend und dazu in lupenreinem Hochdeutsch.

Ich fragte mich, wie der echte Badener Junge, der er eindeutig war, das hinbekommen hatte. Routiniert rückte er Hut und Krawatte zurecht, klopfte mir jovial auf die Schulter und betrat wie selbstverständlich mein Wohnzimmer, wo er sich genauso selbstverständlich auf meinem Sofa niederließ. Anfangs hatte ich mich noch darüber geärgert, inzwischen steckte ich es gelassen weg. Doch aus heiterem Himmel keimte ein vager Verdacht in mir auf. Er war gekommen, um mich auf eine Mieterhöhung vorzubereiten. Er wusste genau, dass ich so früh am Tag nahezu wehrlos war. Gleich würde er mich mit seinem Wortschwall niederstrecken. Drei Jahre keine Mieterhöhung, alles sei teurer geworden, und natürlich die traumhafte Lage! Ihm lägen Anfragen aus aller Welt vor. Baden-Baden sei das Mekka der Reichen, nicht der Habenichtse! Doch ich nahm mir vor, es ihm nicht einfach zu machen. Zu sehr liebte ich meine Bleibe. Schließlich war sie rundum mit Vorteilen gespickt. Lag zentral, war hell, hatte hohe Räume und diente mir obendrein als Büro. Auch hatte Dr. Wohlleben mich vor etwa einem Jahr zum Hausmeister erhoben und mir damit wenigstens einen festen Einnahmeposten beschert. Ich würde einfach meine Einnahmeseite aufpäppeln. Das war die Lösung! Mit ein wenig Anstrengung schaffte ich es, ihm tapfer in die Augen zu schauen. Bis ich es sogar hinbekam, ihn anzulächeln.

»Herr Marowski, nun machen Sie sich mal nicht in die Hose! Ich bin nicht hier, um Ihnen die Miete zu erhöhen«, begann Dr. Wohlleben trocken und schüttelte dabei verwundert den Kopf, während er mit Hingabe sein desolates Oberlippenbärtchen streichelte. »Sie sollten längst mitbekommen haben, dass ich nicht geldgierig bin. Daran wird sich auch künftig nichts ändern! Übrigens, nennen Sie mir einen triftigen Grund, warum ich es sein sollte?«

Ich zuckte hastig mit den Schultern.

Unvermittelt beugte er sich zu mir. »Haben Sie heute Abend schon einen Termin?«

Ich schüttelte spontan den Kopf.

»Wunderbar!« Seine Rechte klatschte auf den Tisch, während er mich aufgeräumt anstrahlte. »Frau Katharina Berger und ihre jüngere Schwester Anna möchten Sie nämlich kennenlernen. Sie haben von den Damen gehört?«

Mein Gehirn kramte blitzschnell zusammen, was zu diesem Thema in ihm herumlag. Alter Baden-Badener Geldadel, gesegnet mit Hotels, Immobilien, diversen Firmenbeteiligungen, dazu ledig und ohne Kinder, sollen sehr zurückgezogen leben. Mehr war in meinen grauen Zellen nicht vorrätig.

»Rasen mähen oder Dachrinnen säubern?«, fragte ich vorsichtig.

»Nein, nein! Derartiges liegt bereits in kompetenten Händen. Ihre Schokoladenseite ist gefragt: Ermitteln!« Er lächelte mir spitzbübisch zu. »Ich liege damit doch richtig?«

Auch wenn ich äußerlich stumm blieb, war ich auf der Stelle hellwach.

»Nichts Aufregendes, aber immerhin«, fuhr er fort, dann hielt er unvermittelt inne, um seine Fingernägel zu überprüfen. Offenbar gefiel ihm, was er sah, denn er fuhr mit neuem Schwung fort: »Was für Sie dabei besonders erfreulich ist: Die Damen zahlen anständig!«

Als ich immer noch keinerlei Gefühlsregung zeigte, verfinsterte sich sein Blick, seine Füße begannen ungeduldig zu wippen. »Herr Marowski, so ein ganz klein bisschen könnten Sie sich schon freuen! Neben einem anständigen Honorar bekommen Sie schließlich auch einen Fuß in die Tür zu den höheren Schichten unserer wunderschönen Stadt. Allein das kann für Sie von unschätzbarem Wert sein. Zu dem Auftrag selbst möchte ich nichts sagen. Ich könnte mir Ärger mit den Damen einhandeln. Was ich tunlichst vermeiden möchte!«

Als ich mich selbst davon unbeeindruckt zeigte, verfinsterte sich sein Blick zusehends, während sich auf seiner Stirn eine tiefe Falte zeigte. »Mein Lieber, Ihnen fehlt es irgendwie an Schmiss! Was denken Sie, was ich täglich um die Ohren habe: Mietschulden, faule Handwerker, explodierende Energiekosten! Und obendrein ständig das Finanzamt im Nacken! Trotzdem, ich lasse mich grundsätzlich nicht gehen.« Sein Zeigefinger zeigte wie eine spitze Waffe auf meine Brust, jederzeit bereit, dort einzudringen. »Haben Sie mich jemals mit so einem Gesicht dasitzen sehen?«

Statt ihm zu antworten, suchte ich den Fußboden nach Kaffeeflecken ab und hustete verlegen.

»Verdammt, Sie sind so entsetzlich deutsch! Immer grübeln, immer besorgt! Das komplette Elend dieser Welt hat sich wie eine Zecke an Ihnen festgebissen. Als ob das schick wäre! Mein Lieber, Sie sollten öfter nach Frankreich fahren. Unsere Nachbarn wissen, wie man leben sollte.« Als ich immer noch keine Reaktion zeigte, schien er endgültig genug von mir zu haben. Rasch erhob er sich und legte eine Visitenkarte auf den Tisch. Seine Stimme klang frostig: »Die Adresse der Damen! Ansonsten, heute Abend, zwanzig Uhr! Und seien Sie pünktlich!«

»Zwanzig Uhr«, murmelte ich und war heilfroh, dass ich keine Mieterhöhung abbekommen hatte und stattdessen ein Auftrag winkte, aber am meisten freute es mich, dass ich jeden Augenblick meine Wohnung wieder für mich haben würde.

Warum ich meine Gefühle nicht zeigen konnte? Ich wusste es nicht. Es ist einfach schon immer so gewesen. Wahrscheinlich lag es an meinen Genen. Vom Verstand her sollte ich meinem Vermieter um den Hals fallen. Vielleicht wurde es sogar die erste richtige Arbeit in meinem bisherigen Ermittlerdasein. Auch mein geschundenes Konto ... Für das fielen Weihnachten und Ostern auf einen Tag. Trotzdem, auf Bestellung lächeln? Ich bekam es einfach nicht hin!

Dr. Wohlleben blieb wider Erwarten in der Tür stehen, drehte sich noch einmal zu mir um und fragte drohend: »Ihre Lizenz als Ermittler haben Sie sich inzwischen hoffentlich besorgt?«

Ich nickte. Nicht nur das – ich hatte mir mit der Lizenz sogar ganz legal eine Waffe angeschafft, eine Original-Beretta, auf die ich ziemlich stolz war.

»Oder bereuen Sie es, dass Sie Ihren einträglichen Job bei der Bank hingeschmissen haben?«

Ich schüttelte den Kopf.

»Nun, Hauptsache, Sie ziehen bei den Damen nicht so ein Gesicht! Das sind die nicht gewohnt. Geben Sie sich locker, so ein bisschen weltmännisch, so mit Schmäh! Sonst besteht die Gefahr, Sie fliegen raus, noch bevor Sie dazu gekommen sind, ordentlich ›guten Abend‹ zu sagen. Salut!«

Danach hatte ich meine Wohnung endlich wieder für mich. Umgehend baute sich in meinem Kopf die Frage auf: Begann für Peter Marowski etwa eine neue Zeitrechnung? So mit ganz viel Geld? War ich gerade dabei, in Richtung großer Detektiv zu marschieren? Oder kam nur eine besonders dreckige Drecksarbeit auf mich zu? Eigenartigerweise lag die bei den Reichen herum wie bei unsereinem Staubfusseln.

Das Telefon schrillte. Kaum hielt ich mir den Hörer ans Ohr, plapperte mir die nervige Welmke mit ihrer piepsigen Stimme erbarmungslos das Hirn voll. Die alte Dame wohnte in der Parterrewohnung direkt unter mir. Vom Schnitt her, von der Zimmerhöhe und überhaupt allem Äußerlichen waren unsere Wohnungen völlig identisch. Es gab nur einen Unterschied: Ihre war vollgestellt mit hochwertigen Antiquitäten, meine mit gewöhnlichem Ikea-Mobiliar. Das meiste davon auch noch aus zweiter Hand, die beiden Stühle und der Tisch sogar vom Sperrmüll. Aber davon abgesehen – die Frau steckte bis zum Hals voller Gift und hasste mich inbrünstig. Obendrein nutzte sie jeden Anlass, mich bei Dr. Wohlleben schlechtzumachen. Dabei war ich nie unfreundlich zu ihr, eher das Gegenteil. Ich rätselte schon lange herum. Lag es an meinem Gesicht oder an meinem Beruf? So viel stand fest: Eines Tages würde ich fürchterlich zurückschlagen. Aber nicht heute, wo Größeres anstand.

»Herr Marowski, ich habe es Ihnen gestern schon gesagt: Im Keller ist eine Glühbirne kaputt. Wenn ich stolpere und mir was ...« Allein der Gedanke raubte ihr die Luft und ließ sie für einen Moment verstummen. »Wenn mein Mann noch leben würde, gäbe es so etwas nicht!«

»Frau Welmke, ich bin schon unterwegs.«

»Das ist wohl selbstverständlich! Schließlich werden Sie dafür von Dr. Wohlleben anständig bezahlt!«

Auch den Hieb steckte ich anstandslos weg, vergaß das Frühstück und streifte mir einen grauen, bereits von meinen Vorgängern getragenen Hausmeisterkittel über. Das verlieh mir den Status eines ehrlich Schaffenden. Schnell öffnete ich den Küchenschrank, hinter meinen beiden Teetassen fand ich gottlob noch eine passende Glühbirne. Eine von diesen klassischen. Damit sich die Welmke nicht noch die Knochen brach, während sie darauf warten musste, bis eine Energiesparlampe sich ihre volle Leuchtkraft erarbeitet hatte. Danach machte ich mich unverzüglich auf den Weg. Schließlich durfte ich meine einzige finanzielle Säule nicht unnötig aufs Spiel setzen.

2

Eine Minute vor acht stand ich vor dem Berger'schen Grundstück. Ich war zu Fuß gekommen und hatte damit mindestens einen Liter Super im Tank meines Golfs gelassen. Sparen war alldieweil eins meiner wenigen Hobbys. Leider ohne merkliche Auswirkungen auf meinen Kontostand.

Ich fragte mich zum wiederholten Mal: Was wollten diese stinkreichen Frauen von mir? In Bade-Bade, wie die Badener die Stadt nannten, gab es wahrlich ausreichend Polizisten, Detekteien und Securityfirmen. Die hatten ganz andere Möglichkeiten. Ich war ein Einzelkämpfer, mit einer sehr bescheidenen Ausstattung, und dazu ein Neuling. Rasch drückte ich auf einen in Marmor eingebetteten Klingelknopf. Danach hatte ich das Gefühl, mehrere Überwachungskameras begutachteten meine Fingernägel.

»Herr Marowski, das nenne ich pünktlich!«, tönte es aus der Sprechanlage. Gleichzeitig surrte es, und ein schmiedeeisernes Tor öffnete sich. Ich schritt über hellen Kies, vorbei an Rosen, kurz gehaltenem Rasen und sorgfältig geschnittenen Büschen. Im Hintergrund lag der Merkur, Baden-Badens Hausberg. Selbst um diese Zeit waren noch ein gutes Dutzend Gleitschirmsegler dabei, ihn zu umkurven. Nach etwa dreißig Metern stand ich vor einer roten Sandsteinvilla, deren spitze Türme mich an preußische Pickelhauben erinnerten.

Ich war noch am Rätseln, wie diese Festung zu nehmen sei, als sich eine der Türen öffnete. Ein blasses schmales Gesicht blickte mich an. Ich kannte es von Leuten, die viel zu viel arbeiteten. Überrascht stellte ich fest, wie schlicht die Frau angezogen war. Weiße Seidenbluse, enger knielanger Rock, einfache Sandalen und die halblangen dunkelblonden Haare im Nacken zu einem Knoten zusammengeführt. Ansonsten kein Schmuck, keine Rüschen, kein Make-up und am Körper kein Gramm Fett. Alles genauso preußisch wie das Gebäude. Das große Geld wurde hier nicht öffentlich zur Schau gestellt. Wer nicht wüsste, dass er einer der reichsten Personen dieser Gegend gegenüberstand, könnte sie glatt übersehen. Doch ich wusste es und lächelte sie an.

»Herr Marowski, meine Schwester und ich freuen uns, Sie kennenzulernen.« Sie sprach ruhig und ziemlich leise, gleichzeitig glitten ihre kleinen, graugrünen Augen unaufgeregt über mich hinweg. Die erste Prüfung hatte ich offenbar bestanden, denn ihr Kopf deutete ins Innere.

»Kommen Sie!«

Wir schritten über blankgeschliffenen Marmor, vorbei an Antiquitäten, diversen Plastiken und vielen modernen Bildern. Schließlich kamen wir in ein riesiges Wohnzimmer, ausgelegt mit Teppichen, in denen man zu versinken drohte. Dazu Blumen, kleine zierliche Tische, wuchtige alte Schränke und viele kuschelige Sitzmöglichkeiten. Alles verströmte zentnerweise Wohlfühleffekte. Und über allem schwebte Lavendelduft. Der Raum endete an einer Glasfront, dahinter eine Terrasse. Wer hier stand, dem lag die Innenstadt zu Füßen. Ich war tief beeindruckt. Der liebe Gott hätte nicht schöner wohnen können.

Katharina Berger lächelte. »Unser bescheidenes Refugium!« Sie schaute sich kurz um. »Meine Schwester telefoniert dummerweise gerade mit ihrer Galeristin. Nun ja, sie malt, ich kümmere mich um die Firma. So kommen wir uns wenig in die Quere.« Sie hob lächelnd den Zeigefinger. »Also meistens schaffen wir es. Ansonsten schlage ich vor, wir verlieren keine Zeit und fangen schon mal an.«

Wir setzten uns. Sie zeigte ein bisschen Bein, legte die Hände ineinander und lehnte sich zurück. Alles, was sie tat, wirkte gelassen und wie selbstverständlich. Ich hingegen hatte zu tun, meine unruhigen Hände in den Jacketttaschen unterzubringen.

»Herr Marowski, haben Sie schon von uns gehört?«

»Sie sollen kein Sozialfall sein.«

Erst lachte sie herzhaft, dann schaute sie mich mit großen Augen freundlich an. »So nett hat das noch nie jemand gesagt. Das muss ich meiner Schwester erzählen.« Danach wurde sie schnell wieder ernst. »Erst einmal möchte ich Ihnen ein wenig Historie zumuten! Unsere Firma besteht in der dritten Generation. Aus sehr bescheidenen Anfängen wurde inzwischen ein Konglomerat aus Hotels, verschiedenen gastronomischen Einrichtungen, Immobilien, Beteiligungen. Unser letzter Husarenritt: Wir haben in Sankt Petersburg und Umgebung mehrere Hotels gekauft. Wir machen sozusagen spiegelbildlich, was die Russen uns hier in Baden-Baden vormachen. Ja, Herr Marowski, wir sind erfolgreich! Bisher! Materiell gesehen. Obwohl ich nicht verhehlen möchte, dass wir in letzter Zeit auch ein paar Schrammen abbekommen haben. Die Finanzkrise. Doch alles in allem haben wir uns inzwischen wieder so einigermaßen berappelt.«

Danach senkte sie den Blick und sprach leise weiter: »Aber eins haben wir versäumt: für einen kleinen Berger zu sorgen! Einen, in dem wir uns wiedererkennen und der das alles hier einmal weiterführt! In dieser Hinsicht sind meine Schwester und ich schlichtweg Versager.«

Ich konnte sie nur zu gut verstehen: Sie wollten auch künftig ihr Vermögen in den eigenen Reihen sehen. Das war ein elementares menschliches Bedürfnis. Ich hätte auch gerne einen kleinen Marowski. Wenn ich mir auch nicht sicher war, ob er haarklein wie ich sein sollte. Und plötzlich, wie aus dem Nichts, tauchte in meinem Kopf die Frage auf: Warum breitete meine Gesprächspartnerin derartige Dinge vor mir aus? Ich konnte den Damen auch keinen Nachfolger aus dem Ärmel zaubern. Dazu waren Privatermittler in der Regel nicht zuständig.

»Gott sei Dank ist meine Schwester sieben Jahre jünger! Dennoch, auch bei ihr tickt die biologische Uhr. Ich will damit sagen: Es besteht Handlungsbedarf. Allerdings ist die Sache nicht so einfach, wie sie Ihnen auf den ersten Blick erscheinen mag. Wir brauchen nämlich nicht irgendeinen kleinen Berger, sondern einen, der mal in der Lage sein wird, das Unternehmen erfolgreich weiterzuführen. Das kann nur klappen, wenn wir den absolut richtigen Vater für ihn finden. Herr Marowski, und jetzt kommen Sie ins Spiel.«

Ich krallte die Finger in den Bezug des Sessels, Schweißperlen liefen mir über das Gesicht, während ich mein Gegenüber ungläubig anstarrte. Eigentlich gab es nur eine Erklärung: Ich musste mich verhört haben!

»Herr Marowski, bleiben Sie ganz ruhig!« Katharina Berger lächelte milde über mich hinweg und hob besänftigend die Hände. »Es gibt bereits zwei überaus geeignete Kandidaten. Und zwar beide mit hohem IQ, obendrein kerngesund und natürlich durch und durch potent. Einer ist promovierter Physiker, der andere Gymnasiallehrer. Und beide wohnen in Baden-Baden!«

Aus meinen Fingern wich die Spannung, aus meinem Körper die angestaute Luft. »Dann wäre ja alles klar!«, hörte ich mich sagen.

»Nicht ganz! Sie müssen wissen, meine Schwester und ich, wir sind sehr vorsichtige Frauen. Deshalb wollen wir alles über die potentiellen Väter wissen. Und zwar auch das, was nicht aus dem IQ und den Blutwerten herausgelesen werden kann: Vorlieben, Macken, Phobien, starke und schwache Seiten, so das rein Menschliche eben. Sie verstehen?«

Ich nickte.

»Wir haben uns gedacht, Sie nehmen mit den beiden Kandidaten Kontakt auf und bringen sie dazu, sich Ihnen gegenüber zu öffnen. So kann man am besten sehen, welche menschlichen Qualitäten wirklich in ihnen stecken. Sind sie ganze Männer, oder tun sie nur so! Herr Marowski, setzen Sie dabei auf Ihre Menschenkenntnis, Ihre intuitiven Fähigkeiten. Sie sollen diesbezüglich ausgesprochen talentiert sein ... haben wir gehört. Und natürlich dürfen die beiden nichts mitbekommen. Aber das versteht sich wohl von alleine.«

Dr. Wohlleben hatte mich offenbar ins rechte Licht gerückt. Trotzdem fand ich, an dem Auftrag haftete ein Geschmäckle. Das roch arg nach einer Schnüffelorgie.

Plötzlich stand sie vor mir: Anna Berger. Ein Blick reichte, und ich wusste, dass es ihr bestimmt nicht schwerfiel, das Projekt Schwangerschaft in die Tat umzusetzen. Sie hatte zweifelsohne die Werkzeuge dafür. Sinnliche Lippen, hintergründig flackernde Augen, volle Brüste. Und alles durch reichlich Schmuck und Accessoires ins rechte Licht gerückt. Nur ihr Körper, der in einem langen, schwarzen Kleid steckte, das sich eng um die Figur spannte, war für meinen Geschmack ein wenig zu kräftig ausgefallen. Dennoch, die Frau hatte es bei uns Männern ganz sicher nicht übermäßig schwer.

»Sie müssen dieser Detektiv sein?«, sagte sie mit einer leicht angerauten Stimme.

Ich nickte. »Ihre Schwester war so nett und hat mich bereits eingeweiht.«

»Nun ja, womit wir Sie beauftragen wollen, ist natürlich keine Herkulesaufgabe, dennoch sollte es getan werden. Wissen Sie, ich kann nicht ein Jahr mit dem einen und ein Jahr mit dem anderen gehen, um herauszufinden, was mit den beiden Herren wirklich los ist. Dafür fehlt mir die Zeit, auch habe ich nicht die Nerven dazu. Andererseits dürfen wir uns bei der Partnerwahl keinen Fehler erlauben. Das wäre eine Katastrophe! Sie verstehen?«

Ihre Antwort gefiel mir nicht. Ich fand, sie wurde mir von zu weit oben mitgeteilt. Mein Blick richtete sich herausfordernd auf sie. »Frau Berger, darf ich ehrlich sein?«

»Ich bitte darum!«

»Wenn man Sie so anschaut, fragt man sich unwillkürlich: Warum sind Sie nicht längst verheiratet oder wenigstens liiert? An Kandidaten dürfte es Ihnen kaum gemangelt haben.«

»Finden Sie?«

Ich nickte lächelnd.

Ihre Hände spielten etwas heftiger mit dem Schmuck. »Es war bisher einfach noch nicht der Richtige dabei. Zugegeben, meine Anforderungen an das starke Geschlecht sind hoch. Eine Sache möchte ich allerdings geraderücken – bevor es zu Missverständnissen kommt. Zuallererst geht es uns um einen leiblichen Erben! Heiraten, Liebe oder was es sonst noch gibt, spielen bei dieser Sache eine eher untergeordnete Rolle.«

»Richtig, wir wollen einen geeigneten Erben! Nicht mehr und nicht weniger!«, fügte die Ältere schnell hinzu.

Während die Schwestern sich zulächelten, kam ein ungutes Gefühl in mir hoch. Natürlich war der Auftrag simpel. Nirgendwo konnte ich eine Gefahr für mich ausmachen. Das Geld brauchte ich auch. Trotzdem, irgendetwas erschien mir oberfaul. Warum ging sie nicht einfach mit den beiden ins Bett? Das musste kein Jahr dauern, würde ihr aber jede Menge Erkenntnisse bringen. Reiche tickten offenbar anders. Vor allem schützten sie ständig was. Ihr Geld, ihre Immobilien, ihre Erbschaften, ihren Ruf, ihre Gesundheit.

Ich sagte gedehnt: »Es sind sehr persönliche Dinge, in die ich da eindringen soll. Geben Sie mir bitte Zeit, darüber nachzudenken.«

Die Ältere schaute mich sichtlich verärgert an. »Herr Marowski, auch wenn Ihre Bedenken bis zu einem gewissen Grad nachvollziehbar sind: Zeit, die haben wir eben gerade nicht! Also?«

»Wir müssen diese leidige Geschichte endlich hinter uns bringen!«, ergänzte die Jüngere ebenso entschlossen.

Ich wand mich. Ich hatte von Anfang an meine Probleme damit gehabt, dass man als Privatermittler vor allem herumschnüffeln musste. Und dieser Fall könnte alles Bisherige übertreffen. Andererseits, hatte ich überhaupt eine Alternative? Die Abfindung, die mir die Bank bei meinem Ausscheiden gezahlt hatte, war so gut wie aufgebraucht. Allein mit Gartenarbeiten schaffte ich es auch nicht. Und eine Erbschaft war wie immer nicht in Sicht. Auch durfte ich Dr. Wohlleben nicht enttäuschen. Eine saftige Mieterhöhung oder gar der Verlust des Hausmeisterjobs drohten, vielleicht würde er mir sogar die Wohnung kündigen. Das wiederum könnte das Ende der Detektei Peter Marowski bedeuten. Ich nickte schwach und mit zusammengekniffenen Lippen. Denn ich wusste es auf der Stelle. Es war ein Fehler.

»Damit wäre das geklärt!«, sagte die Ältere rasch und reichte mir eine Visitenkarte. »Am besten, Sie sprechen zunächst mit Professor Goldmann. Der kennt die Kandidaten, hat die medizinischen Untersuchungen selbst vorgenommen oder veranlasst. Nebenbei ist er seit vielen Jahren unser Hausarzt. Er genießt unser volles Vertrauen. Und natürlich ist er über Ihren Auftrag informiert.«

Ich nickte.

»Eins ist für uns selbstverständlich äußerst wichtig.« Katharina Berger legte eine kurze Pause ein, offenbar wollte sie dem, was sie sagen wollte, eine besondere Bedeutung verleihen. »Von all dem, was wir hier besprechen, darf nichts nach außen dringen. Hören Sie: absolut nichts! Egal wie die Dinge laufen sollten. Unser Name fällt nicht. Wobei Dr. Wohlleben uns versichert hat, Sie wären diesbezüglich sehr verlässlich. Hinzu kommt: Sie sind Einzelkämpfer, nicht wahr?«

Ich nickte.

»Das ist in unserem Sinne, denn damit wäre der Kreis der Eingeweihten begrenzt«, fuhr die Ältere fort.

»Genau aus diesen beiden Gründen haben wir uns letztendlich für Sie entschieden«, ergänzte die Jüngere.

»Wann fangen Sie an?«, fragte Katharina Berger.

»Ich könnte gleich morgen früh zu Professor Goldmann gehen.«

»Wunderbar. Ich sorge dafür, dass er für Sie Zeit haben wird.«

Ich wollte inzwischen nur noch raus! Kein Innenstadtblick, kein Lavendelgeruch konnten mich mehr halten. Es waren wohl die dominanten Frauen, die ich nicht gewohnt war, sie begannen mich zu erdrücken. Mein Vater war komplett anders gewesen. Zurückhaltend, einfach und durchschaubar.

Ich stand ohne Vorankündigung auf, reichte den Damen die Hand und sagte, so forsch es irgendwie ging: »Auf gute Zusammenarbeit! Machen Sie sich keine Mühe, ich kenne den Weg!«

Zu Hause holte ich mir eine Flasche Bier aus dem Kühlschrank. Schon nach den ersten Schlucken sah ich alles entspannter. Vor allem das mit dem Schnüffeln. Ich war an der Stelle einfach zu empfindlich. Was ich jetzt brauchte, war eine erste Strategie. Ich legte mich aufs Sofa, stellte mir die Bierflasche auf den Bauch und ließ den Blick über die Zimmerdecke laufen. Es dauerte nicht lange und mein Kopf präsentierte mir einen ersten Ansatz. Den Auftrag zügig angehen und sehen, wie sich alles entwickelte. Dann dachte ich über Verschiedenes nach. Auf was für Menschen würde ich bei den Kandidaten stoßen? Strenggenommen konnte ich ein bisschen lieben Gott spielen. Ich erhob mich und kramte die Visitenkarte von Prof. Dr. med. Reinhold Goldmann hervor. Er praktizierte in der Sophienstraße. Bei dem Mann passte wirklich alles – Name, Straße, Beruf, Titel. Welch eine Aura! Alten Damen blieb da schnell die Luft weg. Ich spürte, wie sich langsam Spannung in mir aufbaute.

3

Die Sophienstraße mit ihren Edelboutiquen, Juweliergeschäften und Antiquitätenläden war die Shoppingmeile der Spice Girls, der neureichen Russen und des Geldadels aller Länder. Wer hier mehr als eine Hose kaufen wollte, sollte sein Geld im Koffer mitbringen.

Vor einer blankpolierten Messingtafel, auf der *Prof. Dr. med. Reinhold Goldmann – Internist, Privatpatienten*, zu lesen war, blieb ich stehen. Die Praxis lag in der zweiten Etage.

Mein Spartrieb befahl mir, den Fahrstuhl zu ignorieren und die Treppe zu nehmen. Eine Einsparung, die ich spontan auf das Klimakonto buchte.

Kaum hatte ich die Klingel berührt, stand eine junge, gertenschlanke Frau mit einem schmalen, zarten Gesicht, eingerahmt von unzähligen Locken, vor mir und musterte mich mit unverhohlener Neugier. An ihrem schicken weinroten Jäckchen war ein Schild angeheftet, auf dem Cordula Goldmann stand. Die Tochter also. Das hatte der Herr Professor jedenfalls schon mal perfekt hinbekommen.

»Marowski, ich habe einen Termin!«

Vor mir öffnete sich ein Mund, der strahlend weiße Zähne freigab. »Sie also sind dieser Detektiv!«

Eigentlich hätte ich auf der Stelle etwas Originelles entgegnen müssen, doch in meinem Hals steckte ein Pfropfen und auf den Lippen lag ein dümmliches Lächeln. Nur mit Mühe schaffte ich es, wenigstens zu husten.

»Folgen Sie mir!«, befahl sie amüsiert und ging leichtfüßig voraus.

Ich hätte mir am liebsten ein paar runtergehauen. Kaum tauchte eine hübsche Frau auf, benahm ich mich wie der letzte Dorftrottel. Das bekam ich einfach nicht aus mir heraus. Sie führte mich in einen kleinen Raum und sagte samtweich: »Mein Vater kommt gleich!« Danach beschenkte sie mich mit einem zuckersüßen Lächeln und war weg.

Wie diese Frau ihre Locken wippen ließ, ihren schlanken Körper bog, mir ihre ebenmäßigen Zähne zeigte ... Dem war ich nicht gewachsen. Schuld war meine Mutter. Sie hatte meinen Vater und mich sitzen lassen. Ganze fünf war ich gewesen. Sie wollte nur Zigaretten holen. Ich habe es bis heute nicht richtig begriffen. Keine Mutter! Es hatte Tage gegeben, an denen mein Erzeuger und ich kein Wort miteinander redeten, wir nur stumpfsinnig die geblümte Tapete und unsere paar Möbel anstarrten. Immer wenn ich an diese Sache dachte, ging es mir sauschlecht. Ich holte ein Taschentuch hervor und rieb mir das Gesicht trocken.

Unvermittelt baute sich ein stämmiger Mann um die Sechzig mit dunklen, buschigen Augenbrauen, Halbglatze und schneeweißem Kittel vor mir auf. Seine tiefliegenden Augen begannen sogleich, mich unerbittlich zu sezieren. Nachdem er mich hinreichend zerlegt hatte, sagte er: »Nun, junger Mann, auf den ersten Blick sehen Sie gesund aus! Das ist heutzutage nichts Selbstverständliches.« Beiläufig fügte er hinzu: »Ansonsten, bringen wir das Gespräch zügig hinter uns! Meine Zeit ist kostbar!«

»Ich habe meine auch nicht auf der Straße gefunden«, entgegnete ich betont beiläufig und fragte mich gleichzeitig, wie dieses grobgehauene Urgestein eine so zarte und zugleich betörende Tochter hinbekommen hatte. Eine Ähnlichkeit war von unten bis oben nicht zu erkennen. Anzunehmen, dass die Mutter so ziemlich alles beigesteuert hatte.

An seinem finsteren Blick sah ich, was er dachte: Dieser kleine, miese Schnüffler, wahrscheinlich grade mal Kassenpatient, wagt es, sich derart aufzublasen. Dazu auf seinem Terrain! Seine rechte Hand fuhr wiederholt über den nahezu kahlen Kopf, während sein Atem rasselte. Überraschenderweise schaute er mich danach entschieden freundlicher an. »Sie gehören wohl zu den jungen Zornigen?«

»Darüber habe ich noch nicht nachgedacht.«

Mein Gegenüber lächelte nachsichtig. »Kommen wir zur Sache! Ich habe in der Tat wenig Zeit!«

Er setzte sich auf das Fensterbrett, verschränkte die Arme vor der Brust und nahm seine makellos gewienerten Schuhspitzen ins Visier.

»Junger Mann, ich möchte mal so beginnen! Unsere Seele ist eine äußerst komplizierte Sache. Trotz Röntgen, Ultraschall, Computertomografien, sie hält sich bedeckt. Und doch macht sie uns zu dem, was wir wirklich sind. Krimineller, Triebtäter oder ehrliche Haut. Dazwischen gibt es mindestens tausend Varianten. Aber weder am Gehirn noch an den Genen noch an sonst was ist es festzumachen. Ich meine, nicht wirklich. Daher respektiere ich den Wunsch der Damen.« Er lächelte versonnen in sich hinein. »Wenn ich auch nicht verleugnen möchte, dass ich anfangs meine Schwierigkeiten damit hatte.«

Der Blick des Professors wanderte von den Schuhspitzen zur Deckenbeleuchtung.

»Aber nun zu den Kandidaten selbst. Die beiden Herren sind selbstverständlich durch und durch gesund, also Blutwerte, innere Organe, Bewegungsapparat und alles andere, ohne jeden Makel. Zeugungsfähigkeit inbegriffen! Und zu guter Letzt haben beide einen IQ um die 140. Bei der Gelegenheit möchte ich Ihnen einen Rat geben: Wenn Sie mit ihnen zu tun haben, überlegen Sie sich jedes Wort. Zum Beispiel benutzen Sie keine Allgemeinplätze! 140 ist verdammt viel!«

»Ich werde daran denken. Können Sie mir sonst noch was über die beiden sagen?«

Der Professor schüttelte den Kopf. »Das war nie meine Aufgabe, Herr ...«

»Marowski«, half ich.

»So, Marowski ... Marowski ... Ihre Vorfahren stammen aus Polen!«

Da ich keine Lust hatte, näher darauf einzugehen, zuckte ich nur mit den Schultern.

Der Professor schaute auf die Uhr. »Gleich kommt Frau von Kohlberg. Die alte Dame belegt seit zehn Jahren eine Suite im *Brenner's*. Sie war mit einem Bankdirektor, einem Brauereibesitzer und einem bekannten Maler verheiratet. Im Übrigen beschäftigt sie vier Gesellschafterinnen, die ihr rund um die Uhr alles abnehmen. Einmal pro Woche schaue ich sie mir auch an. Wenn sie krank ist, natürlich täglich.«

Er ging zum Fenster und sah die Sophienstraße hinab. »Habe ich es mir doch gedacht. Pünktlich wie ein Maurer! Und zu Fuß!« Er lächelte in sich hinein. »Sie ist schon eine bemerkenswerte Frau! Nicht nur wegen ihres Geldes, und dass sie keine Kinder hat, keine Verwandtschaft ... eigentlich überhaupt niemanden! Nein, sie ist auch hochintelligent! Spielt immer noch hervorragend Schach, besucht Vorstellungen im Festspielhaus.«

Sein Lächeln verstärkte sich, während er den Oberkörper vertrauensvoll in meine Richtung beugte. »In letzter Zeit wurde sie tatsächlich öfters in Begleitung eines Verehrers gesehen.«

»Wie alt ist Frau von Kohlberg?«

»93. Steht kurz vor dem 94. Sind Sie ledig?«

Ich nickte.

»Sie und die alte Dame! Satte sechzig Jahre Unterschied.«

Der Professor lachte, dass es mir in den Ohren schallte. Aber nicht bei Ihrer Tochter, hätte ich beinahe entgegnet. Doch ich hatte mich im Griff und sagte nur: »Professor, ich bin schon weg.«

Ich reichte ihm schnell die Hand.

Er hielt sie einen Moment fest und lächelte mich dabei wohlwollend an. »Ich habe noch einen Tipp für Sie!«

»Ich höre!«

»Sie sollten mit meiner Tochter reden. Die hat sich mit den beiden Kandidaten des Öfteren unterhalten. Sie ist von Hause aus neugierig. So, Herr ...«

»Marowski«, half ich ein zweites Mal, dann war ich aus dem Zimmer.

4

Ich nippte an meinem Kaffee, schwieg und starrte sie gebannt an. Sie schien es zu genießen, dass ich ihr die Worte von den Lippen saugte. Doch mit der Zeit wurde es mir unerträglich heiß, so als stünde ich mitten in einem Flammenmeer. Immer häufiger musste ich mir die Stirn trockenwischen. Sie begann mit Mönchberg.

»Etwa 1,90 groß, Mitte vierzig, hager, großflächiges Gesicht mit kräftigen Backenknochen, leicht gebogene Nase und dunkelblonde, halblange Haare mit akkuratem Scheitel. Ansonsten ledig und kinderlos. Ist promovierter Physiker und arbeitet an der Uni Karlsruhe, mit der berechtigten Aussicht auf eine Professur. Und er ist ein Büchernarr, joggt gerne und fährt oft Fahrrad. Doch alles in allem: nicht mein Typ! Einfach zu steif, zu trocken. Ich habe bei ihm so ein Gefühl, er kann mit uns Frauen nicht viel anfangen.« Es hatte fast geklungen wie: Bei Ihnen sieht das anders aus. Leider sagte sie es nicht, sondern fuhr zügig fort: »Mönchberg hat übrigens einen Zwillingsbruder. Und jetzt halten Sie sich fest! Der hat vier Kinder, und zwar zweimal Zwillinge! Das mit den Zwillingen liegt bei ihm offensichtlich in der Familie. Sein Vater war nämlich auch schon Zwilling! Ebenso sein Großvater! Sollte es mit Anna und ihm klappen, ist es durchaus möglich, dass im Hause Berger Zwillinge zu erwarten sind.«

Es kam mir vor, als lächelte sie ein wenig schadenfroh.

»Nun, ich hätte keine Angst vor Zwillingen«, fuhr sie munter fort.

»Ich auch nicht«, entgegnete ich schnell und musste husten. Zu gerne hätte ich mich mit ihr zusammen an die Arbeit gemacht. Doch ich stellte nur artig meine nächste Frage: »Mönchberg ist also nicht Ihr Typ?«

Sie schüttelte heftig den Kopf, ihre Locken wirbelten nur so umher. »Nein, überhaupt nicht!«

Sie kam zu Kandidat zwei.

»Bornholm ist anders. Zart, dunkel, fast südländisch, nicht allzu groß, um die vierzig, geschieden, zwei Kinder. Der Scheidungsgrund, wie so häufig bei Männern: permanente Untreue. Das weiß ich allerdings nicht von ihm, sondern von einer Bekannten, mit der er ein Verhältnis hatte. Vor nicht allzu langer Zeit sind seine Eltern gestorben. Arbeitet als Gymnasiallehrer in Baden-Baden, unterrichtet Mathematik und Biologie. Im Gegensatz zu Mönchberg ist er mit seinem Job unzufrieden. Vor allem wegen des Geldes. Immerhin muss er Unterhaltszahlungen an die Frau und Alimente für die Kinder zahlen. Damit ist die Hälfte von seinem nicht gerade üppigen Lehrergehalt weg.«

Sie schaute mich nachdenklich an. »Wenn ich Anna wäre, würde ich ihn dennoch nehmen. Er versteht uns Frauen. Das wäre mir persönlich sehr, sehr wichtig!«

»Ja, ja!«, murmelte ich und musste an meine vielen verkorksten Beziehungen denken. Jede davon belegte: Ein Frauenversteher war ich noch nie gewesen und würde wohl nie einer werden. Keine erfreulichen Aussichten! »Wenn Sie mir noch etwas zu den Damen selbst sagen könnten«, wechselte ich rigoros das Thema.

Sie schaute mich überrascht und zugleich ein wenig misstrauisch an, ihre Zähne nagten an der Unterlippe, doch schließlich hellte sich ihr Blick leicht auf. »Sie meinen, es kann nichts schaden, über seinen Auftraggeber ein wenig besser Bescheid zu wissen.«

Ich nickte.

»Anna ist ohne jede Frage eine starke Frau. Tolerant, emanzipiert, klug, ich würde sagen, ganz nach ihrer Mutter geraten. Nur hat die Klavier gespielt, während Anna malt. Übrigens, Sie sollten sich unbedingt ihre Bilder anschauen. Sie werden überwältigt sein, welche Kraft in ihnen steckt! Berlin, Stuttgart, München, überall hat sie schon ausgestellt. Katharina kommt mehr vom Verstand, ist vor allem äußerst diszipliniert, entscheidungsfreudig, dazu intelligent und durchsetzungsfähig. Sie hat rundum alles, was eine gute Geschäftsfrau ausmacht!«

»Anna und Sie sind befreundet?«

»Ja, kann man so sagen.« Ihr Blick glitt an mir vorbei. »Wie wollen Sie bei diesem Auftrag eigentlich vorgehen?«

»Mit den beiden Kandidaten viel reden!«

»Reden?« Sie schaute mich zweifelnd an. Eigentlich müsste ich ihr jetzt erklären, dass ich damit bei Männern und weniger gutaussehenden Frauen bisher keinerlei Probleme hatte. Doch bevor ich etwas dazu sagen konnte, stellte sie mir bereits die nächste Frage: »Herr Marowski, Privatdetektiv ist doch kein richtiger Beruf? Ich meine so mit Berufsausbildung, Prüfung, Zeugnis und allem, was dazugehört.«

»Ich habe eine Banklehre gemacht. Und danach in einer richtig großen Bank gearbeitet. Vorwiegend als Anlageberater. Am Anfang machte es mir noch Spaß, doch der ließ mit der Zeit zunehmend nach. Schließlich hatte ich die Nase voll, den Kunden Produkte zu verkaufen, die ich selbst nicht mehr verstand. All diese Fonds, Zertifikate, Optionen, Inhaberschuldverschreibungen und, und ... Ein einziges Teufelszeug!«

Ich winkte ab, so als läge mir das alles immer noch im Magen. Danach fügte ich schnell hinzu: »Ich möchte mich jedoch nicht als Held aufspielen. Eine anständige Abfindung half mir bei der Entscheidung!«

Sie lachte lauthals, während ihre Locken wippten.

Wir plauderten noch eine Weile über dies und das. Ich erfuhr, dass ihre Mutter vor ein paar Jahren an Krebs gestorben war. Dass sie sich seitdem für ihren Vater verantwortlich fühlte. Am Ende hatte ich fast eine Stunde mit dem hübschen Professorentöchterchen geplauscht. Eine sehr, sehr schöne knappe Stunde. Als ich ihr die Hand reichte, lächelte sie mich noch einmal hinreißend an und sagte:

»Herr Marowski, ich bin richtig gespannt, zu welchem Ergebnis Sie kommen werden. Sollten Sie jemals meine Unterstützung brauchen, rufen Sie einfach an. Ich helfe Ihnen wirklich gerne.«

»Danke, Frau Goldmann, vielen Dank!« Ich wusste schon jetzt: Ich würde darauf zurückkommen.

Als wir uns verabschiedeten, gab sie mir noch die Visitenkarten der beiden Kandidaten. Ich war schon in der Eingangstür zur Praxis, da drehte ich mich noch einmal um. Ich sah den Professor und Frau von Kohlberg über den Flur gehen. Die alte Dame hatte sich bei ihm eingehakt, beide lachten und lachten. Für dreiundneunzig hinterließ die Frau in der Tat einen erstaunlich frischen Eindruck. Cordula Goldmann ging ihnen schnell entgegen, die Damen umarmten sich. Frau von Kohlberg streichelte ihr die Wangen und sagte liebevoll: »Cordula, warum bist du nicht meine Tochter geworden? Aber es ist ja noch nicht zu spät.«

Hastig schloss ich die Tür. Das Bild gefiel mir nicht. Ich atmete ein paar Mal tief durch, dann stürmte ich die Treppen hinunter.

Erst als ich über den Leopoldplatz ging, hatte ich die Sache mehr oder weniger verarbeitet und begann, darüber nachzudenken, mit wem ich anfangen sollte. Lehrer galten als eine besonders schwierige Klientel. Notorische Besserwisser! Mönchberg dagegen schien mir ein schrulliger, andererseits jedoch ein gradliniger Typ zu sein. Daher ging ich davon aus, er würde vorhersehbarer reagieren. Und da ich den Einstieg auf keinen Fall verpatzen durfte, beschloss ich, mit ihm anzufangen.

Plötzlich fiel mir ein, dass ich heute noch einen wichtigen Gärtnertermin hatte. Ich rechnete mit sechs Stunden Arbeit. Weil der Kunde es schnell erledigt haben wollte, konnte ich zwanzig Euro die Stunde heraushandeln. Das Geld durfte ich mir nicht entgehen lassen. Morgen war Sonnabend, ein günstiger Zeitpunkt, um mit dem Physiker Dr. Thomas Mönchberg in den neuen Auftrag zu starten. Ich beschloss, ihn der Einfachheit halber kurzerhand Kandidat Nummer eins zu nennen, Bornholm folglich Kandidat Nummer zwei.

5

Ich bog in die Große Pollenstraße ein, die zunächst leicht anstieg, schmal war und dazu nicht besonders gut erhalten. Umgehend drosselte ich die Geschwindigkeit und schaute mich nach einem schwarzen SLK um. Es dauerte nicht lange, und ich hatte ihn gefunden. Das TM für Thomas Mönchberg auf dem Nummernschild sagte mir, dass ich richtig lag. Ansonsten glänzte das Prachtstück derart, dass mir allein vom Betrachten die Augen schmerzten. Bevor ich etwas unternahm, ging ich noch einmal meinen Plan durch. Dabei überzog ein merkwürdiges Kribbeln meinen Körper, während die Hände sich stärker als gewohnt um das Lenkrad krallten. Alles, was zu mir gehörte, wusste eben: Von jetzt an wurde es ernst!

Ich kam mit meinem Golf hinter Mönchbergs Wagen zum Stehen und vergewisserte mich, dass ich keinen Zuschauer hatte. Als das klar war, fuhr ich mit wohldosiertem Schwung auf den Daimler auf, was ein leichtes Krachen zur Folge hatte und gleichzeitig an der hinteren Stoßstange des SLK eine mittelgroße Delle verursachte. Damit hatte ich einen richtig triftigen Grund, mit Kandidat Nummer eins zu reden. Anerkennend klopfte ich mir auf die Schulter. Mein Golf interessierte mich weniger; er hatte bereits fünfzehn Jahre auf dem Buckel, wodurch sein Marktwert ohnehin gegen Null tendierte.

Voller Optimismus stieg ich aus, bereit, den zweiten Teil meines Planes anzugehen. Kontaktaufnahme! Ich würde mich reumütig und zugleich nobel geben. Schließlich mussten die Schwestern die Reparaturkosten tragen. Jetzt hoffte ich nur noch, dass Kandidat Nummer eins nicht verrückt spielen würde. Das könnte alles verkomplizieren. Erst jetzt nahm ich das stetige Stimmengewirr wahr, das vom Hardtbergbad zu mir herüberdrang. Ansonsten fand ich es nicht weiter tragisch, dass ich an einem Sonnabend, wenn andere sich amüsierten, meiner Arbeit nachzugehen hatte.

Das Haus, in dem Mönchberg wohnte, war ein unscheinbares, zweigeschossiges Gebäude mit flachem Dach und extrem kleinen Balkonen, die durchweg zur Westseite hin lagen. Ein kleiner Vorgarten mit Rasen und Hortensien sorgte für den nötigen Abstand zur Straße. Ansonsten hatte der Architekt nicht übermäßig nachgedacht, einfach eine Nullachtfünfzehn-Variante aus einer seiner Schubladen geholt. Doch die Lage war gut. Sie garantierte vor allem viel Ruhe. Und sicher hielt sich auch die Miete in einem bezahlbaren Rahmen.

Den Namensschildern nach zu urteilen, wurde das Haus von sechs Parteien bewohnt. Ich drückte auf Mönchbergs Klingel. Niemand reagierte. Ob sie funktionierte, konnte ich nicht hören. Auch mehrmaliges Klingeln half nicht. Die nächste Enttäuschung folgte: die Haustür war verschlossen. Plötzlich tauchte Hilfe auf. Ein etwa zehnjähriger, dicklicher Junge kam aus einer der Parterrewohnungen, um eine Papiertüte mit Bioabfall zu entsorgen. Kaum war er an mir vorbei, schlüpfte ich durch die sich langsam wieder schließende Haustür. Kurz darauf stand ich im ersten Stock vor dem Schild Dr. rer. nat. Thomas Mönchberg.

Wieder klingelte ich. Jetzt hörte ich deutlich, dass die Anlage funktionierte. Dennoch tat sich auch jetzt nichts. Sicher war Mönchberg unterwegs.

Ich überlegte, ob ich im Auto auf ihn warten sollte. Aber ich wollte es nicht wahrhaben, sondern wollte endlich mit meinem Auftrag beginnen, nicht untätig herumsitzen. Instinktiv versuchte ich es mit Klopfen. Zunächst zaghaft, dann immer heftiger. Aber auch das brachte nichts. Und plötzlich, ich traute meinen Augen nicht, öffnete sich langsam und dabei ein wenig knarrend die Wohnungstür. Zu sehen war nach wie vor niemand. Es gab nur eine Erklärung: Mönchberg hatte die Wohnung verlassen und versäumt, sie ordnungsgemäß abzuschließen.

Da überkam es mich wie eine Erleuchtung: Mir bot sich die einmalige Gelegenheit, mich vorab bei ihm umzuschauen und Informationen zu sammeln. Welch eine Gelegenheit! Ich war immerhin Schnüffler! Bedenken, dass mir mein Vorgehen gewaltigen Ärger einbringen konnte, wischte ich kurzerhand zur Seite.

Entschlossen trat ich in einen schmalen, dunklen Korridor. Nachdem ich die ersten beiden Türen geöffnet und in die Küche und das Bad geschaut hatte, führte mich die dritte ins Wohnzimmer. Dort blieb ich zunächst überrascht stehen. Das Professorentöchterchen hatte mich zwar darauf vorbereitet, dass er ein Büchernarr sei, aber dass er dieses Hobby derart extensiv betrieb, hatte ich nicht wirklich für möglich gehalten. Wo ich auch hinschaute: Regale über Regale! Nicht nur an den Wänden, sie standen sogar mitten im Raum. Und jedes vollgestopft mit Büchern, auch auf dem Fußboden, dem Fensterbrett. Überall Bücher! Sie waren so allgegenwärtig wie Sand in der Wüste. Strenggenommen war dieser Raum weniger das Wohnzimmer einer Privatperson, als vielmehr das Zwischenlager einer Bibliothek. Allerdings ohne den Bibliothekar, der für die notwendige Ordnung sorgte. Erst nach und nach konnte ich Möbel wie Couch, Tisch, Sessel, Schrank sowie einen Schreibtisch mit Laptop und Drucker ausmachen. Unter dem Fenster lehnte ein Mountainbike, am Lenker hing ein Helm.

Nirgendwo ein Bild oder eine Plastik, auch keine Vasen, Blumen, Tischdecken oder Gardinen. Der Fußboden war durchgängig mit einem abgewetzten, bläulich schimmernden Teppichboden ausgelegt. Für mich die Bleibe eines intellektuellen Individualisten, der zu ästhetischen Gefühlen keinerlei Beziehung aufbaute. Neun von zehn Frauen würden bei diesem Anblick schreiend davonrennen. Ich dagegen fand Kandidat Nummer eins rundum spannend und konnte es nicht erwarten, ihn kennenzulernen.

Erneut meldete sich mein Gewissen, dass ich in diese Wohnung eingedrungen war und Mönchbergs Missgeschick geradezu schamlos ausnutzte. Doch wieder rang ich es erfolgreich nieder und wandte mich den Büchern zu. Das meiste war Fachliteratur mit naturwissenschaftlichem Inhalt. Nur in einem Regal stand durchweg Belletristik. Als ich einen Stapel physikalischer Fachzeitschriften anhob, stieß ich auf einen alten Schwarzweißfernseher. Ein echtes Museumsstück, hergestellt vor mindestens dreißig Jahren. Einen Moment später entdeckte ich ein ebenfalls von Büchern eingekreistes Aquarium, in dem etwa ein halbes Dutzend roter Zierfische mit hellen Flossen zu sehen waren. Sie verharrten an ihrem jeweiligen Standort wie Soldaten, denen man den Befehl gegeben hatte, die Stellung zu halten. Selbst als ich mit den Fingerspitzen sachte an die Scheibe des Aquariums klopfte, weigerten sie sich, mich auch nur zu registrieren. Durchaus möglich, dass die vielen Bücher die Tiere apathisch werden ließen.

Als ich weiterging, kam ich zu einer angelehnten Tür. Vorsichtig schob ich sie weiter auf und schaute in einen etwa zwanzig Quadratmeter großen, abgedunkelten Raum. Das konnte nur Mönchbergs Schlafzimmer sein. Auch jetzt gewann ich über meine Bedenken die Oberhand und ging entschlossen hinein. Sofort schnupperte meine Nase abgestandene Luft, versetzt mit einer merkwürdigen Geruchsnuance, die mir unbekannt war.

Es dauerte, bis meine Augen sich an die Lichtverhältnisse gewöhnt hatten. Kaum hatten sie das geschafft, blieb mein Blick an einem Bett hängen, auf dem sich unter der Decke die Konturen eines Körpers abzeichneten und gleichzeitig ein Büschel Haare hervorlugten. Damit hatte ich nicht gerechnet. Mönchberg schlief tief und fest.

Ich schaute auf die Uhr. Es war kurz vor elf. Vorstellbar, dass eine ausschweifende Nacht hinter ihm lag. Ich könnte es in ein oder zwei Stunden noch einmal versuchen. Aber ich handelte, seit ich diese Wohnung betreten hatte, ohnehin wie unter Zwang. Jede Form von Vernunft prallte an mir ab wie ein Gummiball, den man an eine Betonwand warf. Selbst auf die Gefahr hin, dass alles in einem Desaster endete!

Auf einmal hörte ich mich laut sagen: »Herr Mönchberg, ich heiße Peter Marowski! Entschuldigen Sie mein Eindringen! Es geht um Ihr Auto! Mir ist ein Malheur passiert! Das ich sehr, sehr bedauere! Doch der Schaden hält sich gottlob in Grenzen.«

Gespannt wartete ich auf seine Reaktion. Doch er rührte sich nach wie vor nicht. Und plötzlich schossen mir heiße Wellen durch den Körper, in meinen Ohren rauschte es, meine inneren Sensoren stellten sich quer. Noch nie war ich einem Menschen begegnet, der derart fest schlief.

Wieder handelte ich impulsiv, gab jede Vorsicht auf. Ich ging zu Mönchberg und rüttelte an seiner Schulter. Nichts.

Spontan zog ich ihm die Bettdecke weg. Vor mir lag zweifellos Kandidat Nummer eins, genau so, wie Cordula Goldmann ihn mir beschrieben hatte. Allerdings zusammengerollt zu einem Knäuel, bekleidet mit Jeans, dunkelrotem Pullover und grauen Socken. Nur die Hausschuhe standen säuberlich abgestellt am Fußende des Bettes. Und noch immer bewegte er sich keinen Millimeter. Plötzlich begann das Zimmer einschließlich des Mobiliars um mich herum zu schwanken. Ich hatte das Gefühl, meine Füße schritten die Zimmerdecke ab, während mein Mund unfähig war, Luft einzuatmen. Ich presste die Zähne zusammen, bis mir der Kiefer schmerzte. Nur mit äußerster Kraft schaffte ich es, die Füße wieder auf dem Fußboden zu bekommen und mich über ihn zu beugen.

Ich sah in weit aufgerissene Augen, die an mir vorbei ins Nichts stierten, sah ein schmerzverzerrtes Gesicht, sah um den Oberkörper gepresste Arme und um den Mund weißen Schaum. Mit rasselndem Atem tastete ich nach seiner Halsschlagader. Kein Lebenszeichen! Wie von Sinnen rannte ich ins Bad und kam mit einem Rasierspiegel wieder. Mir zitterten die Hände, als ich ihm diesen vor den Mund hielt. Aber der Spiegel beschlug nicht. Es bestand kein Zweifel: Vor mir lag ein Toter. Ratlos, wie noch nie in meinem Leben, stand ich da, während eine merkwürdige Leere, vom Kopf kommend, sich rasch in mir ausbreitete und mich vollends handlungsunfähig machte. Ich sank zu Mönchberg auf die Bettkante, eins mit dem ersten Toten in meinem Ermittlerleben.

Irgendwann fiel mein Blick auf ein halbvolles Glas, das auf dem Nachtisch stand und mit einer goldgelben Flüssigkeit gefüllt war. Ich hielt meine Nase darüber. Sie erschnupperte Whisky und irgendetwas mit einer bitteren Note. Ich tippte auf Gift. Daher auch der Schaum um seinen Mund und dieser eigenartige Geruch, den ich beim Betreten des Raumes wahrgenommen hatte, aber nicht hatte einordnen können.

Da sah ich ein Blatt Papier, das nur mit einer Ecke unter dem Nachtisch hervorlugte. Ich holte es hervor und las zwei knapp formulierte Sätze:

Das Leben kotzt mich an! Ich will nicht mehr!
Thomas

Nachdem ich den Text mehrmals vor mich hin gemurmelt hatte, als wollte ich ihn auswendig lernen, schob ich das Blatt zurück unter den Nachttisch.

Selbstmord! Zumindest sah es auf den ersten Blick danach aus. Hier hatte sich eine persönliche Tragödie abgespielt. Aber eine Tragödie war es auch für mich! Schließlich sollte dies hier mein erster richtiger Fall werden, und ich hatte damit so viel verbunden. Ich lachte trocken und unwirklich. Aber selbst dieses merkwürdige Gelache blieb mir wie ein Fremdkörper im Hals stecken. Nicht einen Satz hatte ich mit ihm reden können! Kaum dass dieser Auftrag begonnen hatte, war er auch schon beendet.

Für einen Moment hatte ich den Wunsch, ebenfalls tot dazuliegen. Es müsste eine Erlösung sein! Doch da ich weiteratmete, irrte mein Blick lediglich resigniert durch das Schlafzimmer. Was gab es hier noch zu tun? Nicht einmal die Frage nach dem Motiv könnte ich beantworten. Wie auch? Außer ein paar Daten zur Person, noch dazu aus zweiter Hand, wusste ich nichts über den Menschen, der tot neben mir lag.

Eigentlich gab es nur eine vernünftige Erklärung für das, was gerade ablief: Ich saß in einem Kino und sah mir einen Film an. Was ich zu sehen glaubte, war viel zu abwegig, um irgendeiner Wirklichkeit zu entsprechen. Spontan verabreichte ich mir ein paar kräftige Ohrfeigen, aber es blieb dabei: Kandidat Nummer eins rührte sich keinen Millimeter, auch wenn ich mit brennenden Backen das Gegenteil herbeisehnte.

Nachdem ich eine Weile apathisch dagesessen hatte, begann ich der Frage nachzugehen: Warum um Himmels willen hatte dieser Mann so etwas Entsetzliches getan? Er war Dozent an einer der Eliteuniversitäten Deutschlands, durfte sich sogar auf eine Professur freuen. Eine Zukunft, mit der sich jedes Bilderbuch füllen ließ. Darüber hinaus war er im Begriff, in den erlauchten Kreis der Bergers aufgenommen zu werden. Das war mit gewaltigen Privilegien verbunden. Unmöglich, sie alle aufzuzählen. Was die Schwestern als Gegenleistung von ihm erwarteten, war dagegen nicht viel. Ein gesundes, intelligentes Kind zu zeugen und, während es bestens versorgt aufwuchs, sich von Zeit zu Zeit mit ihm zu beschäftigen. Welcher Vater würde da nein sagen. Es gab nur eine plausible Erklärung: Er war schwer depressiv. Eine heimtückische Krankheit, die sich gerne die Erfolgreichen holte.

Eins wurde mir schnell klar: Die um den Körper gepressten Arme, das verzerrte Gesicht, der weiße Schaum um den Mund, das alles deutete auf starke Schmerzen hin, hervorgerufen durch Gift. Seinem Tod war ein qualvolles Martyrium vorausgegangen. Wie lange mochte dieser Kampf gedauert haben? Minuten oder länger? Ein Umstand, der sofort weiter meine Zweifel anheizte. War ein Selbstmörder nicht eher darauf bedacht, sanft aus dem Leben zu scheiden? Warum hatte er dieses qualvolle Ende gewählt? Es war so vollkommen sinnlos und störte mich gewaltig!

Und da war noch etwas, das mich störte! Ein Selbstmörder wollte seinen letzten Weg ungestört gehen. Folglich passte die offene Wohnungstür ebenso wenig ins Bild. Aber wenn es nicht Selbstmord war, dann blieb nur Mord. Ich gab ein bitteres Lachen von mir.

Ich öffnete sein Hemd und blickte auf einen behaarten Oberkörper, der mit Leichenflecken übersät war. Ich vermutete, dass sich der Todeszeitpunkt auf die Spanne zwischen Mitternacht und dem frühen Morgen eingrenzen ließ. Spuren von Gewalt konnte ich an seinem Körper nicht ausmachen. Ich musste zugeben, das wiederum deutete auf ein selbstbestimmtes Ende hin. Ich erhob mich, um mir noch einmal die Wohnung anzuschauen. Hier hatte definitiv niemand gekämpft, auch waren weder Türen noch Fenster beschädigt. Natürlich sprach das ebenfalls für Selbstmord.

Nachdenklich setzte ich mich an den Schreibtisch und schaltete sein Notebook an. Seine Mails interessierten mich, sehr sogar. Doch der Computer verlangte ein Passwort, das ich ihm nicht geben konnte. Ich schaltete ihn kurzerhand wieder aus und setzte meine Wanderung fort. Was konnte ich noch tun? Nur keinen blinden Aktionismus! Zum Beispiel diese unzähligen Bücher durchwühlen oder den Inhalt des Schreibtisches, oder versuchen, an das Passwort zu kommen. Immer in der vagen Hoffnung, einen triftigen Anhaltspunkt für die These Mord oder Selbstmord zu finden.

Aber die eigentlich spannende Frage, die alles überlagerte, war ohnehin: Wie würden die Schwestern auf Mönchbergs Tod reagieren?

Ich kam noch einmal auf den Abschiedsbrief zurück. Zwei simple Sätze, die jeder hätte geschrieben haben können. Obendrein fehlte Mönchbergs Unterschrift. Eigentlich war dieser Brief nicht das Papier wert, auf dem er stand. Überflüssig wie ein Kropf! Und auf einmal wollte ich nur noch raus aus der Wohnung. Weg von diesem Geruch, der in jeder Ritze, an jedem Stück Tapete klebte und eine Melange aus Mief, Gift und Tod bildete. Und dazu diese unzähligen Bücher, die inzwischen etwas Bedrohliches angenommen hatten. Meine Nerven schafften das alles nicht mehr.

Eine Sache musste ich allerdings dennoch erledigen, und wenn ich dabei schlappmachen würde. Ich nahm Mönchbergs Telefon, rief die hundertzehn an und sagte mit verstellter Stimme, dass ich einen Dr. Thomas Mönchberg tot in seiner Wohnung aufgefunden hätte. Artig nannte ich die Adresse. Als der Telefonist mich aufforderte, meinen Namen zu nennen, beendete ich abrupt die Verbindung. Danach verließ ich eilig die Wohnung, heilfroh, dass mir im Treppenhaus niemand begegnete.

6

Ich schaffte es gerade so, in den Golf zu kommen und die Tür zu schließen, als eine Woge Selbstmitleid wie ein Tsunami über mich hinwegschwappte. Dieser Auftrag sollte mein großer Durchbruch werden – doch da oben saß jemand, dem passte weder meine Nase noch mein Gesicht noch sonst was an mir. Ich spürte, wie mir die Augen feucht wurden. Der Auftrag war beendet, bevor er angefangen hatte. Die ersten Tränen rollten mir über die Wangen. Ich ließ sie gewähren, vielleicht brachten sie mir Erleichterung.

Doch plötzlich hockte der Tote vor mir auf der Motorhaube, presste sein grauweißes Gesicht an die Windschutzscheibe und starrte mich aus hohlen, schwarzen Augenhöhlen an, während seine bläulichen Lippen sich zeitlupenartig bewegten. Ich hatte nur ein Bedürfnis: ihn augenblicklich loszuwerden. Instinktiv ließ ich den Golf an und legte einen Blitzstart hin. Erst quietschten die Reifen, kurz darauf folgte eine Vollbremsung. Als ich vorsichtig die Augen öffnete, war die Motorhaube wieder frei. Ich atmete auf. Doch nur einen Moment später hatte ich das nächste Problem. Ich sah Kandidat Nummer eins tot in seinem Bett liegen. Fliegen hockten auf seinem Körper, ein bestialischer Gestank umgab ihn. Beschämt senkte ich den Kopf. Ich benahm mich wie ein flüchtiger Strauchdieb. Ich brauchte wenigstens die Gewissheit, dass die Polizei meinen Notruf ernst nahm. So viel war ich dem Toten wenigstens schuldig.

Keine fünf Minuten vergingen, und ein Polizeiwagen hielt vor dem Haus. Zwei Uniformierte stiegen aus. Am liebsten wäre ich ihnen entgegengerannt. Glücklicherweise war es nur ein flüchtiges Verlangen, mein Verstand behielt die Oberhand. Ich sollte mir ohne Not einen Sack Ärger einhandeln? Schließlich konnte ich sogar über den Unsinn lächeln, den ich beinahe angestellt hätte.

Ich beschloss, darüber nachzudenken, wie eine weitere Arbeit an diesem Fall aussehen konnte. Schließlich waren eine Menge verwirrender Dinge passiert. Ich lehnte mich zurück, schloss die Augen und ließ das Geschehene Revue passieren. In meinem Gehirn lief ein Endlosband ab. Und plötzlich hatte ich ein Resultat. Die Gesichter von Mönchberg und Bornholm lagen vor mir. Und ich glaubte zu wissen, was ich damit anzufangen hatte. Rasch kramte ich mein Handy hervor und rief Cordula Goldmann an. Das Professorentöchterchen gab sich erst einmal äußerst zugeknöpft.

»Sie!«, war alles an Begrüßung.

Ohne Umschweife kam ich zur Sache. »Frau Goldmann, können Sie mir sagen, ob Mönchberg psychische Probleme hatte? Vielleicht deshalb sogar in Behandlung war?«

»Sie sind gut! Woher soll ich das wissen!«

»Bitte fragen Sie Ihren Vater! Es ist dringend!«

»Sie ...«

»Frau Goldmann! Bitte!«

Ich merkte, dass sie, wenn auch äußerst widerwillig, ihren Widerstand allmählich aufgab. Nach einer knappen Minute war sie wieder am Apparat. »Herr Marowski, meinem Vater ist diesbezüglich nichts bekannt!«

»Kannten sich Mönchberg und Bornholm?«

Sie antwortete, ohne lange zu überlegen. »Ja, ich glaube, von der Uni in Karlsruhe.«

Ich wollte mich schon bedanken und das Gespräch beenden, da fuhr sie von sich aus fort: »Vor ein paar Wochen habe ich die beiden im Leo gesehen. Sie saßen an einem Tisch. Ich konnte ein paar Brocken mithören: Sie waren per du.«

»Vielen Dank, Frau Goldmann, Sie haben mir sehr geholfen.«

Mir war, als ob sie noch eine Frage an mich richten wollte, aber nicht so recht wüsste, wie sie die formulieren sollte. Doch da ich nicht die Zeit und auch nicht die Ruhe hatte, irgendwelche Erklärungen abzugeben, beendete ich kurzerhand das Gespräch. Auch wusste ich selbst so gut wie nichts. Ich musste den hinter mir liegenden Ereignissen erst einmal die Zeit gönnen, sich in meinem Kopf zu setzen.

Wieder fielen mir meine Auftraggeberinnen ein. Natürlich musste ich sie umfassend informieren. Aber ein wenig hinausschieben konnte ich es schon. Wenigstens für ein paar Stunden. Ich hielt es für zweckmäßig, vorher mit Bornholm zu reden. Das war mir sogar ganz wichtig. Er sollte mir klipp und klar sagen, wo er in der fraglichen Zeit gewesen war. Damit ich umgehend sein Alibi überprüfen konnte. Immerhin: Niemand profitierte so sehr von Mönchbergs Tod wie er! Er war zu einer Art goldener Prinz aufgestiegen. Hinzu kam, dass ich zur Stelle sein wollte, falls er es nötig haben sollte, Spuren zu verwischen.

7

Die Lerchengasse in Lichtental war keine besonders gepflegte Gegend. Dazu waren der Straßenbelag zu löchrig, die Farben an den Fassaden zu abgewaschen, die Vorgärten zu ungepflegt und die Bürgersteige mit zu viel Hundekacke übersät. Ein derartiges Ambiente passte nicht zu einer Straße, die dank des Tunnels ganze fünf Autominuten von Baden-Badens Innenstadt entfernt lag, obendrein umgeben von reinster Natur. Nun, irgendwelche ausgeschlafenen Investoren, die in dieser Stadt immer auf dem Sprung lagen, würden das in absehbarer Zeit sicher geraderücken.

Ich konnte es kaum erwarten, Bornholm gegenüberzustehen. Mein Adrenalinspiegel war bereits während der kurzen Autofahrt stetig gestiegen. Ansonsten war mein Plan denkbar einfach. Zunächst würde ich dem kleinen verträumten Südländer, der angeblich die Frauen so gut verstand, kurz und präzise die Situation erklären. Danach würde ich ihn auffordern, mir sein Alibi für die zurückliegende Nacht zu geben. Sollte er sich stur stellen, konnte er seine hochfliegenden Pläne vergessen.

Ich stürmte die Treppe hoch, und während ich zwei Stufen auf einmal nahm, hörte ich laute, fremdländische Musik, während es nach Schweiß, Kräutertee und Knoblauch roch. Der klassische Multikulti-Mix. Im zweiten Stock war ich am Ziel.

Meine Hand drückte auf den Klingelknopf. Doch niemand öffnete. Ich legte mein Ohr an die Wohnungstür. Nichts war zu hören. Ich tippelte unschlüssig umher. Wäre ich bei Mönchberg nicht so hartnäckig gewesen, würde ich jetzt noch im Auto sitzen und auf ihn warten. Das war eine Mahnung, die ich ernst nahm. Und plötzlich durchzuckte es mich. Mir kam eine Möglichkeit in den Sinn, die mir gar nicht abwegig erschien. Ein Unbekannter lief herum und beseitigte die potentiellen Kandidaten. Vielleicht um eine alte Rechnung mit den Schwestern zu begleichen, oder einfach, weil es ihm Spaß machte, Leute umzubringen. Und auf einmal war mir, als hörte ich jemanden wimmern. Das Geräusch kam eindeutig aus Bornholms Wohnung. Panik überfiel mich. Um nichts auf der Welt wollte ich wieder zu spät kommen.

Ohne lange nachzudenken, zerrte ich an der Wohnungstür. Doch die erwies sich als äußerst stabil. Mein Werkzeug, um eine Tür zu öffnen, hatte ich wieder einmal vergessen. Mir blieb nur die brachiale Methode. Ich ging ein paar Meter zurück, konzentrierte mich, dann rannte ich, den Oberkörper als Prellbock nutzend, mit voller Wucht gegen die Tür. Doch sie hielt. Kurzerhand entschloss ich mich, das Türschloss mit dem Fuß einzutreten.

Ich war gerade dabei, die richtige Position zu finden, da hörte ich, wie mich jemand mit einer zittrigen Stimme fragte: »Was machen Sie da?«

Eine Frau um die siebzig, die Nase spitz, der Mund eingefallen und die kaum noch zu sehenden Lippen bläulich verfärbt, hatte die benachbarte Wohnungstür einen Spalt geöffnet und beäugte mich ängstlich. Ich war mir sicher, ein Schritt in ihre Richtung, und sie würde die Tür zuknallen und umgehend die Polizei anrufen.

»Ich muss dringend mit Ihrem Nachbarn reden.«

»Der ist verreist.«

»Seit wann?«, fragte ich irritiert und war gleichzeitig erleichtert, dass ich einen zweiten Toten ausschließen konnte.

»Warum wollen Sie das wissen?«

Die Frage brachte mich zunächst durcheinander. Damit hatte ich nicht gerechnet.

»Wer sind Sie eigentlich?«, bohrte die Alte unverdrossen weiter.

»Ein Kollege von Herrn Bornholm. Ich brauche dringend Unterlagen für die Schule.«

»Und deshalb wollen Sie bei ihm einbrechen?«

»Ich habe in seiner Wohnung jemand wimmern gehört. Ganz deutlich. Ich nahm an, ihm sei etwas passiert.«

Auf das Gesicht der alten Frau zeigte sich ein nachsichtiges Lächeln, während sie die Tür ein Stück weiter öffnete. »Junger Mann, Sie müssen sich getäuscht haben. Wie ich Ihnen bereits sagte: Herr Bornholm ist heute in aller Frühe Hals über Kopf mit zwei riesigen Koffern in den Händen auf und davon. Übrigens, auch seine Angeln hat er mitgenommen. Es könne länger dauern, hat er mir gesagt, und ob ich so nett wäre, immer mal nach seiner Wohnung zu schauen? Ich habe ihm noch hinterhergerufen: ›Aber, Herr Bornholm, Sie sind Lehrer, Sie müssen Ihre Schüler unterrichten.‹ Wissen Sie, was er mir geantwortet hat? ›Nein, Frau Seiffert, Sie irren! Ich muss überhaupt nicht! Ich pfeife sogar darauf!‹«

Sie schüttelte verständnislos den Kopf. »Mein Gott, als Lehrer hat man doch seine Verpflichtungen! Oder sehen Sie das anders?«

»Nein!«, beeilte ich mich zu entgegnen und schob schnell die Frage hinterher: »Wo macht Herr Bornholm denn Urlaub?«

»Hat er mir nicht gesagt. Aber besonders gesprächig war der noch nie. Gerade mal guten Tag. Sein Vater war derselbe Stiesel. Die gute Frau Bornholm war Gott sei Dank anders. Mit der habe ich viel geredet.«

Ich schaute sie bittend an. »Das Dumme ist, ich brauche diese Unterlagen dringend. Sonst müssen Stunden ausfallen.«

»Sehen Sie! Das habe ich damit gemeint: Als Lehrer kann man nicht einfach verschwinden.«

Ich schloss die Augen und nickte ihr sanft zu. Ich wusste ja bereits, sie hatte seinen Wohnungsschlüssel.

Und in der Tat, sie gab sich einen Ruck. »Warten Sie.«

Die Frau verschwand und kam kurz darauf mit einem Schlüssel in der Rechten wieder. In Bornholms Wohnung sagte sie: » Ich werde die Zeit nutzen, um zu lüften und Blumen zu gießen. Sie können sich derweilen schon mal umschauen.« Ihre Hand wies auf eine Tür. »Vielleicht finden Sie ja, was Sie suchen.«

Während die alte Dame in die Küche verschwand, ging ich sofort ins Wohnzimmer. Dort stockte mir erst einmal der Atem. Was ich sah, war so unwirklich. Schwere Möbel mit überbordenden Schnitzereien, ein gutes Dutzend gehäkelter Deckchen, samtig glänzende Polstermöbel, schwere Gardinen und Vorhänge, die dem Tageslicht den Garaus machten. Alles zusammen machte den Raum zu einer Art kitschig ausgestatteter Gruft. Ich konnte mir nur vorstellen, dass es eine Hinterlassenschaft seiner Eltern war, an der er nichts verändert hatte, warum auch immer. Auch ihr Geist schien hier noch herumzuschwirren.

Schnell riss ich mich von dem Anblick los und stellte den Computer an. Kurz darauf musste ich konsterniert feststellen: Die Festplatte war frisch formatiert und damit völlig leer! Das war ohne jeden Zweifel Bornholms Werk! Für mich ein weiteres Indiz, dass er etwas zu verbergen hatte. Mönchbergs Tod und Bornholms Verschwinden waren miteinander verquickt. Diese Schlussfolgerung lag förmlich auf der Hand. In welcher Weise, dazu konnte ich selbstredend noch nichts sagen.

Ich machte mit dem Schreibtisch weiter und fand vor allem Schulunterlagen, ab und an auch Familiäres. So hatte ich plötzlich ein Bild in der Hand, auf dem die komplette Familie zu sehen war. Aufgenommen zu einer Zeit, da es die Ehe noch gab. Dennoch, glücklich sah keiner von ihnen aus, am wenigsten Bornholm. Schnell legte ich das Bild zurück. Unglückliche Ehen wirkten auf mich seit jeher deprimierend. Wahrscheinlich hatte ich Angst davor, es würde bei mir ähnlich enden. Auch in den anderen Schubläden fand ich nichts, was mich wirklich interessierte.

»Nun, hatten Sie Erfolg?« Frau Seiffert stand in der Tür, die Hände in den Schürzentaschen vergraben, und schaute mich an. So ganz frei von Misstrauen war ihr Blick allerdings nicht.

»Ja«, sagte ich ihr leichthin und griff nach einer beliebigen Mappe, die ich ihr sogleich entgegenschwenkte. Unter ihren Augen weiterzusuchen, ergab ohnehin keinen Sinn. »Damit ist mir fürs Erste geholfen! Es kann allerdings sein, dass ich noch mal wiederkommen muss. Aber erst einmal vielen Dank.«

Ich war schon im Gehen, doch dann wandte ich mich noch einmal an sie. »Eine letzte Frage, Frau Seiffert. War jemand hier, um Herrn Bornholm zu sprechen? Ich meine, in der Zeit, nachdem er weg war?«

»Nein, das hätte ich mitbekommen. Ich habe meine Wohnung seitdem nicht verlassen.« Plötzlich zog sie die Stirn kraus. »Heute Nacht ... da war allerdings eine Person bei ihm! Wissen Sie, das Haus ist sehr hellhörig!«

Ich schaute sie mit großen Augen an. »Jemand war bei ihm?«

Sie nickte.

»Wie spät war es?«

»Zwei. Obwohl ich schon um zehn ins Bett bin, hatte ich noch kein Auge zugemacht. Daher habe ich auf die Uhr geschaut. Sie sind zusammen gekommen.«

»Kannten Sie denjenigen?«

»Nein. Woher?«

»Eine Frau, ein Mann, alt oder jung?«

Sie zögerte mit der Antwort. Schließlich befand sie: »Eher ein Mann! Dem Schritt nach.«

»Jung oder alt?

Wieder zögerte die alte Dame. »Eher jung! ... Oder mitteljung! Sagen Sie: Warum wollen Sie das alles wissen? Sind Sie etwa doch von der Polizei?«

»Aber nein doch! Es ist nur, Ihr Nachbar und ich, wir kennen uns seit langem. Da interessiert man sich für den anderen.«

Erst nickte sie, dann sagte sie mehr zu sich: »Aber das Merkwürdigste war ...«

»Ja?«, schoss es aus mir heraus.

»Er ist mit einem roten Auto davongefahren.«

»Ich habe auch ein rotes Auto!«

»Aber Herr Bornholm hat seit seiner Scheidung keinen Wagen mehr. Ich glaube, er konnte es sich nicht leisten. Deshalb wohnt er auch hier. Er hat die Wohnung von seinen Eltern geerbt.«

»Was war das für ein Auto? Ich meine vom Typ her.«

»So ein großes, für Landwege.«

»Sie meinen Landrover?«

Frau Seiffert zuckte mit den Schultern. »Mehr kann ich Ihnen nicht sagen!« Sie verschwand in ihrer Wohnung.

Während ich schnell die Treppe hinunterging, murmelte ich: Eher ein Mann, eher jung oder mitteljung! Rotes Auto für Landwege! Das auf keinen Fall Bornholm gehört! Alles verwirrend! Ich brauchte dringend den Lehrer. Nur er konnte mir meine vielen offenen Fragen beantworten. Angelurlaub, das war natürlich lächerlich! Es sah mehr nach Flucht aus. Paradox! Jetzt, wo die Sterne für ihn günstig standen, er seinem großen Traum ganz nahe war, haute er einfach ab. Dabei brauchte er nur ein hieb- und stichfestes Alibi, und schon war er mit hoher Wahrscheinlichkeit der Vater eines der reichsten Erben, die es je in dieser Stadt gegeben hatte. Damit säße auch er mitten in dem goldenen Nest, nach dem er sich möglicherweise immer gesehnt hatte.

Es gab für mich nur eine Erklärung: Irgendetwas musste fürchterlich schiefgelaufen sein. Wie ich die Sache auch betrachtete: Die Flucht widersprach jeder Vernunft! Doch bevor ich begann, ihn zu suchen, musste ich erst einmal mit meinen Auftraggeberinnen sprechen. Immerhin lag mit einem toten Kandidaten und einem verschwundenen eine völlig neue Situation vor. An Klärungsbedarf fehlte es wirklich nicht.

Ich griff zum Handy und versuchte es in der Villa Berger. Die Ältere war sofort dran. Ich hatte gerade mal ein paar allgemein gehaltene Worte gesprochen, schon forderte sie mich auf, mich umgehend bei ihr sehen zu lassen. Es klang wie ein Befehl! Und plötzlich kam mir der Verdacht, Katharina Berger wüsste bereits, was vorgefallen war. Aber das war unmöglich! Ich schüttelte den Kopf. Wer sollte sie informiert haben? Außer mir und ein paar Polizeibeamten wusste es niemand. Außer, es gab einen Mörder!

8

Katharina Berger, die wie bei meinem ersten Besuch gekleidet war, nur dass sie heute eine etwas dunklere Bluse trug, ging mit mir auf die Terrasse, wo sie mich in einen Korbstuhl dirigierte. Auf ihrer Stirn sah ich tiefe Falten, auch wirkte sie heute irgendwie griesgrämiger.

»Möchten Sie etwas trinken?«, fragte sie.

»Ein Glas Wasser.«

Sie nickte und ging zurück ins Haus. Ich dagegen nutzte die Zeit und wandte mich dem vor mir liegenden Panorama zu.

Da war die Stiftskirche, die man fast mit den Händen greifen konnte. Dahinter, auf dem Florentiner Berg, etwas höher gelegen, das Neue Schloss, umrahmt von riesigen Gerüsten, die signalisierten, dass der seit langem angekündigte Umbau zu einem Wellness-Hotel der allerobersten Kategorie endlich begonnen hatte. Wieder ein Stück weiter und nochmals ein Stück höher das Alte Schloss mit einer trotzig im Wind flackernden Badischen Fahne auf dem Turm, und rechter Hand in unmittelbarer Nähe die Battertfelsen. Aus der Ferne betrachtet waren diese Steinkolosse eigentlich nur imposant und bestaunenswert, doch jedes Mal, wenn ich unmittelbar davor stand, hatte ich Angst, sie könnten sich auf mich stürzen, um mich zu erschlagen.

Katharina Berger kam zurück und stellte Mineralwasser und zwei Gläser auf den Tisch. Kaum saß sie mir gegenüber, ergriff sie das Wort.

»Dummerweise schläft meine Schwester noch. Sie ist erst heute früh aus Berlin zurückgekommen. Wenn sie gebraucht wird, ist sie nicht da! Eine Art Naturgesetz! Ihr Verantwortungsbewusstsein war leider noch nie besonders ausgeprägt.«

Ihre Stimme klang verärgert, während sich die Falten auf ihrer Stirn vertieften. Die Mühe, mich anzulächeln, machte sie sich heute nicht. »Aber nun, Herr Marowski, verkünden Sie endlich Ihre Hiobsbotschaft! Um so eine handelt es sich doch!«

Ich nickte verblüfft. Wusste die Frau es etwa doch schon? Tapfer schluckte ich meinen Verdacht erst einmal wie einen sperrigen Bissen hinunter, dann erzählte ich ihr chronologisch, was geschehen war. Sie unterbrach mich nicht. Als ich ihr alles gesagt hatte, saßen wir noch eine Weile stumm da. Schließlich blickte sie mich traurig an und sagte in sich gekehrt: »Herr Marowski, verrückter konnte es nicht laufen! Was sagen Sie?«

Ich konnte ihr nur Recht geben und nicken.

»Wie soll es nun weitergehen? Wir brauchen trotzdem unseren Erben! Haben Sie zufällig eine Idee?«

»Leider nein!«

»Wenn das alles hier in fremde Hände fällt, drehe ich durch.«

Plötzlich lachte sie wie zur Bestätigung derart schrill und überdreht, dass ich für einen Moment Angst um sie hatte. Doch kurz darauf fuhr sie sachlich fort: »Glauben Sie mir, allein der Gedanke daran hat mir schon manche schlaflose

Nacht beschert!« Sie schloss die Augen, so als wollte sie das Elend um sich herum ignorieren. »Warum schufte ich wie ein Pferd? Ohne einen Erben macht das alles überhaupt keinen Sinn! Nichts macht mehr einen Sinn! Überhaupt nichts!«

Ihre Hände hatten sich ineinandergekrallt. Und für einen Moment glaubte ich, sie würde anfangen zu weinen. Doch sie sagte nur leise, mehr zu sich: »Drei Schwangerschaften hatte ich. Aber nicht eine konnte ich austragen. Es wurde bei mir schlichtweg nichts! Die Ärzte haben mir schließlich nahegelegt, es zu lassen. Ich könnte es sonst mit dem Leben bezahlen. Nun, inzwischen hat es sich ohnehin erübrigt. Es geht biologisch nicht mehr.«

Ich nickte und sah, dass die Frau entsetzlich litt.

»Nun ja, so ist das nun mal!« Sie versuchte tapfer, Haltung zu bewahren, und fuhr nach einer kurzen Zeit fort: »Daher geht es nicht anders: Anna muss es schaffen! Sie muss einfach! Wenn das Mädchen nur nicht so eigenwillig wäre. Gerade was Männer anbelangt. Schon in der Schule mäkelte sie an jedem Jungen herum. Selbst an einem leibhaftigen Prinzen hätte sie was auszusetzen gehabt. Jetzt, wo es endlich so weit zu sein schien ... wir hatten uns nämlich schon so gut wie entschieden.«

»Wer sollte es denn sein?«

»Mönchberg. Natürlich immer vorausgesetzt, Sie hätten bei ihm nichts Gravierendes gefunden, was seine menschlichen Qualitäten in Frage gestellt hätte.«

»Danach sah es nicht aus. Wissen Sie, Frau Berger, ich frage mich ständig, wer könnte ein Interesse daran haben, dass es keinen leiblichen Erben gibt? Wie sieht Ihr Testament aus? Mir reichen Eckpunkte.«

Sie überlegte, zwischendurch beäugte sie mich immer wieder kritisch, schließlich nickte sie. »Stirbt einer von uns, erbt der andere alles. Sind wir beide tot, erbt der Nachkomme. Und gibt es keinen Nachkommen, geht unser Vermögen in eine Stiftung über. Der Gewinn, den diese Stiftung erwirtschaftet, ginge an etwa ein Dutzend gemeinnütziger Vereine, die im Einzelnen noch bestimmt werden müssten. Details interessieren in diesem Zusammenhang wohl nicht.«

»Natürlich nicht. Wissen Sie von einem unehelichen Kind Ihres Vaters?«

»Nein! Zu uns ist jedenfalls nie jemand gekommen und hat Derartiges behauptet.«

Das klang eindeutig.

»Übrigens, Frau Berger, Sie sollten auch die Möglichkeit in Betracht ziehen, dass Mönchberg sich nicht selbst umgebracht hat, es kann durchaus jemand anders gewesen sein. Zwar konnte ich keine Anzeichen von Gewalt finden. Dennoch, Sie sollten die Möglichkeit wenigstens ...«

Ich konnte meinen Satz nicht zu Ende bringen, da sie mich kurzerhand unterbrach. »Meine Mutter hat sich auch das Leben genommen.«

»Das tut mir leid. Hatte sie einen bestimmten Grund?«

»Sicher hatte sie den! Aber niemand kennt ihn wirklich. Das gilt bis heute! Ihr Umfeld stimmte. Unser Vater hat sie auf den Händen getragen. Sie liebte Anna und mich, hatte Geld, reiste oft, frönte ausgiebig ihrer Leidenschaft, dem Klavierspiel. Überhaupt, sie hatte alle Freiheiten und wusste sie wahrzunehmen. Trotzdem hat sie es gemacht. Obwohl sie ihrer Familie damit viel Kummer bereitet hat. Vater hat am meisten gelitten. Auch für Anna war es schwer. Ich kam irgendwann darüber hinweg. Sie sehen, so leicht ist das nicht zu beantworten.«

»Frau Berger, dennoch denke ich, es ist in Ihrem Sinne, wenn ich mich mit den Umständen beschäftige, die zu Mönchbergs Tod führten.«

Sie sagte zunächst nichts, hielt nur die Augen geschlossen und verharrte in sich gekehrt, dann ging ein Ruck durch ihren Körper, und sie fixierte mich mit festem Blick. »Herr Marowski, wir müssen jetzt vor allem realistisch bleiben, Emotionen haben sich einfach mal hinten anzustellen.«

»Inwiefern?«

»Ein Toter beschert uns nicht den erhofften Erben. Unabhängig davon, wie er ums Leben gekommen ist. Ich will damit sagen: Er ist kein Lebender mehr und folglich als Vater für uns uninteressant geworden. Im Übrigen, alles andere ist Sache der Polizei!«

»Ist das Ihr Ernst?«, fragte ich verblüfft.

»Natürlich! Ein Toter kann nicht zeugen!«

Ich sprang erregt hoch. »Frau Berger, Sie machen es sich sehr, sehr einfach! Immerhin ist ein Mensch umgekommen. Und Sie sind an der Sache nicht ganz unbeteiligt. Sie können nicht einfach zur Tagesordnung übergehen! Das geht mir, verdammt noch mal, gewaltig gegen den Strich!«

Sie lächelte mich ruhig an. »Aber Herr Marowski, so kenne ich Sie ja gar nicht! Ich habe bisher immer gedacht, Sie wären ein besonnener Mensch!«

Ich lachte schallend. »Sie haben Mönchberg mit Ihrem vielen Geld geködert. Wäre das nicht gewesen, der Mann würde noch leben.«

»Immer langsam, Herr Marowski! Zum einen ist das, was Sie behaupten, nicht bewiesen. Zum anderen, was können wir dafür, dass Geld so anziehend wirkt? Sie haben unseren Auftrag ja auch angenommen, weil Sie sich ein gutes Honorar versprechen. Oder?«

Ich sagte nichts.

»Stellen Sie sich vor, es würde publik, dass wir nach einem geeigneten Vater für unseren Erben gesucht haben. Die Presse würde vor Wollust aufschreien und uns mit Dreck überschütten. Obendrein hätten wir schlagartig alle möglichen dubiosen Gestalten im Nacken. Das können wir um nichts in der Welt riskieren.«

»Ich denke mal, dieses Grundstück, die Villa, Ihre exzellente Sicherheitstechnik, Ihr vieles Geld, Ihre diversen Anwälte, Ihre einflussreichen Freunde, das alles schützt Sie mehr als hinreichend.«

»Herr Marowski, so setzen Sie sich endlich. Ich mag keine Menschen, die vor mir herumzappeln!«

Ich lächelte und ging weiterhin unbeirrt umher. Ich muss sagen, es begann mir sogar Spaß zu machen.

»Verdammt, setzen Sie sich endlich!«

Als ich es immer noch nicht tat, sagte sie fast milde: »Sie sind ganz schön dreist! Ich kann mich nicht erinnern, wann sich das letzte Mal in meinem Beisein jemand so aufgeführt hat. Meine Schwester mal ausgenommen.«

»Sie werden eine ehrliche Meinung doch aushalten!«

»Haben Sie so gar keinen Funken Ehrgeiz?«

»Nur in einem sehr begrenzten Rahmen.«

Und plötzlich kam ich mir albern vor, wie ein selbsternannter Widerstandskämpfer, der mit einem Glorienschein in den Kampf zieht. Beinahe hätte ich über mich gelacht. Kurzerhand setzte ich mich.

»Haben Sie eigentlich Erfolg in Ihrem Beruf?

»Ja, schon«, murmelte ich verblüfft.

»Nun, Dr. Wohlleben meint, es läuft bei Ihnen nicht so besonders.«

»Herr Dr. Wohlleben irrt! Ich komme gut hin!«

Sie lächelte mich nachsichtig an. »Herr Marowski, Sie sind ein Idealist! Das Erstaunliche für mich ist: Sie wühlen jeden Tag im Müll, und trotzdem kommt das wirkliche Leben nicht zu Ihnen. Anscheinend verstehen Sie es, alles hübsch draußen zu lassen.«

»Aber zu Ihnen kommt es?«

»Ich denke schon.«

»Und Bornholm?«, fragte ich schließlich.

Sie lachte kurz. »Wer sich versteckt, kommt ohnehin nicht in Frage. Folglich ist auch er uninteressant. Warum er es macht, ist damit zweitrangig! Im Übrigen, so ein toller Typ ist dieser Bornholm nun auch wieder nicht.«

Und wieder war mir, als bliebe mir die Luft weg. »Sie scherzen!«

Sie schüttelte den Kopf. »Nein! Warum sollte ich? Meine Schwester und ich werden uns zusammensetzen und beratschlagen, wie es weitergehen soll! Denn eins ist klar: Wir brauchen nach wie vor unseren Erben!« Ein spöttischer Zug trat um ihren Mund. »Ob es dabei für Sie etwas zu tun gibt, kann ich momentan nicht sagen. Ich mag Weltverbesserer menschlich gesehen durchaus, aber darüber hinaus ist mit ihnen leider nicht viel anzufangen!«

Das Telefon schrillte, die Ältere stand auf und gab mir zu verstehen, dass unser Gespräch beendet sei.

»Schicken Sie uns die Rechnung«, sagte sie von oben herab. »Ich werde sie mir allerdings genauestens anschauen. Denn so berauschend war das Resultat Ihrer Bemühungen ja auch wieder nicht.«

Wir drückten uns flüchtig die Hände. Ich lächelte verkrampft, sie hatte zielsicher ihren Finger in meine offene Wunde gelegt.

Schließlich murmelte ich derart leise, dass ich mich selbst kaum verstand: »Frau Berger, es tut mir leid, wenn ich Ihren hohen Erwartungen nicht entsprechen konnte!« Abrupt drehte ich mich um und ging. Erst als ich in meinem Golf saß, wurde mir schlagartig bewusst, dass ich ab sofort wieder einmal ohne Auftrag dastand. Obwohl ich diesen Zustand hinreichend kannte, war er immer wieder deprimierend.

9

Der Schlüssel wollte einfach nicht ins Schloss meiner Wohnungstür. Zu sehr zitterten meine Hände, während der harte, unnachgiebige Gesichtsausdruck Katharina Bergers, mit dem sie mich praktisch rausgeschmissen hatte, in meinem Kopf herumgeisterte. Wie einen unmündigen Schulbuben hatte sie mich abgefertigt. Diese Reichen und ihre verdammte Arroganz! Bei ihnen drehte sich alles ausschließlich um ihre persönlichen Interessen. Und das mit einer unerschütterlichen Selbstverständlichkeit, die wie Gottvertrauen dahermarschiert kommt!

»Der Herr ...«

Ich fuhr erschrocken herum. Professor Goldmann stand hinter mir.

»Marowski«, half ich instinktiv.

»Unser Pole!«

Mir war nach dem Gespräch mit Katharina Berger nicht zum Scherzen zumute. Schärfer, als ich es wollte, entgegnete ich: »Professor, Sie irren! Marowski ist – und war es schon immer – ein durch und durch Tiroler Name!«

»So, so! Na dann eben: der Herr Marowski aus Tirol!« Trotz meiner finsteren Miene lächelte er amüsiert, dann fuhr er vertraulich fort: »Ich bin übrigens ein waschechter Danziger! Ein Kaschube! Darauf wären Sie nicht gekommen, was?« Er lachte polternd, klopfte mir kumpelhaft auf die Schulter und kam mit seinem Gesicht nahe an meins heran. »Mein Lieber, Sie sehen mir ein wenig mitgenommen aus. Etwa eine Frauengeschichte?«

Ich schloss kurz die Augen und wiegte vieldeutig den Kopf.

»Wenn Sie ein Mittelchen brauchen, ich helfe Ihnen gerne!« Er guckte auf die Uhr. »Tut mir leid, die Patienten!« Er wollte offenbar weiter, doch mehr als eine Stufe gönnte ich ihm nicht.

»Sie kommen von Dr. Wohlleben?«, fragte ich schnell.

»Ja, es geht ihm leider nicht besonders.«

»Was hat er denn?

»Nun, sagen wir ... unpässlich. Aber ich gehe davon aus, er wird bald wieder auf seinen Beinen stehen. Er ist ja noch jung. Morgen sehen Sie beide wieder besser aus.«

»Kann ich zu ihm?«

»Ich habe ihm eine Spritze gegeben. Er schläft. Und das lassen wir mal so, wie es ist!«

»Sie meinen, morgen ist er wieder fit?«

»Festlegen möchte ich mich nicht. Ich brauche erst einmal seine Blutwerte. Ohne die ist eine fundierte Diagnose schlecht möglich.« Er nahm die nächsten Stufen.

»Ach, Professor, ich würde gerne mit Ihrer Tochter reden.«

Abrupt blieb er stehen und drehte sich zu mir. »Was wollen Sie von ihr?«

»Meine Ermittlungen erweisen sich als sehr schwierig.«

»Was hat meine Tochter damit zu tun?«

»Sie wollte mir helfen.«

»Wobei?«

»Wenn ich Informationen brauche ... Sie hat es mir von sich aus angeboten. Sie wissen doch, Ihre Tochter ist von Hause aus ...«

»Ja, ja«, unterbrach er mich sichtlich verärgert. »Sie soll sich lieber um die Praxis kümmern! Nun ja, sie hilft gerne. Ist eben ein liebes Mädchen. Verstehen Sie mich bitte nicht falsch, aber so etwas wird häufig ausgenutzt.«

»Ich will sie um Gottes willen in nichts hineinziehen.«

»Das möchte ich Ihnen auch nicht raten.« Der Professor ging weiter; am Fuße der Treppe blieb er stehen. »Was ich Sie schon immer mal fragen wollte: Macht Ihre Arbeit eigentlich Fortschritte?«

Obwohl inzwischen einige Stufen zwischen uns lagen, sah ich, wie es in seinen Augen blitzte. Vorsichtig entgegnete ich: »Nun ja, wie man es nimmt.«

»Sagen Sie mir einfach: Wer von den beiden hat die Nase vorn? Von den Blutwerten, der Potenz und vom IQ aus gesehen, lagen die beiden so ziemlich gleichauf.«

Für einen Moment überlegte ich, ob ich ihm doch alles sagen sollte. Es wäre interessant zu sehen, wie er reagieren würde. Doch irgendetwas hielt mich davon ab. Ich schüttelte nur unbestimmt den Kopf.

»Ich wusste es gleich, es kann dabei einfach nichts herauskommen!!« Er winkte ab und war endgültig weg.

Ich steckte den Schlüssel ins Schloss der Wohnungstür. Dieses Mal klappte es auf Anhieb. Kaum war ich in meiner Wohnung, beschäftigte mich die Frage: Warum wurde Dr. Wohlleben urplötzlich krank? Ich hatte ihn über all die Jahre ausschließlich gesund erlebt. Schon merkwürdig! Aber das galt momentan für alles, was um mich herum passierte: Merkwürdigkeiten über Merkwürdigkeiten! Manchmal waren es auch gleichzeitig mehrere! Je länger ich darüber nachdachte, um so mehr gewann mein Fatalismus die Oberhand. Es hatte mir egal zu sein. Ich hatte keinen Fall mehr. Ich war draußen! Nur ein ganz gewöhnlicher Arbeitsloser ohne Arbeitslosengeld. Basta!

Dennoch, wieder tauchte das Gesicht von Katharina Berger vor mir auf. Wie sie mich von oben herab ansah. Aber dann fiel mir doch etwas ein, womit ich ihr einen, wenn auch nur einen ganz kleinen, Nadelstich versetzen konnte. Sie bekam eine saftige Rechnung aufgebrummt! Da kam alles hinein! Allein der Gedanke tat mir gut. Wollte man an ihr Geld, traf man die Reichen immer. Auch wenn es für sie nur Pfennigkram war. Merklich entspannt schlenderte ich eine Weile hin und her, beobachtete, was auf dem Augustaplatz passierte, sah kurz die Post durch und legte mich schließlich auf mein heißgeliebtes Sofa. Zufrieden registrierte ich, dass ich es mir wieder leisten konnte, ich war ein freier Mann. Ein Sonnenstrahl streichelte mir zur Bestätigung liebevoll das Gesicht. Eigentlich so, wie es nur eine zärtliche Frau schafft. Sekunden später war ich tief und fest eingeschlafen.

10

Die Wohnungsklingel riss mich aus meinem Mittagsschlaf. Benommen erhob ich mich vom Sofa und schwankte zur Wohnungstür. Sicher ging es Dr. Wohlleben besser, und er wollte von mir wissen, wie es um den Auftrag der Schwestern stand. Sollte ich frei von der Leber berichten – Mönchberg tot, Bornholm verschwunden, Auftrag futsch –, oder reichte es, wenn ich ihm ein paar Häppchen hinwarf?

Als ich, immer noch verschlafen, die Tür öffnete, hatte ich zu tun, mich auf den Beinen zu halten. Anna Berger stand vor mir. Die Arme über der Brust verschränkt, lächelte sie mich belustigt an. Sicher fand sie es amüsant, dass mir der Mittagsschlaf auf dem Gesicht lag. Wie bei unserem ersten Zusammentreffen trug sie ein schwarzes Kleid, allerdings ein deutlich schlichteres und weniger körperbetontes. So etwas wie die Alltagsvariante. Auf Schmuck hatte sie zudem gänzlich verzichtet, sah man von dem roten, um die Schultern gelegten Seidenschal ab. Während ich nicht damit fertig wurde, sie wortlos anzustarren, fragte sie mit ihrer rauen Stimme wie beiläufig: »Herr Marowski, wollen Sie mich nicht hereinbitten?«

»Natürlich!«, erwiderte ich hastig und zeigte in Richtung Wohnzimmer.

Ich bot ihr meinem einzigen Sessel an, doch sie ignorierte das Angebot und blieb mitten im Raum stehen. Dort drehte sie sich langsam um die eigene Achse, während sie sich ungeniert umschaute. »Das also ist Ihr Reich!«

Ich nickte und setzte mich aufs Sofa, dessen Bezug noch warm von meinem Körper war.

»Frau Berger, entschuldigen Sie die Unordnung, meine Haushälterin hat mich heute leider versetzt.«

Um ihren Mund zeigten sich Grübchen. »Herr Marowski, Sie haben zweifellos eine beachtliche Portion Humor. Das ist meiner Schwester und mir bereits aufgefallen, als Sie das erste Mal bei uns waren.«

Sie ging zu meinem einzigen Regal, in dem unter anderem meine komplette Bibliothek untergebracht war, und nahm dieses oder jenes Buch in die Hand, betrachtete den Einband, las den Klappentext und stellte es anschließend sorgfältig zurück. An ihrem Gesicht glaubte ich zu erkennen, dass es nicht die Art Literatur war, die ihr sonderlich gefiel.

Schließlich hatte sie genug Bücher in die Hand genommen, ging zurück in Richtung Raummitte und fuhr dabei lebhaft fort: »Interessant, wie Sie leben. Sachbücher statt Belletristik, nicht ganz saubere Fensterscheiben ersetzen die Gardinen, der gescheckte Fußbodenbelag integriert jeden

Fleck. Dennoch ist alles da, was man so braucht. Ihre Wohnung könnte glatt als Künstlerbleibe durchgehen. Insofern hat Ihr Lebensstil einiges für sich.«

Inzwischen stand sie wieder in der Mitte des Raumes, während ihre Hände den roten Seidenschal umklammerten. »Sie werden denken: Nur wer ausreichend Geld hat, kann solche Reden führen. Vielleicht stimmt das sogar. Dennoch, Sie scheinen entschieden freier zu leben als andere. Sie haben ganz offensichtlich nicht diese entsetzlichen Besitzzwänge in sich. Damit hat man unter dem Strich mehr Zeit für sich. Kann sich zum Beispiel auf das Sofa da legen und nachdenken. Ich finde, das ist etwas ganz, ganz Wichtiges! Es gibt einem Gelassenheit und Weitsicht!«

»Wenn man Ihre Gedanken weiterspinnt, sind die Obdachlosen die einzigen Glücklichen!«

»Eine interessante These! Ich verspreche Ihnen, zu gegebener Zeit darüber nachzudenken.«

Langsam stieg mein Blutdruck. Die Frau machte sich über mich lustig. Das vertrug ich grundsätzlich nicht. Mit deutlich erhöhter Phonzahl erwiderte ich: »Frau Berger, Sie sind doch nicht gekommen, um mir diese soziale Kacke um den Mund zu schmieren? Was wollen Sie wirklich?«

Sie beendete abrupt ihre Wanderung, die Hände lösten sich vom Schal, und sie setzte sich endlich mir gegenüber in den Sessel.

»Sie haben ja recht!«

Sie schaute mich entschuldigend an. »Wissen Sie, ich denke viel über den Sinn des Lebens nach. Dabei stoße ich zwangsläufig auf solche Dinge. Aber ich will Sie damit auf keinen Fall provozieren! Natürlich bin ich gekommen, weil Mönchberg tot ist und Bornholm untergetaucht.«

»Worauf Ihre nette Schwester mir umgehend den Auftrag entzogen hat!«

»Ich weiß, ich weiß!« Sie schlug die Beine übereinander und zog das Kleid glatt. »Und genau deshalb sollten wir miteinander reden.«

Ich starrte sie überrascht an und war augenblicklich noch eine Spur wacher. »Ich höre!«

»Um gleich auf den Punkt zu kommen: Ich teile nicht die Meinung meiner Schwester.« Sie überlegte kurz, offenbar suchte sie nach den richtigen Worten. »Nur in einem Punkt stimmen wir überein: Alles, was mit Mönchberg zusammenhängt, sollte man ruhen lassen! Nicht dass die Polizei irgendwelche Zusammenhänge konstruiert und wir in den Fokus der Öffentlichkeit rücken. Das wäre für uns die Katastrophe schlechthin! Natürlich soll die Polizei klären, ob es Mord oder Selbstmord war. Dafür wird sie schließlich mit unseren Steuergeldern bezahlt.«

Ich wollte erregt entgegnen, dass sie es sich genauso einfach wie ihre Schwester machte, doch sie hob kurz die Hand und sagte: »Nun lassen Sie mich doch bitte erst einmal ausreden.«

Sie wartete ein wenig, so wie ein Schauspieler, der Spannung aufbaut, bis sie mir fest in die Augen sah. »Was Bornholm anbelangt, sehe ich die Dinge allerdings völlig anders als meine Schwester. Und genau deswegen bin ich eigentlich gekommen.«

Meine Erregung legte sich, ich wurde neugierig. »Inwiefern?«

»Ich muss mit Bornholm reden. Und zwar unter vier Augen! Unbedingt! Schließlich war, oder richtiger ... ist er mein Geheimfavorit. Ich möchte nicht so weit gehen und behaupten, ich wäre in ihn verliebt. Aber dieser Mann gefiel mir auf seine Art von Anfang an. Er hat so etwas Lockeres und dabei gleichzeitig etwas sehr Natürliches! Wie ein großer Junge! Zugegeben, meine Schwester tendierte mehr zu Mönchberg, er sei eine auf Erfolg programmierte Person. Doch mir war dieser Physiker bei allem irgendwo zu trocken, zu steif, zu linear. Ich hatte den Eindruck, er lief ständig in einem Korsett herum, und dabei kannte er nur eine Richtung: Geradeaus! Ich hätte mich mit ihm jedenfalls sehr schwergetan.«

Sie nahm ihren Schal von den Schultern und legte ihn sich, mehrmals gewunden, dekorativ um den Hals.

»Herr Marowski, Sie brauchen lediglich den Aufenthaltsort von Bornholm ausfindig zu machen. Das ist alles, was ich von Ihnen erwarte.«

»Und Sie wollen nur mit ihm reden?«

»So ist es!«

»Und wenn er etwas mit Mönchbergs Tod zu tun hat?«

»Danach werde ich ihn selbstverständlich auch fragen. Aber Sie können sicher sein, er hat damit nichts zu tun.« In ihren Augen funkelte es für einen Moment. »So weit kenne ich ihn!«

Ich brachte es nicht fertig, einfach zu nicken, sondern sagte entschieden: »Unter einer Voraussetzung!«

»Und das wäre?«

»Ich werde ihn auf jeden Fall nach seinem Alibi befragen und es anschließend selbstverständlich überprüfen. Sollte es in irgendeiner Form nicht astrein sein, wollen Sie es sicher wissen.«

Als sie nichts entgegnete, sagte ich gereizt: »Als Vater dürfte er in dem Fall wohl nicht in Frage kommen. Denn er stände damit unter Mordverdacht! Oder sehen Sie es anders?«

Sie senkte den Blick. »Sie wollen es offenbar immer ganz genau wissen!«

Ich zuckte mit den Schultern. »So bin ich halt!«

»Einverstanden. Aber ich sage Ihnen, er hat damit nichts zu tun.«

»Folglich wäre auch das geklärt.«

»Nun, Herr Marowski, dann können Sie mit Ihrer Arbeit beginnen. Je schneller, umso besser. Und wie gesagt: zu niemandem ein Wort.«

»Und die Rechnung?«

»Alles, was bisher angefallen ist, geht an meine Schwester. Das andere an mich. Und wie gesagt, das Wichtigste bei alledem ist: zu niemandem ein Wort. Selbst meine Schwester braucht von Ihrem neuen Auftrag nichts zu wissen.«

Für einen Moment hatte ich den Eindruck, sie wolle gehen, doch stattdessen strahlte sie mich unvermittelt an.

»Ach ja, bevor ich es vergesse, ich muss Sie ja noch beglückwünschen.«

»Inwiefern?«

»Dass Sie meiner Schwester widersprochen haben. Ein Vorkommnis, das nicht häufig passiert.«

»Ich denke, Sie werden ab und an ebenfalls kräftig gegenhalten!«

»Ich bin nur die kleine Schwester!«

Es klang ein wenig traurig und zugleich resigniert, aber durch und durch ehrlich.

Ich räusperte mich und sagte energisch: »Ich nehme den Auftrag an. Gleich morgen werde ich mit der Suche beginnen.«

Sie stand auf. Ich erhob mich ebenfalls, wir gaben uns die Hand. Doch statt meine wieder loszulassen, schaute sie mich erneut amüsiert an.

»Wissen Sie, was meine Schwester behauptet?«

Ich schüttelte den Kopf.

»Dass Sie uns Reiche nicht mögen. Ist da etwas dran?«

Ich wurde verlegen. »Wie kommt Ihre Schwester darauf?«

»Es ist bei ihr so eine Art Bauchgefühl. Meistens liegt sie damit allerdings richtig. Ich sehe das jedoch entschieden differenzierter. Warum soll man uns Reiche auch mögen? Dafür gibt es bei Licht besehen nicht allzu viele Gründe ... vor allem, wenn man auf der anderen Seite steht.«

Sie lächelte mich spitzbübisch an, gab endlich meine Hand frei und ging zur Tür.

Nach zwei, drei Schritten drehte sie sich noch einmal zu mir um. »Herr Marowski, ich wollte es Ihnen schon lange mal sagen: Sie haben ein ausgesprochen interessantes Gesicht.«

Ich hatte zwar vor, mit einer treffenden Bemerkung zu kontern, doch aus meinem bereits geöffneten Mund kam nichts, er blieb nur offen. Auch war ich nicht in der Lage, wenigstens den Kopf zu bewegen.

Sie dagegen genoss meine Verlegenheit. Gleichzeitig lag in ihrem Blick etwas Vieldeutiges, das mich auf eine merkwürdige Weise unsicher werden ließ. Schließlich nahm sie ihren Schal vom Hals und legte ihn sich wieder um die Schultern. Geradezu sachlich sagte sie: »Herr Marowski, sollte es Probleme geben, welcher Art auch immer – Sie können mich jederzeit anrufen!« Sekunden später hatte sie mein Wohnzimmer verlassen. Ich starrte noch eine Zeit lang auf die Tür, durch die sie gegangen war, während in meinem Kopf unablässig dieser Satz kreiste: Sie haben ein interessantes Gesicht! Und obendrein war da noch dieser Blick.

11

Auftrag bekommen, Auftrag weg, Auftrag bekommen ... So ein munteres Wechselspielchen hatte ich in meinem Ermittlerdasein noch nicht erlebt. Daran musste ich mich erst gewöhnen.

Dennoch, Bornholm aufspüren, das war endlich eine Aufgabe ganz nach meinem Geschmack. Vor allem, weil sie mich in die elitäre Schicht der Zielfahnder katapultierte. Eine Berufsgruppe, der ich schon immer eine Menge Bewunderung entgegengebracht habe. Wer bei denen mit von der Partie war, dem wurde die Jagd pur geboten! Allerdings weniger mit dem Revolver und schnellen Autos. Vielmehr mussten sie in das persönliche Umfeld des Gesuchten eintauchen, seine Gewohnheiten analysieren, Verwandte, Freunde, Arbeitskollegen und Nachbarn befragen, immer in der Hoffnung, einer würde die entscheidende Information über seinen momentanen Aufenthaltsort liefern. Und was bei diesem Job neben Ruhe und Geduld ganz wichtig war: Es musste einem gelingen, sich in die Psyche des Gejagten hineinzuversetzen. Am besten, man verschmolz mit ihm, fühlte und dachte wie er.

Gleich am nächsten Tag legte ich los und ging zu Bornholms Arbeitsplatz, einem Gymnasium, das in der Nähe der Thermen lag. Ich gab mich als Versicherungsvertreter aus, der Bornholm wegen einer Police sprechen müsse, die fällig wurde und deren Auszahlungsmodalitäten ich nur mit ihm gemeinsam abklären konnte. Die Schulsekretärin, bei der ich zunächst landete, sagte mir, dass Bornholm sich krankgemeldet habe und sie mir ansonsten nicht weiterhelfen könne. Nach einigem Überlegen verwies sie mich an den Sportlehrer, der ihn am besten kenne.

Ich trieb den Mann mit viel Mühe auf, und er war auch bereit mit mir zu reden. Ich erfuhr, dass Bornholm ein leidenschaftlicher Angler war, auch sprach er perfekt französisch, überhaupt sei der Kollege Bornholm von Kopf bis Fuß ein Frankophiler. Bei den Schülern war er sehr beliebt. Sie schätzten vor allem seinen Witz und seine lockere Art. Die Kollegen dagegen mochten ihn weniger. Er war ihnen zu egoistisch. Ich fand, für den Anfang reichte es mir.

Danach rief ich in Lichtental bei seiner Wohnungsnachbarin Frau Seiffert an. Die alte Dame konnte sich sofort an mich erinnern und sagte mir, ohne dass ich sie erst fragen musste: Bornholm hatte sich einmal bei ihr telefonisch gemeldet, allerdings nur kurz. Es gehe ihm gut, war alles, was er zu ihr gesagt hatte.

Am meisten erfuhr ich von seiner Exfrau, die mit den beiden Kindern in Oberbeueren im Haus ihrer Eltern lebte. Schon während ihrer Ehe war er an den Wochenenden immer mal ins Elsass gefahren. Alleine natürlich. Er hatte ihr gesagt, er habe auf der anderen Rheinseite, nicht weit von der Staustufe Iffezheim, gute Bekannte. Sie hatte ihm das nie wirklich geglaubt, sondern angenommen, es gehe wieder mal um eine seiner unzähligen Frauengeschichten. Doch da sie seit langem nichts mehr für ihn empfand, war es ihr egal gewesen. Auch sie bestätigte, dass er meistens sein Angelzeug mitgenommen habe. Sie gab mir ein Bild, das ihn an einem Kiessee mit einem riesigen Fisch an der Angel zeigte. Im Hintergrund lagen Wochenendgrundstücke und ein kleiner Wald. Der See war leicht ellipsenförmig, die Uferzone teilweise mit Schilf bewachsen, an der Westseite des Sees lagen ein gutes Dutzend Wochenendgrundstücke. Und noch etwas fiel mir auf: die Landschaft war flach wie ein Brett. Die Rheinebene! Natürlich! Nichts anderes! Bornholm versteckte sich auf einem Elsässer Wochenendgrundstück, das an einem Kiessee lag, nicht weit bis zur Iffezheimer Staustufe.

Alles passte, darüber hinaus konnte ich seine Entscheidung gut nachvollziehen. Einerseits ermöglichte ihm der Standort, das Geschehen in Baden-Baden hautnah zu verfolgen, und andererseits konnte er sich, sollte es für ihn irgendwann eng werden, in aller Ruhe ins Landesinnere absetzen. Frankreich war groß, bot hervorragende Unterschlupfmöglichkeiten. Und Franzosen, die ihm dabei helfen konnten, hatte er im Laufe der Jahre bestimmt gefunden.

Ja, das war meine Spur! Und ich war mir sicher, dass ich nicht daneben lag. Gleich morgen würde ich mit der Suche beginnen. Was ich jetzt noch brauchte, war vor allem gutes Kartenmaterial und ein anständiges Fernglas. Und natürlich wünschte ich mir eine Portion Glück!

12

Es war das dritte Objekt, das ich mir vornahm. Die beiden vorhergehenden Standorte waren Nieten gewesen, bei denen nichts mit dem, was auf dem Bild zu sehen war, wirklich übereinstimmte. Größe der Kiesseen, ihre Form, Anzahl der Grundstücke. Alles war letztendlich anders gewesen. Dieses Mal hatte ich schon beim Aussteigen ein gutes Gefühl. Und in der Tat, bereits ein erster Rundblick zeigte: Hier stimmte es!

Ich parkte meinen Golf direkt neben einem roten, über und über mit Dreck beschmierten Landrover. Einen guten

Meter weiter begann eine Badewiese, die heute niemand nutzte. Es lag an dem Wetter, vor allem der kühle Ostwind hielt die Leute ab. Dafür lärmten in der Hecke neben mir junge Meisen. Über dem See kreiste ein Fischadler, der wie eine vom Militär eingesetzte Drohne die Wasseroberfläche nach Beute absuchte. Und urplötzlich zuckte ich zusammen. Bornholms Wohnungsnachbarin hatte ihn mit einem großen roten Wagen, der nicht ihm gehörte und für Feldwege bestimmt war, wegfahren sehen. Und neben mir stand einer, auf dem das alles passte. Ein roter Landrover der Marke Toyota. Ich ging um den Wagen herum. An dem Nummernschild, das genauso verdreckt wie der Wagen war, musste ich erst einmal herumwischen, dann konnte ich erkennen, dass der Halter ein Franzose aus Haguenau war. Für mich schon so etwas wie der definitive Beweis, dass ich richtig lag. Alles in mir begann zu schwingen, während mein Adrenalinspiegel stetig weiter nach oben kletterte. Dennoch hieß es cool bleiben!

Zunächst warf ich einen Blick auf die Grundstücke. Sie waren durchweg um die tausend Quadratmeter groß und lagen ausschließlich am Westufer. In jedem sah ich sorgfältig geschnittene Obstbäume, kurz gehaltene Rasen, halbhohe Hecken und ein flaches Holzhaus, meist schwarz geteert und mit angebautem Schuppen. Bei einigen waren in unmittelbarer Hausnähe noch kleine Blumenbeete angelegt. Alles sehr gepflegt. Wer hier ein Stück Land besaß, wusste es offenbar zu schätzen.

Ein Mann um die Vierzig kam aus einem der anliegenden Grundstücke. Schnell holte ich Bornholms Bild hervor und hielt es ihm unter die Nase. Er schaute es sich an, wiegte ein paar Mal mit dem Kopf, sagte dann ganz schnell etwas auf Französisch, das ich wie immer nicht verstand. Als ich ihn fragte, ob er deutsch spreche, betrachtete er mich mitleidig. Doch letztendlich erbarmte er sich und zeigte auf ein Grundstück, dreißig oder vierzig Meter entfernt, mit direktem Zugang zum See. Danach ließ er mich wortlos stehen.

Auch wenn seine Aussage nicht eindeutig war, sie bescherte mir einen weiteren Adrenalinstoß. Inzwischen glaubte ich ganz fest daran, dass ich Bornholm gefunden hatte – es stimmte einfach zu viel!

Ich nahm einen schmalen Weg, der an beiden Seiten von akkurat geschnittenen Hecken begrenzt war, und stand kurz darauf vor einem Grundstück, das sich kaum von den anderen unterschied. Zu sehen war niemand. Von Bornholm ganz zu schweigen. Ein kleines Holztor, nicht mal einen Meter hoch, diente als Zugang. Mit einem Satz hatte ich es überwunden. Ich ging zum Haus und klopfte. Nichts rührte sich. Ich prüfte, ob sich die Eingangstür öffnen ließ, doch sie war verschlossen. Am See sah ich einen leeren Anlegeplatz. Der dazugehörende Ruderkahn fehlte. Möglich, dass Bornholm mit ihm zum Angeln auf dem See war. Und dann entdeckte ich in der Nähe des gegenüberliegenden Ufers einen Kahn, in dem jemand saß und eine Angel ins Wasser hielt. Ich nahm das Fernglas. Ja, das könnte Bornholm sein. Zwar hätte ich nicht meine Hand dafür ins Feuer gelegt, doch eigentlich war ich mir sicher. Ich beschloss, mich auf die Lauer zu legen. Angler kamen irgendwann immer heim, schon um den Fang sachgerecht zu lagern.

In der Nähe des Schuppens gab es eine Hecke, die einen gewissen Schutz bot. Ich setzte mich dahinter und wartete. Insekten umschwirrten mich, Käfer und Ameisen krabbelten an mir herum. Und auch hier lärmten junge Meisen. Ansonsten aber passierte nichts. Ich wurde müde. Schließlich schlief ich ein.

Ich musste eine ganze Weile geschlafen haben, als mich ein Geräusch munter machte. Zunächst registrierte ich, dass der Kahn von der gegenüberliegenden Uferseite verschwunden war. Doch die Anlegestelle des Grundstücks war nach wie vor leer. Ich begann unruhig zu werden. Lag ich etwa doch falsch? Und auf einmal spürte ich, dass eine Person ganz in der Nähe war. Dann hörte ich, wie sich jemand an der Eingangstür zu schaffen machte. Leider konnte ich von meinem

Versteck aus den Eingangsbereich nicht sehen. Vorsichtig schlich ich zur Vorderfront des Hauses. Doch ich kam zu spät, der Unbekannte war bereits verschwunden. Ich ging zum Fenster und schaute hinein. Aber meine Augen mussten sich erst an die Dunkelheit im Inneren des Gebäudes gewöhnen. Als ich schließlich die Umrisse einer Frau zu erkennen glaubte, spürte ich einen Schlag auf dem Hinterkopf. Ich versuchte mich noch zu wehren. Doch mehr als ein unkontrolliertes Herumwuseln mit den Armen wurde es nicht. Dann nahm mich ein watteartiger undurchdringlicher Nebel auf in sein Reich.

Irgendwann war mir, als kröche ich durch einen endlos langen Tunnel, einem winzigen Lichtstreifen entgegen. Und so sehr ich mir auch Mühe gab voranzukommen, es wurde nur ganz, ganz allmählich heller. Bis ich irgendwann mitbekam, dass ich gefesselt auf einem Stuhl saß, inmitten von Brettern, Gartengeräten, alten Möbeln und jeder Menge Krimskrams. In meiner Nase hatte sich eine Geruchsmischung aus Staub, Holzschutzmitteln und Benzin festgesetzt. Offenbar wurde ich im Schuppen hinter dem Haus festgehalten. Ich schaute nach unten und musste mit ansehen, wie eine Ratte seelenruhig über meine Schuhe kletterte. Das Tier knabberte kurz an meinen Schnürsenkeln, danach schnupperte es an einer zerknautschten Farbbüchse. Bei alledem hämmerte es in meinem Kopf, als probte dort oben eine Rockband. Trotz alledem, mein Gehirn begann allmählich wieder zu arbeiten.

Für mich war klar: Bornholm war es gewesen. Ich stellte mir die Frage, was er damit erreichen wollte? Er kannte mich doch nicht. Oder hatte ihn jemand gewarnt? War ich in eine Falle getappt? Eigentlich unmöglich. Niemand hatte gewusst, dass ich ihn so schnell auftreiben würde. Ich selbst nicht. Auch möglich, dass er dachte, ich wäre ein deutscher Polizist. Auf jeden Fall hatte er Dreck am Stecken! Sonst würde er nicht derartig überzogen reagieren. Ich konnte nur beten, dass er es nicht auf mein Leben abgesehen hatte. Natürlich konnte ich das Gegenteil nicht ausschließen. Allein der Gedanke sorgte dafür, dass ich wie wild an den Fesseln zu zerren begann. Aber schnell merkte ich, dass man mich professionell verschnürt hatte. Je mehr ich zog, um so fester wurden die Knoten. Das sah eigentlich nicht nach dem zarten Bornholm, dem Frauenversteher, aus, wie Cordula Goldmann ihn mir beschrieben hatte. Oder hatte er verborgene Talente? Wieder verfiel ich in eine Art Dämmerzustand.

Plötzlich ging direkt über meinem Kopf eine Glühbirne an, und ein Mann kam auf mich zu. Doch es war nicht Bornholm, sondern jemand, den ich noch nie gesehen hatte. Ich schätzte ihn auf etwa um die Vierzig. Ansonsten ließ alles an ihm augenblicklich ein ungutes Gefühl in mir hochkommen. Sein Oberkörper und seine Arme waren über und über mit Muskeln bepackt, während Kopf und Gesicht glattrasiert waren. Dadurch wirkte er nackt und zugleich ungemein kräftig. Er trug ein graues, mit Schweißflecken übersätes T-Shirt und knapp sitzende löchrige Jeans. In seinen dunklen, tiefliegenden Augen lag etwas Unheilvolles. Der maßgeschneiderte Türsteher für jede verrückte Disco. Plötzlich zog er die Lippen hoch, sagte aber nichts. Vielleicht wollte er mir nur zeigen, dass er sich Goldzähne leisten konnte. Mich fröstelte.

»Deutsch?«, fragte er schließlich.

Ich nickte. Wenigstens konnte ich mich mit ihm verständigen.

»Was wollen Sie von meiner Schwester?« Er sprach ein gutes Deutsch, wenn auch mit starkem französischen Akzent.

»Nichts! Warum sollte ich?«

»Sie sind ein Spanner!«

»Unsinn!«

»Warum sind Sie sonst hier?«

»Ich suche einen gewissen Herrn Bornholm. Er wohnt in Baden-Baden und arbeitet dort als Gymnasiallehrer. Ich muss ihn unbedingt sprechen«, sagte ich und fügte beiläufig hinzu: »Eine Versicherungsangelegenheit!«

»Egal! Ich kenne keinen ... wie auch immer!«

»Man sagte mir aber, ich würde ihn hier finden.«

»Ich spreche deutsch. Daher hat man Sie zu mir geschickt. Warum haben Sie nicht geklopft oder an der Glocke geläutet. Schleichen hier rum.« Er kam ganz nahe an mich heran, so dass ich seinen Atem spürte, während er mir ins Gesicht zischte: »Mit Ihnen stimmt was nicht. Das rieche ich.«

»Binden Sie mich auf der Stelle los! Was Sie machen, ist Freiheitsberaubung! Ich werde Sie anzeigen!«

Unbeeindruckt steckte er sich eine Zigarette an. Rauchend umkreiste er mich. Schließlich sagte er eisig: »Ich sollte die Polizei rufen! Die mag euch Deutsche nicht. Gerade solche wie dich! Möglich ist natürlich auch, dass du auskundschaften willst, ob hier was zu holen ist.«

Plötzlich stand er hinter mir, griff mir in die Haare und zog mir den Kopf nach hinten. Die Zigarette hing in seinem Mundwinkel, mit jedem Ausatmen blies er mir den Qualm ins Gesicht. Ich biss die Zähne zusammen.

»Komm schon, Deutscher, warum bist du wirklich hier?« Sein Griff wurde fester, seine Stimme noch unfreundlicher. »Rede!«

»Bornholm ist hier!«

»Ich lüge?« Er ließ meinen Kopf los und baute sich vor mir auf.

»Ich habe ihn gesehen!«, sagte ich und gab mich unbeeindruckt. Ja, ich setzte noch eins drauf und versuchte sogar zu lächeln.

Seine Augen funkelten böse und er beugte sich über mich. Plötzlich ließ er die brennende Zigarette aus dem Mundwinkel rutschen. Sie fiel auf meine Nase, glitt über die Wange und blieb auf meinem Hemdkragen liegen. Der Franzose grinste, während seine Goldzähne blitzten.

»Deutscher, du sollst sie ganz haben!«

Mit der Spitze des Zeigefingers schubste er die brennende Zigarette so, dass sie mir unter das Hemd bis auf die nackte Haut meiner Schulter rutschte. Von dort breitete sich ein brennender Schmerz über dem gesamten Oberkörper aus. Mein Peiniger grinste. Mitgefühl kannte so ein Typ nicht. Möglich, dass er nur seinen Spaß mit mir haben wollte. Für mich war das entschieden zu viel! Wut und Panik überfielen mich. Ich schaffte es, auf den Zehenspitzen nach vorne gebeugt für einen winzigen Moment zum Stehen zu kommen. So konnte ich mich mit beiden Beinen abstoßen. Ich landete punktgenau mit dem Kopf vorneweg und dem Stuhl auf dem Rücken in seinem Unterkörper. Kurz sah ich seinen verblüfften Blick, dann lagen wir beide auf dem Boden. Ich hörte ihn fürchterlich schreien, sah, wie er sich krümmte und die Hände an seine Genitalien presste. Gleichzeitig merkte ich, dass der Stuhl kaputt war und sich dadurch meine Fesselung gelockert hatte. Schnell begann ich, mich von Seil und Stuhl zu befreien. Der Franzose war unfähig, mich daran zu hindern. Mit geschlossenen Augen und weit geöffnetem Mund wimmerte er in sich hinein. Ich hatte es fast geschafft, versuchte schon mich aufzurappeln, da hörte ich hinter mir ein Geräusch. Instinktiv fuhr ich herum. Für den Bruchteil einer Sekunde sah ich Bornholm, dann bekam ich erneut einen Schlag auf den Hinterkopf, und wieder nahm mich dieser grauweiße, watteartige Nebel mit in sein Reich.

Als ich zu mir kam, war es dunkel, ich saß zusammengekrümmt in meinem Golf, der Schlüssel steckte im Zündschloss. Eine gespenstische Ruhe umgab mich, irgendwo schrie ein Kauz. Nicht nur die Schultern und der Kopf schmerzten mir entsetzlich, eigentlich der ganze Körper. Ich ließ das Fenster herunter, tankte gierig frische Luft und spuckte ausgiebig Blut. Und auf einmal wollte ich nur noch weg. Ich startete das Auto, staunte darüber, dass es problemlos ansprang, und fuhr in Richtung Deutschland davon.

Der Verkehr war inzwischen deutlich schwächer geworden. Dafür begann es in mir zu brodeln. Mit jedem gefahrenen Kilometer wurde ich wütender. Auf diesen verrückten

Franzosen, auf Bornholm und schließlich auf mich! Ich hatte mich wie ein Anfänger benommen. Das musste ich geraderücken! Alles in mir schrie nach Vergeltung. Ich konnte die Angriffe nicht unbeantwortet lassen. An der Iffezheimer Staustufe lenkte ich den Golf kurzerhand auf den Parkplatz und stieg aus. Ich ging zum Rhein und schaute auf das Wasser, um mich zu beruhigen.

Vor der Schleuse warteten Lastkähne auf ihre Abfertigung in Richtung Norden. Menschen waren zu so später Stunde kaum noch unterwegs. Und plötzlich hatte ich mich entschieden: Ich musste zurück. Einen Überraschungsangriff starten. Keine Frage: Bornholm und der Franzose hatten einen zweiten Besuch verdient. Und dieses Mal würde ich mich nicht wie ein Tölpel benehmen. Ich öffnete das Handschuhfach, um mich zu vergewissern, dass ich die Beretta und die Taschenlampe nicht vergessen hatte. Beide waren an ihrem Platz. Dann fiel mir ein, dass ich das Montiereisen als Schlagstock gebrauchen könnte. Ich öffnete die Kofferklappe.

Wie von einer Natter gebissen, zuckte ich zurück. Es dauerte, bis ich schließlich einen zweiten Blick wagte. Aber es blieb dabei: Im Kofferraum lag jemand, den man in einen blauen Abfallsack hineingepresst hatte. Doch der Sack war zu klein für ihn, so dass sein Kopf herausschaute. Ich legte meine Hand an seine Halsschlagader. Es war kein Pulsschlag zu spüren. Der Mann war offensichtlich mausetot. Ich drehte sein Gesicht zu mir und leuchtete es mit der Taschenlampe an. Bornholm! Es bestand kein Zweifel, er war es. Fassungslos starrte ich in seine weit aufgerissenen Augen. Der Tod hatte ihn jäh gepackt, ihm nicht einmal die Zeit gegeben, sie zu schließen. Über der Stirn klaffte eine hässliche Wunde. Sie war die Quelle, von der aus sich das Blut über Gesicht und Haare ausgebreitet hatte. Inzwischen war es, Gott sei Dank, geronnen. Der Tote dagegen war noch ziemlich warm.

Dahinter steckte zweifelsohne der Franzose. Er hatte mich als Bornholms Mörder auserkoren. Möglich, dass alles, was er vorher mit mir gemacht hatte, nur dazu diente, mich als potenziellen Täter herzurichten. Vielleicht wurde ich in Baden-Baden bereits von der Polizei erwartet und die Handschellen lagen schon parat?

Ein mulmiges Gefühl machte sich in mir breit. Aber warum hatte er Bornholm umgebracht? Erst versteckte er ihn, dann kam ich, und er tat so etwas Schreckliches. Erklärbar war das nicht. Dass ich den Toten schon unterwegs entdeckt hatte, war der blanke Zufall. Eigentlich würde mein Golf jetzt auf dem Hof neben dem neuesten Daimler der alten Welmke stehen. Allein der Gedanke ließ mich schaudern. Schnell zog ich den Kragen meiner Jacke hoch und schloss die Kofferklappe. Danach schaute ich mich um. Weit und breit war niemand, der etwas gesehen haben könnte. Ich musste den Toten, so schnell es irgendwie ging, loswerden. Aber nicht in Deutschland! Die Franzosen sollten sich um ihn kümmern. Die Wochenendsiedlung in Frankreich war der richtige Platz. Und zwar die Badewiese! Der Fundort würde einen Hinweis auf den Täter liefern. Das war in meinem Sinn. Mit diesem glatzköpfigen Muskelmann, der eigentlich nur als Täter in Frage kam, würde ich mich ein andermal beschäftigen. Jetzt musste ich den Toten entsorgen und dann so schnell wie möglich aus Frankreich verschwinden.

Es dauerte eine gute halbe Stunde, und ich fuhr abermals an der Iffezheimer Staustufe vorbei. Doch dieses Mal, ohne anzuhalten, weiter in Richtung Baden-Baden. Und natürlich mit leerem Kofferraum, aber es ging mir trotzdem rundum beschissen. Kandidat Nummer zwei war tot wie Kandidat Nummer eins. Auch hier war ich nicht dazu gekommen, nur ein einziges Wort mit ihm zu wechseln. Der Irrsinn steigerte sich in die Potenz. Jeder, mit dem ich sprechen wollte, war kurz darauf tot! Aber was mindestens genauso deprimierend war: Es gab zwei Tote, und ich ahnte nicht einmal, wer dahinterstecken könnte und welche Ziele er dabei verfolgte.

13

Als ich in meiner Wohnung stand, hämmerte es in meinem Kopf, eine ätzende Flüssigkeit stieg mir die Speiseröhre hoch, das linke Bein fühlte sich taub an und die rechte Schulter brannte, als würde die brennende Zigarettenkippe immer noch auf ihr liegen. Und über allem schwebte die Angst, dass die Polizei käme. Dennoch, so peu a peu, ging es mir ein ganz klein wenig besser. Und natürlich war ich froh, mit dem Leben davongekommen zu sein. Eigentlich hatte ich mit Anna Bergers Auftrag Erfolg gehabt, ich hatte die Zielperson rasch aufgespürt und für den Bruchteil einer Sekunde sogar lebend gesehen. Doch dass der Lehrer kurz darauf tot war, machte meinen Fahndungserfolg nahezu wertlos.

Morgen würde ich mit Anna Berger reden. Ich war mir sicher, das Gespräch würde ähnlich ausgehen wie das mit ihrer älteren Schwester. Sie würde die Sache lautlos abhaken. Und ihre Begründung kannte ich auch: Ein toter Lehrer kommt als Vater ohnehin nicht in Frage.

Ich ging ins Bad. Teilnahmslos schaute ich in den Spiegel über der Waschkonsole und begann mich zu säubern. Es gab verschiedene Stellen, die ich desinfizieren oder mit einem Heftpflaster versorgen musste. So ramponiert sich mein Gesicht auch zeigte, ich konnte damit leben. Was mich wesentlich mehr wurmte: Jemand spielte mit mir Katz und Maus. Ich war die Maus! Aber die Katze war mir unbekannt. Mir fehlte ein konkretes Gesicht, eine Gestalt, irgendein Fingerzeig, wenigstens ein Ansatz, nach dem ich suchen konnte. Verdammt, ich musste etwas übersehen haben. Glotzte stur in die falsche Richtung! Vielleicht sollte ich einfach mal den Kopf wenden?

Plötzlich zuckte ich zusammen. In der Ferne war eine Polizeisirene zu hören, die schnell näherkam. Mit angehaltenem Atem ging ich zum Fenster und schaute ängstlich zur Lichtentaler Straße, die zu dieser nächtlichen Stunde wie ausgestorben vor mir lag. Gleich würden sie mit quietschenden Reifen vor diesem Haus halten, mit gezogenen Waffen die Treppe hochgestürmt kommen, die Wohnungstür aufbrechen und mich verhaften. Möglich, dass bei einem derart schweren Fall sogar das SEK den Zugriff erledigte! Ich musste umgehend reagieren, mich wenigstens verstecken. Keller, Dachboden fielen mir ein. Doch ich war unfähig, mich zu bewegen, meine Füße und die Holzdielen waren miteinander verklebt, ebenso die Hände mit dem Fensterbrett. Und tatsächlich, gleich drei Polizeiwagen kamen aus Richtung Innenstadt angerast. Mein Herz drohte zu zerspringen. Doch wie ein Wunder fuhren sie an mir vorbei, weiter in Richtung Lichtental. Ich ließ mich in den Sessel fallen, wischte mir den Schweiß von der Stirn, und endlich legte sich auch mein Zittern.

Ab morgen würde ich mich um Gärtnerarbeiten kümmern. Doch ich konnte den Gedanken nicht fortsetzen, unvermittelt stand der Franzose vor meinem geistigen Auge und schaute mit einem eisigen Lächeln auf mich herab. Widerlich sah er aus. Die Glatze, das glattrasierte Gesicht, die nackten Arme mit den unendlich vielen Tätowierungen, eine scheußlicher als die andere. Ich versuchte, ihn mit einer matten Handbewegung zu verscheuchen. Als das nichts half, murmelte ich: »Verschwinde!« Aber er dachte nicht daran, lachte nur noch fieser und zeigte mir wieder seine Goldzähne. Erneut begann ich zu zittern, gleichzeitig überfiel mich eine Woge Selbstmitleid. Als ob ich nicht schon genug durchgemacht hätte! Ich schloss die Augen, atmete hastig ein und aus. Als ich sie vorsichtig wieder öffnete, war der Franzose gottlob verschwunden.

Nachdem ich mich halbwegs beruhigt hatte, dachte ich darüber nach, was ihn dazu bewegt hatte, mir den toten Bornholm quasi als Gepäckstück anzudrehen. Denkbar, dass es ihm nur darum gegangen war, ihn vom Hals zu haben, nicht mit ihm in Verbindung gebracht zu werden, vor allem, dass er es nicht mit der französischen Polizei zu tun bekam. Was mit mir passierte, war ihm völlig egal. Der Gedanke beruhigte mich erst einmal. Kurz darauf merkte ich, wie ausgelaugt ich war und dass mein Grübeln nichts mehr brachte. Alles in mir verlangte nach einer Auszeit. Erstaunlicherweise schaffte ich es noch bis zum Bett, obwohl Teile von mir bereits auf dem Weg dorthin eingeschlafen waren.

14

So gegen Mittag wachte ich auf. Sonnenstrahlen durchfluteten die komplette Wohnung, und es ging mir erstaunlich gut. Vor allem, wenn ich daran dachte, was ich hinter mir hatte. Sogar mit der Wunde auf der Schulter war es besser geworden. Zunächst frühstückte ich in aller Ruhe und ließ mich dabei von SWR 3 berieseln. Mein ewiger Liebling Udo Lindenberg nuschelte auf seine ungemein beruhigende Art: »Keine Panik auf der Titanic«.

Nachdem ich ein halbes Dutzend Toastscheiben gegessen und dazu eine volle Kanne mit schwarzem Tee leergetrunken hatte, ging es mir noch besser. Ich war nicht nur bereit, sondern geradezu begierig, den Auftrag der Schwestern umgehend abzuschließen. Ich wollte den definitiven Schlussstrich ziehen, um mich neuen Dingen zuzuwenden, und wenn es stupide Gartenarbeit war. Vorher könnte ich vielleicht noch für zwei, drei Tage in die Schweiz fahren, den Weg der Schweizer ablaufen, Kuhglocken beim Läuten zuhören und mit etwas Glück eine hübsche Schweizerin kennenlernen. Vor kurzem hatte mir ein Bekannter glaubwürdig versichert: Schweizerinnen haben eine Schwäche für deutsche Männer. Es wäre doch mehr als interessant zu testen, ob da was dran ist.

Als erstes rief ich Anna Berger auf ihrem Handy an. Sie meldete sich nicht. Ich hinterließ ihr eine Nachricht und bat um ihren Rückruf, es sei dringend. Danach setzte ich mich an den Laptop und verfasste zunächst den Bericht für Katharina Berger. Sehr detailliert, sehr akkurat – es wurden drei eng beschriebene Seiten. Dazu gleich die Rechnung. In ihr listete ich konsequent alles auf, was von der Auftragsannahme bis Mönchbergs Tod irgendwie angefallen war und sich in verrechenbare Zeit umsetzen ließ. Abschließend multiplizierte ich kurzerhand alles mit einem Faktor, der deutlich größer als eins war. Ein stattlicher Betrag kam zusammen. Ich rieb mir die Hände! Meine kleine, bescheidene Rache. Ich war mit mir zufrieden.

Nach kurzem Überlegen schrieb ich auch noch den Bericht für Anna Berger, einschließlich Rechnung. Nur einen Unterschied würde es geben: Während ich vorhatte, den Brief an die Ältere noch heute in den Briefkasten zu stecken, blieb der an die Jüngere erst einmal liegen. Damit hatte sich dieser unglückselige Auftrag, der zwei Tote zurückließ, für mich weitestgehend erledigt. Natürlich blieb auch etwas Positives zurück: Meinem geschundenen Konto ging es bald sichtlich besser.

Ich begann zu überlegen, was ich mit dem angefangenen Tag anstellen könnte. Immerhin war ich wieder ein freier Mann, der demnächst sogar auf ein gut gefülltes Konto schauen durfte. Ich konnte wieder tun und lassen, was ich wollte, und das schrie geradezu nach einer entsprechenden Belohnung! Fein essen gehen fiel mir ein. Die Küche im *Brenner's* hatte sich einen zweiten Stern erkocht. Auch *Le Jardin de France*, nur paar Meter von mir entfernt, hatte einen vorzuweisen. Doch Gourmetessen war nie wirklich mein Ding gewesen. Nein, ich sollte etwas wesentlich Sinnvolleres tun! Meine desolaten Beziehungen zum anderen Geschlecht fielen mir ein. Es war wenigstens einen Versuch wert. Auch wenn dabei nur eine weitere Enttäuschung zurückblieb.

Plötzlich klingelte es. Ich zuckte zusammen, blitzschnell stieg die Angst der vergangenen Nacht wieder in mir hoch. Stand die Polizei vor der Tür? Waren meine Überlegungen doch nicht richtig gewesen? Obwohl ich mir Gelassenheit verordnete, ging ich mit weichen Knien zur Tür, um nachzusehen. Zu meinem Erstaunen stand die alte Welmke vor mir. Ich schloss gequält die Augen und fragte mich, womit ich dieses Giftpaket verdient hatte. Aber heute würde ich zum ersten Mal zurückschlagen. Ich war bereit!

Herausfordernd schaute ich sie an. Doch bald stellte ich erstaunt fest, dass es nicht die Frau war, die ich seit Jahren kannte und die mich, beinahe jedes Mal, wenn sie mich sah, wie ein Kampfhuhn anging und mir meine Versäumnisse in die Ohren kreischte. Nein, die alte Dame, die mit gesenktem Kopf und herabfallenden Schultern stumm vor mir stand, war eine andere Person. Ich rieb mir die Augen. Ich konnte mich nur täuschen. Das war ein Trick! Gleich würde sie loskeifen. Vielleicht schlimmer als jemals zuvor?

Als sie immer noch nichts sagte, fragte ich vorsichtig: »Frau Welmke, geht es Ihnen nicht gut?«

Sie schüttelte kurz den Kopf, dann zeigte sie mit der rechten Hand nach oben, als wollte sie mich auf eine Stelle im Himmel aufmerksam machen, wo man es schöner als hier unten auf Erden hatte. Dazu murmelte sie: »Unserem lieben Dr. Wohlleben geht es sehr, sehr schlecht! Wir müssen für ihn beten!«

Kaum hatte sie es gesagt, rollten ihr die Tränen über das Gesicht. Sie war unfähig weiterzusprechen.

»Was hat er denn?«

Nachdem sie sich mehrmals geschnäuzt hatte, entgegnete sie mit deutlich festerer Stimme: »Es gibt etwas, das ihn aus der Bahn geworfen hat. Leider redet er mit mir nicht darüber. Wie soll ich ihm da helfen?« Bittend schaute sie mich an. »Haben Sie vielleicht eine Vermutung, was es sein könnte, das ihn so krank macht? Sie sprechen doch oft miteinander. So von Mann zu Mann!«

Ich schüttelte den Kopf. »Ich habe ihn seit Tagen nicht gesehen!« Um ehrlich zu sein, es war zu viel passiert.

Aber ihre Hartnäckigkeit hatte die alte Dame natürlich nicht eingebüßt.

»Hinzu kommt: Der Mann ist so unvorsichtig!«, fuhr sie fort. »Obwohl es ihm schon seit Tagen schlecht geht, ist er gestern Abend mit seinem Auto weggefahren. Als wenn er sich vorsätzlich zu Tode hetzen will. Ich habe ihm noch hinterhergerufen: Herr Dr. Wohlleben, um Gottes willen, Sie sind krank, Sie gehören ins Bett. Aber er überhörte es und fuhr einfach davon. Erst nach Mitternacht war er wieder da. Und heute sieht der Mann aus wie ein Geist.«

Sie griff nach meinen Händen, umklammerte sie und schaute mir dabei geradezu flehentlich in die Augen. Mir wurde unheimlich zumute. So hatte sie mich noch nie angeschaut.

»Herr Marowski, auch Sie müssen für ihn beten. Bitte, Herr Marowski! Es kommt auf jeden an! Und denken Sie daran, was er schon alles auch für Sie getan hat! Der Mann ist ein Heiliger!«

Ich nickte, auch wenn ich eine andere Meinung von unserem Vermieter hatte. Schließlich sagte ich, um die Frau zu beruhigen, sogar tapfer: »Ja, ich werde für ihn beten. Versprochen, Frau Welmke!«

An ihrem Gesicht sah ich, wie sie sich darüber freute.

»Danke!«, hauchte sie, drehte sich um und ging bedächtig die Treppe hinunter, zurück zu ihrer Wohnung. Ich fragte mich, wie musste diese Frau Dr. Wohlleben verehren, dass sie so einen Kniefall vor mir machte? Eigentlich verachtete sie mich. Daran hatte sich ganz sicher nicht viel geändert.

Im Wohnzimmer schmiss ich mich kurzerhand auf die Couch, um nachzudenken. Was hatte das nun wieder zu bedeuten? Dr. Wohlleben war immer noch krank. Ich sollte für ihn beten! So schlimm war es doch bestimmt nicht! Im Übrigen wusste ich gar nicht mehr, wie das ging. Was für mich ungleich interessanter war: Gestern Abend, genau zu der Zeit, als es einen Toten gab, war er mit seinem Auto unterwegs gewesen. Mein Vermieter ein Mörder? Ich schüttelte entschieden den Kopf. Nein, nein! Das war viel zu absurd! Was für ein Motiv sollte er haben? Allein darüber nachzudenken, war vergeudete Zeit. Im Übrigen hatte ich mit dem Auftrag nichts mehr zu tun. Selbst wenn er ein notorischer Mörder sein sollte, es hatte mich nicht zu interessieren! Und daran würde ich mich konsequent halten. Allerdings nahm ich mir dann doch vor, am nächsten Morgen nach ihm zu schauen. Heute würde ich erst einmal meine Wohnung in Ordnung bringen, und danach war die Sache mit der persönlichen Belohnung dran. Wie immer, wenn Derartiges anstand, fiel mir das *Bermudas* ein. Einmal, weil es nur einen Steinwurf von mir entfernt lag, zum anderen schauten dort gerne Damen vorbei, die, wie ich, alleine ausgingen. Und zu alledem wurde dort ein anständiges Kölsch ausgeschenkt.

15

D*ie Nachtbar der besonderen Art* flackerte auf einem Display über dem Eingang des *Bermudas*. Ich fragte mich schon seit Jahren, was hier das Besondere sein sollte. Vielleicht die anders bezogenen Barhocker? Oder die Stripperinnen, die nackter als anderswo strippten?

Das Etablissement empfing mich mit rotem, gedämpftem Licht und mäßig besetzten Tischen. Ich ging an die Bar und bestellte ein Kölsch. Ganz in meiner Nähe strippte ein Busenwunder. Ihr breites Gesicht verriet die Osteuropäerin. Die Frau hatte mich umgehend ins Visier genommen. Ich wäre am liebsten abgehauen, aber da sie mir bereits ihren üppigen Hintern, den sie unaufhörlich wackeln ließ, entgegenstreckte, hatte ich keine Wahl. Ich musste bleiben. Lustlos streichelte ich den Fleischberg und hielt ihr zehn Euro hin. Sie schnappte nach dem Schein wie ein Hecht nach einem kleinen Fisch, danach steckte sie ihn sich in den Strumpfhalter und schob mir als Gegenleistung ihre gewaltigen Brüste direkt unter die Nase. Für einen Moment blieb mir die Luft weg. Gott sei Dank dauerte das Ganze keine halbe Minute, dann hatte sie ein neues Opfer ausgemacht und ich konnte wieder frei atmen.

Inzwischen stand das Kölsch vor mir. Der angenehme Teil des Abends konnte beginnen. Ich nahm einen ausgiebigen Schluck. Als ich das Glas absetzte, hatte ich das Gefühl, jemand beobachtete mich. Vorsichtig schaute ich mich um. Ich brauchte nicht lange zu suchen. Cordula Goldmann winkte mir mit einem Sektglas in der Hand von einem der hinteren Tische aufgekratzt zu, kurz darauf bekam ich von ihr sogar ein Zeichen, mich zu ihr zu setzen.

Natürlich gehorchte ich. Auf dem Weg dorthin hatte ich zu tun, mein Glück zu begreifen. Es war direkt schon ein bisschen zu viel für jemand wie mich.

Als sie mich aus der Nähe sah, rief sie erschrocken: »Herr Marowski, wie sehen Sie denn aus?«

Ich entgegnete möglichst gleichgültig: »Sie wissen doch, wie leicht man auf einer Bananenschale ausrutschen kann!«

»Setzen Sie sich schon! Aber vorsichtig, falls auch hier eine herumliegt!«

Ich gehorchte gerne. Als ich saß, fragte ich beiläufig: »Wollten Sie nicht in Berlin sein?«

»Wir sind seit gestern zurück. Anna hatte einen wichtigen Termin. Da war nichts zu machen. Obwohl wir gerne noch ein wenig geblieben wären.«

Gemeinsam schwiegen wir eine Weile, dann sagte sie unvermittelt: »Eine unschöne Sache, das mit Ihrem Auftrag! Einer bringt sich um! Der andere verschwindet! Ich finde das irgendwie irre!«

Obwohl inzwischen noch einiges dazugekommen war, nickte ich nur.

»Glauben Sie mir, Anna hat daran ganz schön zu knabbern. Wieder hat sie keinen Vater für den Nachfolger! Dabei wünscht sie sich nichts mehr, als endlich einen kleinen Berger in den Armen zu halten. Eigentlich war ja alles klar!«

Sie schaute mich mit ihren großen Augen so rat- und hilflos an, dass ich sie am liebsten in den Arm genommen hätte, um sie ganz vorsichtig zu streicheln. »Haben Sie inzwischen schon eine Vermutung, was dahinterstecken könnte?«

Ich zuckte mit den Schultern.

Sie schaute mich vorwurfsvoll an. »Ich denke, Sie haben Annas Auftrag angenommen, Bornholm zu finden.«

»Ja! Das ist richtig, da haben Sie recht«, erwiderte ich gedehnt, rieb mein Kinn und beschloss, unverzüglich das Thema zu wechseln. Um nichts in der Welt wollte ich mit ihr über Bornholms Tod reden. Es gab andere Sachen, über die man reden konnte.

»Wie hat es Ihnen in Berlin gefallen?«

Es klappte! Urplötzlich strahlte ihr ganzes Gesicht. Mein Gott, wie schön diese Frau wieder aussah. Ein unwiderstehliches Bedürfnis, sie zu küssen, überfiel mich.

»Eine tolle Stadt! So lebendig. Mit einer phantastischen Kulturszene! Anna und ich sind von Galerie zu Galerie getourt! Sie müssen bedenken, Berlin ist voller junger, kreativer Leute. Die ziehen von überall dorthin. Eigentlich aus der ganzen Welt! Wenn Baden-Baden nicht so schön wäre, ich würde glatt nach Berlin ziehen.«

»Lassen Sie das nicht Ihren Vater wissen!«

Plötzlich hörte ich, wie jemand hinter mir mit einer rauen Stimme sagte: »Ach, der Herr Marowski!«

Ich fuhr herum. Anna Berger lächelte mich auf eine seltsame Weise an, angesiedelt zwischen belustigt und böse. Doch das war mir nicht so wichtig. Mehr ärgerte mich, dass ich in meiner Verliebtheit übersehen hatte, dass zwei Sektgläser auf dem Tisch standen. Ich hätte vorbereitet sein müssen! Am liebsten hätte ich mich unsichtbar gemacht. Natürlich konnte ich das nicht. Meine Noch-Auftraggeberin stand vor mir. Aber ich beruhigte mich rasch, so richtig war sie es ja auch nicht mehr.

Die zog sich kurzerhand einen freien Stuhl vom Nachbartisch heran und setzte sich. »Gut, dass Sie da sind, Herr Marowski.«

Instinktiv nickte ich. Als mir klar wurde, dass ich mich idiotisch benahm, bekam ich einen roten Kopf. Gottlob schienen die Damen es zu übersehen.

Anna Berger gab dem Kellner ein Zeichen, mir ein Champagnerglas zu bringen.

»Bemühen Sie sich nicht. Ich habe mein Getränk an der Bar.«

»Aber, Herr Marowski, Sie müssen!«, mischte sich Cordula ein.

Der Kellner stellte ein Glas vor mich hin und füllte es sogleich. Meine Laune wurde dadurch keinen Deut besser.

Plötzlich räusperte sich Anna Berger und schaute mich triumphierend und gleichzeitig feierlich an. Sie hob ihr gut gefülltes Glas. »Herr Marowski, es gibt etwas zu feiern.«

Die Frauen lächelten sich vertraut zu. Ich nahm mein Glas und wusste sofort, dass es keine gute Nachricht für mich werden würde.

»Herr Marowski, was wir Ihnen jetzt sagen werden, ist eine offizielle Mitteilung. Cordula und ich, wir haben uns in Berlin verlobt.«

Mein Champagnerglas flog durch die Luft und landete mindestens fünf Tische weiter. Ein Hustenanfall, der mir die Luft nahm, folgte.

»Brauchen Sie einen Arzt?«, hörte ich Cordula besorgt fragen. Dann kam sie schnell zu mir und klopfte mir fürsorglich auf den Rücken.

Ich schüttelte hustend den Kopf. Als es mir besser ging, stellte der Kellner ein neues Glas vor mir hin, und ich konnte wenigstens mit anstoßen.

Während die Damen tranken und zärtliche Blicke tauschten, tankte ich ein paar Mal tief Luft und sagte laut und überdeutlich: »Es gibt einen Toten!«

»Das ist Sache der Polizei«, erwiderte Anna Berger, mich dabei augenblicklich missbilligend anschauend, dann fügte sie mit schneidender Stimme hinzu: »Das haben meine Schwester und ich Ihnen eigentlich hinreichend klar gemacht.«

»Gnädige Frau, einen zweiten!«

Die beiden Frauen schauten sich verdutzt an.

»Sie meinen doch nicht etwa Bornholm?«, murmelte Cordula und wagte es kaum, mich anzuschauen.

Ich lehnte mich mit vor der Brust verschränkten Armen zurück und genoss ihr Entsetzen.

»Sagen Sie, dass das nicht wahr ist!«, forderte Anna Berger mich kategorisch auf.

»Sie haben sich nicht verhört, auch Bornholm ist tot! Und zwar definitiv!«

»Als er starb, hat er sehr gelitten?«, wollte Cordula wissen.

Ich zuckte mit den Schultern. »Das müssen Sie schon einen Arzt fragen.«

»Das ist ja unfassbar!« Anna Berger schüttelte verständnislos den Kopf. »Wir haben mit den beiden Kandidaten wirklich nur Pech. Warum? Ich kann es mir nicht erklären …«, sagte sie mehr zu sich. Dann straffte sich ihr Körper, mit der flachen Hand klatschte sie auf den Tisch. »Trotzdem, das Leben muss weitergehen!«

Ich sagte nichts, aber in meinen Augen blitzte es. Wieder holte ich tief Luft und fragte: »Nach allem, was passiert ist: Wie wollen Sie eigentlich das mit dem Erben hinbekommen?«

»Werden Sie nicht unverschämt!«, fauchte Anna Berger.

Ich lachte abgehackt. »Vielleicht hilft die Bibel weiter! Da klappt es jedenfalls!«

»Hören Sie auf!«, kreischte Anna Berger.

»Wir werden das Kind zusammen großziehen«, wandte Cordula schnell ein, offenbar bemüht, den Streit nicht eskaliert zu lassen. »Ich freue mich jedenfalls darauf!«

»Frau Goldmann, vielleicht übernehmen Sie auch den Part des Vaters?«

Während Cordula verschämt den Blick senkte, funkelten Anna Bergers Augen mich böse an. »Ich will Sie nie wieder sehen! Sie mieser, kleiner Schnüffler! Mehr sind Sie doch nicht!«

Ich erhob mich und lächelte sie von oben herab an. Ich war richtig froh darüber, dass sie endlich aussprach, wie sie wirklich über mich dachte. Ich hatte es von Anfang an vermutet. Rücksicht brauchte ich damit nicht mehr zu nehmen.

»Dann möchte ich selbstredend nicht weiter stören! Gnädige Frau, meinen Bericht über Bornholm werfe ich gleich morgen in einen Briefkasten. Aus ihm können Sie alles entnehmen. Auch gestatte ich mir, die Rechnung dazuzulegen. Ansonsten möchte ich diese intime Lesbenfeier nicht weiter stören.«

Bevor die beiden dazu kamen, etwas zu erwidern, stand ich auf dem Augustaplatz. Dort wankte ich wie ein Tanzbär umher. Das mit Cordula und mir – ich hatte mich wohl schlicht verträumt. Und diese arrogante reiche Ziege in ihrer Villa konnte mich mal! Ich hoffte, mein Auftritt hatte auch ihr die Lust am Feiern vergällt. Und doch, auf einmal ging es mir unendlich beschissen, mir war, als ob mir jemand einen meterlangen Dolch durch die Därme schob, während ich gleichzeitig in einen tiefen Abgrund starrte. Das, was der Franzose mit mir gemacht hatte, war Kinderkram dagegen gewesen. Unschlüssig ging ich einen Schritt in Richtung Kongresshaus, dann wieder in Richtung Innenstadt. In meine Wohnung konnte ich auf keinen Fall, ich würde die Einsamkeit nicht ertragen, wer weiß, wozu ich da fähig war – bestenfalls würde mir der Kopf explodieren. Völlig ratlos wankte ich los. Irgendwo in dieser blöden Stadt musste es doch einen Ort geben, an dem ich mein Elend ertränken konnte.

16

Irgendwie war ich auf einer der vielen Oosbrücken gelandet, lehnte mich auf das Geländer und starrte auf den schnell dahinfließenden Fluss. Plötzlich stieg Panik in mir hoch. Ich hatte auf einmal Angst, ich würde mich mit einem Kopfsprung in das nur ein paar Zentimeter hohe Wasser stürzen. Ein teuflischer Fluss, diese Oos! Ich musste hier schleunigst weg! Mir fiel ein Pub zwischen Baldreit- und Langer Straße ein. So etwas wie der ideale Ort, sich ungestört vollaufen zu lassen. Jedenfalls ohne befürchten zu müssen, auf nackte Ukrainerinnen oder hübsche Lesben zu treffen. Auch lag er ebenerdig. Ein Todessprung war damit unmöglich.

Als ich die Biertränke betrat, waren eigentlich alle Plätze besetzt, dennoch fand ich direkt neben der Tür eine freie Ecke, die ich sogleich zu meinem Territorium erklärte. Zufrieden stellte ich fest, dass mich hier niemand registrierte. Außer dem Wirt, der mir umgehend das zuschob, was ich am dringendsten brauchte: Bier und Obstler. Und schnell fand ich, dass ich momentan nirgendwo besser aufgehoben war als in dieser Ecke. Ich war hier wie alle, nur gieriger auf Alkohol. Ich soff und soff und hatte meinen Spaß daran. Bier, Obstler! Obstler, Bier! Bis es in meinem Kopf ruhig wurde. Selbst Cordula Goldmann und Anna Berger begannen, sich hinter einem grauen Schleier zu verziehen, gleichzeitig machte sich auf meinem Gesicht ein seliges Grinsen breit. Ich war diesen Lesben, diesem beschissenen Auftrag, den zwei Toten, den reichen arroganten Ziegen und überhaupt allem Unangenehmen einfach von der Schippe gesprungen! Einfach so, kurz und entschlossen. Am liebsten hätte ich auf das alles gepinkelt!

Irgendwann stand der Wirt hinter mir und sagte: »Zahlen!«

»Aber nicht bescheißen!«, lallte ich.

Er guckte mich verächtlich an, griff zielsicher nach meinem Geldbeutel, prüfte den Inhalt, nahm sich meinen einzigen 50-Euro-Schein und sagte: »Stimmt so!« Danach schob er mir die Börse zurück in die Hose, schnappte mich und führte mich zum Ausgang. »So, du Suffkopf! Komm wieder, wenn du nüchtern bist.«

Ein Stoß beförderte mich auf die andere Straßenseite. Erst die Hauswand brachte mich zum Stehen. Ich wollte wenigstens fluchen, doch mein Mund war wie zugeklebt. Traurig beguckte ich mir die Pflastersteine. Alle dieselbe Farbe, dieselbe Größe. Verdammt, warum waren sie so idiotisch gleich und grinsten mich obendrein auf dieselbe Art frech an? Gab es dafür einen Grund? Ich versuchte ihnen zu sagen, dass ich nicht viel von ihnen hielt, aber die Kraft reichte nicht.

Wie ich trotzdem zu Professor Goldmanns Praxis gekommen war, ich wusste es nicht. Vielleicht gekrochen? Oder gekrabbelt wie ein Baby? Erstaunlich klar erkannte ich sein Schild. Es sah wie gewienert aus. Der Herr Professor mit all seinen Titeln und Orden! Worauf es allerdings nicht hinwies: auf seine lesbische Tochter. Es war schon verrückt: hübsch, nett und obendrauf lesbisch. Quasi als Sahnehäubchen. Allein der Gedanke produzierte eine unbändige Wut in mir. Ich hob einen Stein auf, der am Straßenrand herumlag, und schlug mit ihm auf das Schild ein. Der Hinweis »Nur Privatpatienten« machte mich regelrecht rasend. Dabei grölte ich »Brüder zur Sonne zur Freiheit«. Ich fand, ich machte das rundum gut, endlich war ich mal von mir begeistert. Ich hatte eben Anlagen zu einem Kämpfer! Zu einem, vor dem sich die Spießer dieser Stadt in die Hosen machten.

Irgendwann merkte ich, dass mir die Hand blutete. Ich schmiss den Stein weg und wankte in Richtung Augustaplatz. Dort sah ich eine Gruppe Penner, die am Rand einer Grünfläche hockte und eine Flasche kreisen ließ. Da gehörte ich wirklich hin! Endlich war ich unter Gleichgesinnten.

»Grüß Gott, Freunde«, lallte ich und hockte mich kurzerhand dazu.

Keiner antwortete, nur die Flasche kreiste ungebremst weiter. Was mir erst nach geraumer Zeit auffiel: Bis zu mir schaffte sie es nicht.

»Warum gibt mir keiner was?«, fragte ich erstaunt.

»Verpiss dich!«, zischte mir jemand mit Spucke vermischt ins Ohr, während die Flasche wieder an mir vorbeigeleitet wurde.

Ich versuchte zu lachen. »Hier haben wohl selbst Penner die große Klappe! So weit ist es in Deutschland schon gekommen! Verdammt, ich will endlich auch was von dem Schampus! Her damit!« Ich wollte aufstehen, um mir die Flasche zu holen.

Ich sah noch, wie eine Faust auf mich zuflog, spürte, wie sie an meinem Ohr landete und mich langstreckte. Ich bekam mit, dass mein Körper mit Fußtritten malträtiert wurde, aber schmerzhaft waren sie allesamt nicht. Ich holte mir nur meine angemessene Bestrafung ab. Irgendwo empfand ich sogar so etwas wie Dankbarkeit. Bis alles um mich herum verschwamm und der graue, watteartige Nebel mich erneut mitnahm.

17

Als ich am nächsten Morgen die Augen aufschlug, war all mein Elend sofort wieder bei mir. Es schien nur darauf gewartet zu haben, mir guten Morgen zu sagen. Dazu fühlte ich diesen querverlaufenden Stich, mitten durch das Gehirn. An einem Ohr begann er, an dem anderen endete er. Irgendwann bekam ich mit, dass ich angezogen auf dem Bett lag, sogar die Füße steckten noch in den Schuhen, dafür fehlte die Bettdecke. Ich begann zu frieren. Gleichzeitig tanzten Mönchberg, Bornholm, die Schwestern, Cordula und ihr Vater munter in meinem Kopf herum. So, als hätten sie dort ihr Quartier! Jäh richtete ich mich auf, schlug verzweifelt mit den Händen auf meinen Schädel ein. Doch mein Kopf ließ sich nicht beruhigen, alles da drin blieb, wie es war. Bis ich auf dem Boden die Bettdecke entdeckte. Ich griff sie mir und deckte mich zu. Aber auch das half nur vorübergehend, dann waren die bösen Geister und der Schmerz wieder da, um es noch wilder mit mir zu treiben.

Verzweifelt schaute ich nach draußen. Aber auch dort gab es nichts Erfreuliches. Der Himmel war voller dicker, fetter Regenwolken. Ein kräftiger Wind jagte sie wie eine Herde monströser Ungeheuer über die Stadt hinweg. Und wie meistens kamen sie aus Frankreich, um sich über dem Schwarzwald so richtig auszutoben.

Was sollte ich tun? Ich konnte nur schwören, dass ich nie wieder meine Nase in fremde Angelegenheiten stecken würde! Mit dem Detektivspielen war ohnehin auf der Stelle Schluss! Vielleicht sollte ich völlig neue Wege gehen. Zum Beispiel eine Landschaftsgärtnerei aufmachen. Hecken schneiden und Rasen mähen wären entschieden solider. Doch der Gedanke konnte mich auch nicht beruhigen. Irgendwo fehlte mir dabei das Soziale. Auch wollte ich kämpfen. Zum Beispiel gegen diese Reichen mit ihren Neurosen und ihrem egozentrischen Gehabe. Die Welt war nur für sie da. Dabei gab es genug Bedürftige, genug Ungerechtigkeit!

Die Berger-Schwestern konnten sich ab sofort einen anderen Idioten für ihre Drecksarbeit suchen. Ich würde den Mumm aufbringen und mich von all dem lösen. Dazu musste ich zuerst die Stadt wechseln! Bevor ich selbst wie ein reicher Lackaffe herumrannte.

Ich könnte zum Beispiel nach Berlin gehen. Natürlich, da lebte man! Die Stadt war voll von interessanten, unangepassten Typen! Hier dagegen gaben die Angepassten, die Übersättigten den Ton an. Einfamilienhaus in Halbhöhenlage, Blick auf die Innenstadt, ein fettes Konto auf jeder Bank und in der Garage einen auf Hochglanz gewienerten Daimler. Ansonsten von oben bis unten windschlüpfrig! Entsetzlich! Dabei ist die Welt voller Konflikte, die allesamt danach schreien, von mutigen Männern wie mir gelöst zu werden. Nur bis nach Baden-Baden haben sie es nie geschafft. Vor dieser Stadt mussten Gräben sein, in die die Aufmüpfigen seit jeher hineinfielen. Deshalb fehlte jeder Reibungspunkt. Alles war schon lange und oft genug gleich mehrmals glattgeschliffen. Wo konnte man sich hier wirklich scheuern? Dabei juckte es mich derart, dass man es nur schwer aushielt, gerade wenn man jung war.

Und noch eins: Eine dicke Schicht Selbstgefälligkeit schwamm über dieser Stadt. Verhinderte, dass sich etwas bewegte. Nicht mal ein winzig kleiner Luftzug, der Veränderungen signalisierte, war zu spüren. Für unruhige Geister eine Katastrophe. Nein, das tat ich mir nicht länger an. Ich starrte in den Spiegel. Da musste sofort was passieren! Spontan verordnete ich mir Glatze, Dreitagebart, zerschlissene Jeans und ein uraltes T-Shirt. Auch würde mir ein ordentliches Piercing guttun.

Ich sprang aus dem Bett und rannte in die Küche. Noch einmal in Ruhe richtig frühstücken, danach ging es unweigerlich nach Berlin! Was ließ ich schon zurück? Spanplattenmöbel, vollgestopft mit Krimskrams! Ich grinste höhnisch. Alles zusammen nicht eine Träne wert. Als ich satt war, schien für einen Moment die Sonne. Ich schaute nach draußen und entdeckte am Himmel einen blauen Tupfer. Erst war er ziemlich klein, doch dann wurde er erstaunlich schnell größer und größer. Gleichzeitig löste sich der Krampf in meinem Kopf. Und auf einmal war mir, als sähe ich die Stadt zum allerersten Mal. Mir blieb förmlich die Luft weg. So hatte ich sie noch gar nicht gesehen! Sie war überirdisch schön!

Und auf einmal musste ich mich mit der Frage beschäftigen: Warum sollte ich hier weggehen? Wo mich doch niemand fortschickte. Dr. Wohlleben schon gar nicht. Bald war er wieder gesund und ganz der Alte. Die Schwestern wollten letztendlich nur den richtigen Vater für ihren Erben. Das konnte man ihnen doch nicht verübeln. Dann gab es da noch ein bildhübsches Professorentöchterchen. Die zwar eine Lesbe war, doch ganz war der Kampf noch nicht verloren. Nur, wenn ich nach Berlin ginge, wäre alles vorbei. Allein das war ein verdammt starkes Argument zu bleiben. Nicht nur der Kopf, auch mein Herz weitete sich. Ich starrte verliebt auf die Stadt. Diese Häuser, diese Berge, dieses unendliche Grün, diese relaxten Menschen, und um die Ecke der Rhein und einen Schritt weiter Frankreich. Berlin dagegen war voller Hundekacke, umgeben von märkischen Sandbergen, aber was am schlimmsten war: Dahinter hockten überall Preußen! Ein Menschenschlag, mit dem ein Süddeutscher sich seit jeher schwertat. Im Übrigen, ich war noch nie weggerannt. Durchhalten! Das war ich schon meinem Rückgrat schuldig. Wie sollte ich mich sonst im Spiegel anschauen? Ich hob entschuldigend die Schultern. Es half alles nichts. Es ging nicht anders: Berlin musste einfach noch warten.

Eine Stunde später hatte ich einen blankpolierten Kopf, trug meine ältesten Jeans und mein ältestes T-Shirt. Nur die Barthaare waren drangeblieben. Und keine halbe Stunde später saß ich im Piercingladen an der B 500 und ließ mir einen feuerspeienden Drachen auf den Nacken tätowieren. Als ich mich im Spiegel beguckte, wusste ich, es hatte geklappt: Der runderneuerte Marowski stand vor mir! »Auf geht's!«, rief ich mir kämpferisch zu. »Es gibt zu tun!«

18

Ich hatte zunächst an der Seitenfront vom Kaufhaus Wagner den Brief an Anna Berger in den Briefkasten gesteckt, danach ging ich kreuz und quer durch die Innenstadt, ohne mitzubekommen, wo ich mich jeweils befand. Nur eins nahm ich wahr: Mit der Wärme der Vortage war es vorbei. Ich fror, und die Luft roch nach Herbst. Ich legte die Arme um den Oberkörper und beschloss, mich demnächst wärmer anzuziehen.

»Sieh an, Monsieur Marowski!«

Erschrocken fuhr ich herum. »Sie!«

Vor mir stand Cordula Goldmann, in der rechten Hand einen Schraubenzieher. Sie musterte mich mit zusammengezogenen Augenbrauen. Gründe dafür hatte sie genug. Da war zum einen das übel zugerichtete Praxisschild, das hinter ihr an der Hauswand hing und auf dem es kaum noch etwas zu entziffern gab, zum anderen natürlich mein Auftritt im *Bermudas*. Hierher in die Sophienstraße zu kommen, hatte ich nie vorgehabt. Eine geheime Macht musste mich hierhergeführt haben.

Zu meiner Überraschung beschimpfte sie mich nicht, sondern schaute mich nur stumm und fragend an, sogar ihre unzähligen Locken hielten still. Das hatte ich so noch nie bei ihr gesehen. Endlich murmelte sie: »Wie sehen Sie denn aus!«

»Wie soll ich aussehen?«

»Glatze, Dreitagebart, zerschlissene Klamotten! ... Man kann Angst vor Ihnen haben!« Dann beeilte sie sich noch hinzufügen: »Wenn man Sie nicht kennt!«

»Brauchen Sie nicht!« Ich versuchte zu lächeln. Doch es wurde nichts, ich senkte nur beschämt den Kopf.

»Sie sind schon ein komischer Typ! Gestern im *Bermudas* sahen Sie noch anders aus!« Sie hielt mir den Schraubenzieher unter die Nase. »Das mit dem Praxisschild waren natürlich Sie!«

Ich nahm das Werkzeug geradezu dankbar entgegen und begann sogleich das Schild abzuschrauben. »Es tut mir furchtbar leid! Entschuldigen Sie! Ich werde den Schaden begleichen.«

»Sie können ganz schön böse werden. Als Sie weg waren, hat Anna Gift und Galle gespuckt, wollte sich gar nicht beruhigen. So wütend ist sie eigentlich nur, wenn sie Zoff mit Katharina hat. Erwarten Sie aus der Ecke lieber keinen Auftrag mehr!«

»Ich werde schon nicht verhungern!«

»Auch Vater war mächtig sauer!«

»Auf mich?«

Schalk trat in ihre Augen, sie kicherte sogar. »Stellen Sie sich vor, er denkt, ein Kollege hätte es getan!«

Ich schmunzelte. »Sie haben ihm nichts ...«

»Sollte ich?«

»Danke!«

»Er meint, es könne nur einer sein, der sich vorwiegend von Kassenpatienten ernähren muss. Er hatte auch gleich einen im Verdacht.« Jetzt lachte sie herzhaft und sah dabei immer schöner aus. »Verstehen könnte ich denjenigen sogar. Der Ärmste hat ständig einen vollen Wartesaal und nichts kommt dabei für ihn raus.« Dann prustete sie los. »Wissen Sie, was Vater vorhatte?«

Ich schüttelte den Kopf.

»Er war drauf und dran, Sie einzuschalten, um den Kollegen zu überführen. Gott sei Dank konnte ich es ihm ausreden. Es wäre ein riesiger Spaß geworden! Was meinen Sie?«

Plötzlich fand ich es gar nicht so lustig. Ich kam mir vor wie eine Promenadenmischung aus Büßer und Hampelmann. Ich schaute sie herausfordernd an und sagte giftig: »Sind Sie eigentlich schon die Tochter ... eh ... dieser ... eh ... ganz alten Adligen? Ich habe leider ihren Namen ... ich glaube, sie heißt Frau von Kohlkopf oder von Kohlhaufen. Oder so ähnlich! Jedenfalls etwas mit schrecklich viel Kohl!«

Cordulas Augenbrauen zogen sich gefährlich zusammen, ihr voller Mund spitzte sich zu einem Pfeil. Ich fand, so war sie noch hübscher. Ja, fast überirdisch. Ansonsten hatte ich allerdings den Eindruck, sie würde mich gleich anspringen.

Doch sie schüttelte nur fassungslos den Kopf und sagte: »Was für ein Mensch sind Sie!«

»Ein mieser, kleiner Schnüffler! Wie mir Ihre Verlobte versichert hat!«

»Sie kommen mir vor wie ein kleines Kind. Wenn man Ihnen nicht gibt, was Sie sich wünschen, drehen Sie augenblicklich durch.«

»Wie meinen Sie das?«

»Nehmen Sie zum Beispiel mich! Dass ich mich zu Anna hingezogen fühle. Überhaupt, mehr zu Frauen als zu Männern. Ich meine, das ist doch für jede ihre ureigenste Angelegenheit! Aber Sie verkraften es offenbar nicht!«

Sie hatte ja Recht. Ich wollte gewisse Dinge schlichtweg nicht wahrhaben. Selbst wenn ich sie vom Kopf her akzeptiert hatte. Bei der nächstbesten Gelegenheit war es damit vorbei und brach ohne mein Zutun aus mir heraus. Was sollte ich dagegen tun? So waren halt meine Gene.

Ich hatte das Schild inzwischen abgeschraubt und gab es ihr.

»Und das mit Bornholm stimmt?«, fragte sie.

»Ja, natürlich!«

»Man könnte meinen, irgendein Verrückter will nicht, dass Anna einen Erben zur Welt bringt. Haben Sie eine Theorie dazu?«

Ich zuckte mit den Schulter. »Nicht wirklich.«

Sie schüttelte den Kopf. »Warum hat dieser Jemand das nur gemacht? Ich verstehe das nicht! Wo Bornholm sowieso nicht mehr in Frage kam. Alldieweil er untergetaucht war. Warum ihn dann noch umbringen?«

»Vielleicht wusste der Täter nicht, dass Bornholm aus dem Rennen war?«, entgegnete ich.

»Ja, das würde die Sache möglicherweise erklären.« Dann schaute sie mich durchdringend an. »Sie ermitteln noch?«

»Wozu, die Kandidaten sind tot.«

»Ich kann Ihnen auch nur raten, es zu lassen. Sie bekämen ansonsten gewaltigen Ärger! Für Katharina und Anna ist das Thema nämlich abgeschlossen.«

»Haben die beiden Ihnen auch verraten, wie es weitergehen soll?«

»Keine Ahnung! Auf jeden Fall ohne Sie!«

Während ich mich zu keiner Antwort durchringen konnte, hörte ich sie sagen: »Au revoir, Monsieur Raubein! Die Rolle spielen Sie mit Abstand am besten.«

Einen Moment später war meine große Liebe und bekennende Lesbe einschließlich lädiertem Schild und Schraubenzieher verschwunden. Und wieder stieg unvermittelt Wut in mir hoch. Warum verknallte ich mich ausgerechnet in diese Frau! So etwas darf einem Mann einfach nicht passieren! Er muss spüren, dass was nicht stimmt. Und zwar bevor er sich verknallt! Am liebsten hätte ich mich benommen wie heute Nacht. Randaliert, linke Parolen gegrölt. Gott sei Dank fiel mein Blick auf die Stelle der Hauswand, an der das Praxisschild gehangen hatte. Es war eine Warnung. So senkte ich nur beschämt den Kopf und schlich still nach Hause.

Im Wohnzimmer ließ ich mich aufs Sofa plumpsen. Kaum lag ich in der Horizontalen, musterte ich missmutig die grauweiße Zimmerdecke. Ich sollte mich aus allem heraushalten! Sogar Cordula Goldmann erinnerte mich daran. Ich lachte ein wenig hämisch. Das konnten die Damen sich zwar wünschen, aber daran zu halten brauchte ich mich nicht. Ich war ein freier Mann! Und ich wollte nun einmal wissen, wer hinter allem steckte. So war ich halt! Ein sturer Schnüffler, der sich nicht immer so verhielt, wie man es von ihm erwartete!

Plötzlich hatte ich ein Spinnennetz im Visier, in dem zwei ausgesaugte Fliegenskelette hingen. Sie erinnerten mich an meine beiden Toten. Nur gab es da oben Klarheit: Die Spinne war der Täter. Mein Mörder hockte leider nicht so offen herum, sondern steckte irgendwo bestens getarnt im Verborgenen. Wenn ich ihn ans Tageslicht zerren wollte, brauchte ich Informationen und nochmals Informationen. Leider steckten sie weder im Internet noch lagen sie in einer Datenbank herum. Ich musste sie mühsam im persönlichen Umfeld der Opfer oder am Tatort aufklauben. Als es die Morde gegeben hatte, war alles zu schnell gegangen, mir hatten die Nerven geflattert. Ich war einfach nicht vorbereitet gewesen. Obendrein hatte ich den Auftrag völlig unterschätzt, ihn als eine Art Beschäftigungstherapie für Privatermittler angesehen. Genau das alles musste ich von jetzt an schnellstens reparieren. Dabei ging es auch um mein Selbstwertgefühl. Das war mir wichtiger als schnöder Mammon.

»Hoch, Marowski, bewege dich! Verdammt, du bist kein alter Mann!«, rief ich mir trotzig zu. Zumal die Toten mich nicht mehr stören konnten, sie hatten auf dem Friedhof oder auf dem Tisch des Gerichtsmediziners ihren Platz gefunden.

19

Wieder parkte ich vor der Badewiese, auf der auch heute kein Badegast lag, obwohl das Wetter es eigentlich zuließ. Lediglich ein weißer Peugeot 106, abgestellt unter einer gewaltigen Birke, stand verloren herum. Unwillkürlich ging mein Blick zu der Stelle, an der die Reste eines weiß-roten Absperrbandes im Wind flatterten und vage andeuteten, wo ich den toten Bornholm abgelegt hatte. Instinktiv kroch ein ungutes Gefühl in mir hoch. Auch war die Angst wieder da, die französische Polizei hätte inzwischen meine Spur aufgenommen. Das Wochenendhaus war immerhin voll von meinen Fingerabdrücken, meinem Blut, meinem Schweiß. Gott sei Dank bin ich nie polizeilich registriert worden, so dass ich in ihren Datenbanken nicht auftauche, weder in Frankreich noch in Deutschland. Der Gedanke beruhigte mich ungemein. Rasch kramte ich die Beretta und die Taschenlampe aus dem Handschuhfach und machte mich auf den Weg.

Auf dem Grundstück angekommen, spürte ich sofort: Hier war niemand. Über allem lag ein tiefer Frieden. Die Fensterläden waren geschlossen, am Seesteg schaukelte friedlich der Ruderkahn, in der Hecke tollten verspielt die jungen Meisen, Insekten über Insekten schwirrten herum. Etwa zehn Meter vom Bungalow entfernt hockte eine Katze und starrte unbeweglich auf ein Mauseloch. Es war phänomenal, wie geduldig diese Tiere auf ihre Chance warten konnten. Da ich dieses Mal keinerlei Risiko eingehen wollte, entsicherte ich die Beretta, steckte sie griffbereit in den Bund meiner Jeans und widmete mich der Eingangstür. Ein Blick genügte, um zu erkennen, dass sie nur mit einem sehr einfachen Schloss gesichert war. Mein Dietrich und ich brauchten keine Minute, dann war die Arbeit getan, ich konnte eintreten.

Im Inneren des Holzhauses war es stockfinster. Trotzdem öffnete ich weder die Fensterläden noch knipste ich das

Licht an. Ich begnügte mich mit der Taschenlampe. Der Raum, in dem ich stand, war offenbar das Wohnzimmer. Der Franzose hatte ihn nur mit dem Notwendigsten ausgestattet. Tisch, Stühle, Fernseher, Sessel, Liege. Im hinteren Teil ging es zum Schlafbereich und in die Küche. Als Erstes suchte ich mit der Taschenlampe die Wände ab. An dem Teil der Wand, der an den Schuppen grenzte, hingen Dutzende Bilder. Was ich zunächst sah, waren alte Leute in total unmodischen Kleidern. Doch dann wurde es deutlich gegenwärtiger. Bis ich auf meinen Peiniger blickte. Er steckte in einer Uniform, die ich einer französischen Eliteeinheit, wahrscheinlich der Fremdenlegion, zuordnete. Vor Kraft und Selbstbewusstsein strotzend, blickte er ernst in die Kamera. Auch das Bild daneben zeigte ihn. Allerdings war er auf dem ein anderer Mensch, steckte in einem feinen Anzug, trug eine Krawatte und schaute, lässig an einen Bentley gelehnt, grinsend in die Kamera. Ich versuchte die Autonummer zu entziffern. Leider gab das Foto das nicht her. Auf einem anderen Bild war eine bildhübsche junge Frau mit zartem Gesicht, großen ausdrucksstarken Augen und einer Gazellenfigur zu sehen, eingerahmt wurde sie von Bornholm und dem Franzosen. Sie erinnerte mich an Cordula Goldmann, hatte ihr schmales, zartes Gesicht und ihre schlanke Figur, nur dass sie die Haare kurz und glatt trug. Alle hatten die Arme umeinandergelegt und strahlten um die Wette, wie besonders dicke Freunde es gerne tun. Zum ersten Mal stiegen Zweifel in mir hoch, ob der Franzose wirklich der Täter war. Man gewährte einem guten Freund doch nicht Unterschlupf, um ihn dann umzubringen. Welche Rolle spielte die schöne Frau? Je länger ich darüber nachdachte, umso stärker wurden meine Bedenken.

Plötzlich raschelte es hinter mir. Instinktiv wirbelte ich herum, riss gleichzeitig die Beretta aus dem Hosenbund und warf mich auf den Boden. Doch dann entdeckte ich einen guten Meter von meinem Kopf entfernt, im Lichtstrahl der Taschenlampe, eine Ratte, die mich wie hypnotisiert anstarrte.

»Verdammt, beinahe hätte ich dich erschossen«, murmelte ich und lächelte sie erleichtert an. Vorsichtig schob ich meine freie Hand in ihre Richtung, so, als wollte ich ihr etwas zu fressen geben. Doch das Tier hielt von meinem Angebot nichts und huschte blitzschnell davon.

Erleichtert rappelte ich mich hoch und suchte weiter. Ich tastete die beiden Sessel und das Sofa ab, leuchtete unter den Tisch, durchstöberte die Regale und klopfte Wände und Dielen ab. Kein Safe, kein Hohlraum, kein Geheimfach. Nichts, was in irgendeiner Form mein Interesse weckte. Ich war schon in der Tür, da drehte ich mich noch einmal um und ging zurück zu den Bildern. Den Franzosen sowie die junge Hübsche nahm ich mit. Ich würde sie Dr. Wohlleben zeigen, vielleicht auch Cordula Goldmann.

Als ich die Wochenendsiedlung verließ, registrierte ich, dass der kleine Peugeot verschwunden war und die Badewiese nach wie vor ungenutzt dalag. Während ich meinen Golf öffnete, ging mein Blick fast zwanghaft zu den Resten des Absperrbandes, die auch weiterhin unverdrossen im Wind flatterten. Wieder löste es ein ungutes Gefühl in mir aus. Hastig startete ich den Wagen und fuhr zurück in Richtung Baden-Baden.

20

Bereits Mönchbergs Wohnungstür zeigte mir, dass die Polizei von Selbstmord ausging, denn bei Fremdverschulden hätte sie ein Siegel angebracht, was nicht der Fall war. Um sicherzugehen, dass ich beim Öffnen der Tür nicht überrascht würde, blieb ich zunächst stehen und lauschte. Nicht das allerleiseste Geräusch drang in mein Ohr, das Haus kam mir wie unbewohnt vor. Was hauptsächlich an den vielen Zweitwohnungen lag, die es in dieser Stadt gab. Zum Beispiel leisteten sich Leute eine, die zwei, drei Mal im Jahr Aufführungen im Festspielhaus besuchten und danach unbedingt in ihren eigenen vier Wänden schlafen wollten. Strenggenommen müsste Baden-Badens Einwohnerzahl halbiert werden. Gott sei Dank gab es ausreichend Touristen, die besonders bei schönem Wetter für den nötigen Ausgleich sorgten.

Ich schaute auf die Uhr. Denn ich wollte endlich definitiv wissen, wie viel Zeit ich brauchte, um ein Türschloss wie dieses zu knacken. Keine halbe Minute verging, und ich betrat die Wohnung.

Mein erster Eindruck: Nichts hatte sich verändert. Doch je länger ich hinschaute, um so mehr Veränderungen bemerkte ich. Sie hatten sich fast unmerklich eingeschlichen. In den Regalen gab es hier und da freie Stellen, das Fahrrad stand näher am Schreibtisch, das Sofa und die Schreibtischplatte waren nahezu leergeräumt. Es sah aus, als ob jemand heimlich Verschiedenes weggeschleppt hätte.

Nachdenklich setzte ich mich zu den Fischen. Sie ignorierten mich wie gehabt, ich revanchierte mich, indem auch ich mir keine Mühe gab, sie nett zu finden. Was mir trotzdem sofort an ihnen auffiel, sie waren alle wohlauf. Eigentlich fehlte nur, dass sie miteinander Ringelreihen spielten. Da sie nicht gefüttert wurden, war das schon mehr als merkwürdig. Zähe Zierfische! Ich hatte noch nie von solchen beflossten Überlebenskünstlern gehört! Oder sie wurden versorgt. Ich nahm ein wenig von dem Futter, das in einem Behälter unter dem Aquarium bereitstand und streute es bedächtig auf die Wasseroberfläche. Langsam schwebten die Flocken in Richtung Kiesbett. Die Tiere schnappten kaum zu. Von einem Kampf um das Futter konnte schon gar keine Rede sein. Es gab nur eine Erklärung: Jemand fütterte sie. Ich überlegte, wer als Versorger in Frage kam. Möglich, dass es eine alte Dame aus dem Haus war, doch die würde nichts raustragen. Das machen alte Damen einfach nicht! Der Mörder kam sicherlich auch nicht in Frage! Wer also war der Unbekannte? Ich könnte mich hier auf die Lauer legen … Doch schnell schob ich den Gedanken von mir. Das war praktisch nur schwer durchführbar.

Während ich an meiner Oberlippe nagte, sah ich mich im Schlafzimmer um. Einer Eingebung folgend schaute ich unter das Bett. Kurz darauf förderte meine Rechte eine Packung Zeitschriften auf Hochglanzpapier ans Tageslicht. Erst nachdem ich sie vom gröbsten Staub befreit hatte, bekam ich mit, was ich in der Hand hielt. Pornohefte mit Männern! Mönchberg war schwul gewesen! Damit hatte ich nicht gerechnet! Mit spitzen Fingern blätterte ich in den Zeitschriften. Ausschließlich nackte Männer mit Waschbrettbauch und gewaltigem Penis, entweder alleine oder beim Sex. Geradezu hastig schob ich den kompletten Stapel angewidert zurück unters Bett. Ich begann darüber nachzudenken, und plötzlich musste ich laut lachen. Sie lesbisch, er schwul. Genetisch gesehen zweifelsohne eine äußerst interessante Konstellation. Schwanger hätte Anna Berger allerdings trotzdem werden können. Schließlich ergibt Minus mal Minus auch Plus. Ich griente und suchte weiter.

Im Schlafzimmerschrank entdeckte ich einen Ordner, bis oben hin voll mit sauber abgehefteten Kontoauszügen. Solides Gehalt, garniert mit ein paar Zusatzeinnahmen aus Vorträgen und Veröffentlichungen, alle Rechnungen immer sofort bezahlt und sauber nach Gebieten abgelegt. Keine Extravaganzen, keine Schulden. Welche Gegensätze! Die chaotische Wohnung auf der einen Seite, die penibel geführten Finanzen auf der anderen. Davon abgesehen: Alles schien bei ihm in Ordnung zu sein. Keine Aus- oder Eingänge, die nicht nachvollziehbar waren. Von so viel Geld konnte ich nur träumen. Ich fand es allerdings korrekt, dass Wissenschaftler finanziell besser dastanden als meine Berufsgruppe.

Im Wohnzimmer setzte ich mich an den Schreibtisch und schaltete den Laptop ein. Vor allem seine Mails interessierten mich. Gleich die erste Enttäuschung: Outlook verlangte ein Passwort. Nachdem ich eine Weile herumprobiert hatte – auch Anna hatte nicht geklappt –, gab ich entnervt auf. Wer Passwörter knacken wollte, musste sich vor allem im persönlichen Bereich des Besitzers auskennen. Als Nächstes nahm ich mir das Telefon vor. Hier waren alle Speicher gelöscht. Wieder so eine Sache, die mich stutzig machte. So verhielt sich doch kein Selbstmörder vor seinem Abgang! Er will zügig ins Jenseits! Alles andere ist ihm zweitrangig. Wo ich hier hinschaute, stieß ich auf Widersprüche. Bei alledem wurde ich mir immer sicherer, dass Mönchbergs Tod ein fingierter Selbstmord war. Hier sollten Spuren verwischt werden. Die Frage war nur: Wie konnte ich es beweisen? Eine bloße Vermutung brachte nicht viel.

Ich ging zurück zu den Fischen und klopfte mit den Fingerspitzen an die Scheibe des Aquariums. Dabei blieb mein Blick an einem kleinen Buch hängen, das neben der Futterbox lag. Es versprach Tipps zum Halten von Zierfischen. Vielleicht enthielt es einen Hinweis, wie man die Tiere für sich einnehmen konnte? Gemächlich blätterte ich in dem schmalen Büchlein herum. Richtiges Füttern, richtige Wassertemperatur, die richtigen Pflanzen, aber nichts zu dem Thema, das mich interessierte. Plötzlich flatterte mir ein kleiner Zettel entgegen.

Thomas, Achtung! Man wird dich überprüfen. Du weißt warum. Der Mann ist gut dreißig, mittelgroß, schlank, kurze Haare, heißt Marowski, wird sich vielleicht unter einem anderem Namen vorstellen. Sei auf der Hut!
Dein Jogi

Urplötzlich knallte es in meinem Kopf! So, als hätte da oben jemand eine Bombe gezündet! Von der ersten Minute an hatte ich gewusst, dass an dem Auftrag der Schwestern etwas faul gewesen war. Aber dass ich derart verschaukelt worden war, hätte ich nie für möglich gehalten. Das tat weh! Doch es machte mich letztendlich nur noch entschlossener, Licht ins Dunkel zu bringen. Ich atmete schwerer als gewöhnlich, dann schaute ich noch einmal auf den Zettel. Natürlich, ich kannte diese Schrift. Sie war gerade, ohne Schnörkel, die ersten Buchstaben eines Wortes immer übergroß, der letzte dagegen ging unter. Ich kannte diese Schrift sehr gut! Mir war, als wenn mir jemand einen Schleier von den Augen nähme. Ein unheilvolles Lächeln legte sich um meinen Mund. Den würde ich mir schnappen! Doch vorher wollte ich mir Bornholms Wohnung anschauen.

21

Dank des Tunnels brauchte ich ganze sieben Minuten, um nach Lichtental zu kommen. Ich dachte mit Graus daran, dass dieser geniale Verkehrsstrang bald wegen Reparaturarbeiten für längere Zeit gesperrt sein würde. Der komplette Abgasmief der Autos bliebe dann über dem Oostal hängen, die Stadt würde wie unter einer Käseglocke daliegen. Die Stadtväter müssten Atemmasken ausgeben. Schlimmer wäre für Baden-Baden nur, wenn die Thermalquellen versiegen oder das Casinopersonal streiken würde.

Ich parkte nicht direkt vor Bornholms Haus. Seine Nachbarin, Frau Seiffert, sollte nicht mitbekommen, dass ich hier war. Schließlich musste ich davon ausgehen, dass die Polizei über kurz oder lang bei ihr auftauchen würde. Dann könnte mich die alte Dame nicht nur beschreiben, sie hätte sogar meine Autonummer parat. Und ich war überzeugt, dass sie keine Sekunde zögern würde, ihr Wissen weiterzugeben. Ein umsichtiger Privatermittler geht bei dem, was er tut, möglichst unsichtbar vor. Eine der ehernen Regeln in meinem Gewerbe!

Als ich ausstieg, wäre ich beinahe über einen Rentner mit Hund gestolpert. Erst beschnupperte der Köter meine Schuhe, dann pinkelte er an die Reifen meines Golfs. Alles unter liebevoller Anteilnahme seines Herrn. Am liebsten hätte ich geschrieen. Doch Ärger konnte ich in diesem Moment nicht gebrauchen. Ich setzte mich erst einmal zurück ins Auto und wartete mit geschlossenen Augen, bis die beiden zehn Meter entfernt waren. Quasi als Belohnung für meine Besonnenheit wurde ich auch heute mit einer unverschlossenen Haustür entschädigt.

Oben angekommen, ging ich zunächst zu Frau Seifferts Wohnungstür und lauschte. Zufrieden stellte ich fest, dass die alte Dame das tat, was Rentner besonders gerne tun, wenn sie nicht gerade einkaufen oder schlafen: Sie schaute fern.

Bornholms Tür kapitulierte noch schneller als Mönchbergs und obendrein nahezu lautlos. Ich entschloss mich, im Wohnzimmer mit der Suche zu beginnen. Der Schreibtisch kam zuerst dran, ich ging Schublade für Schublade durch. Was ich zu sehen bekam, war Schulmaterial, ab und an auch ein amtliches Schreiben oder etwas über die Theorie des Schachspielens oder die Technik des Fliegenangelns. Ich wollte mich an den Computer setzen, doch mir fiel ein, dass ich ihn bereits bei meinem ersten Besuch erfolglos getestet hatte. Seine Festplatte war frisch formatiert, einen Internetanschluss hatte er nicht. Ich griff zum Telefon. Hier waren alle Speicher gelöscht. War das Bornholm gewesen? Ich ließ meinen Blick resigniert über die vergilbte Tapete mit dem kaum noch zu erkennenden Rosenmuster gleiten. Nur eine Erkenntnis verdichtete sich zur Gewissheit: Es gab zwischen Mönchberg und Bornholm Parallelen über Parallelen.

Plötzlich fiel mir ein, dass ich vor einiger Zeit eine Gabe in mir entdeckt hatte. Ich konnte über mein Unterbewusstsein Dinge wittern, die meine Augen nicht sahen. Damit war es mir möglich, zu einer Art Wünschelrute zu mutieren. Es klappte allerdings nicht immer. Der Erfolg hing von meiner Tagesform, den Sternen, dem Umfeld, in dem ich mich gerade befand oder sonst was ab. Es blieb auf jeden Fall geheimnisvoll. Aber jetzt war der Augenblick gekommen, da ich einen weiteren Versuch wagen wollte.

Es begann damit, dass ich in mich hineinhorchte, mir gleichzeitig Ruhe und Gelassenheit verordnete. Danach ging ich langsam von Möbelstück zu Möbelstück, schaute mir jedes Detail an und ließ alles in mich hineinfließen. Gleichzeitig versuchte ich, durch tiefes Ein- und Ausatmen die letzte Unruhe aus mir zu vertreiben. Sobald ich das geschafft hatte, streckte ich mich, danach forderte ich meinem Körper auf, sich zu konzentrieren, und schloss die Augen. Anschließend tapste ich mit vorgehaltenen Händen durch den Raum, drehte mich dabei vorsichtig um die eigene Achse und lauschte auf mein Inneres. Erst passierte nichts, ich wollte schon aufgeben, doch plötzlich spürte ich ein schwaches Kribbeln. Meine metaphysische Ader begann sich zart zu regen, bald wurden die Schwingungen heftiger. Bis es in mir bebte. Ich öffnete die Augen, mein Blick fiel auf das Büfett. Genau an dieser Stelle begann ich umgehend intensiv zu suchen. Und tatsächlich, ich landete einen Volltreffer. Versteckt hinter einer mit blauen und roten Feldblumen verzierten Sammeltasse stand ein kleines braunes Apothekerfläschchen. Ich nahm den Stöpsel heraus und hielt meine Nase drüber. Ohne Frage, dem Fläschchen entströmte haargenau derselbe Geruch, der aus Mönchbergs Whiskyglas gekommen war. Dieser Fund ließ eigentlich nur eine Schlussfolgerung zu: Bornholm hatte es Mönchberg ins Glas gekippt und ihn damit umgebracht. Er war sein letzter Besucher und damit zugleich sein Mörder gewesen. Daran gab es keinen Zweifel.

Doch damit war noch nicht die Frage geklärt: Wer hatte Bornholm auf dem Gewissen? Es musste noch einen ominösen Dritten geben! Eine Weile stand ich regungslos da, aber in mir keimte keine Idee, wie ich an den Unbekannten herankommen könnte. Und unvermittelt bebte es wieder in mir. Eine Art Nachbeben! Unschlüssig streifte ich umher, das Giftfläschchen immer noch in der Hand. Doch so sehr ich auch mein Inneres abhörte, es kam zu keiner weiteren Entdeckung. Nur ein fader Nachgeschmack blieb. Lag es daran, dass ich mich auf Bornholm festgelegt hatte? Sollte es ein Fingerzeig sein, in eine andere Richtung zu schauen?

Egal wie: Dieser Auftrag war von Anfang an nichts als eine Scharade gewesen. Ich sah Dr. Wohlleben vor mir. Er hatte ihn mir wie Honig um den Mund geschmiert, verstieg sich sogar in der Behauptung, mir damit die Türen zu den sogenannten besseren Kreisen zu öffnen. Lächerlich! In Wirklichkeit passierten Dinge, die mich direkt in den Abgrund führten. Ich ballte die Faust. Er musste mir eine Antwort geben. Die Schonzeit für den netten Doktor war endgültig vorbei! Mir war es völlig egal, wie furchtbar er krank war, dass ich die Wohnung und den Hausmeisterjob verlor, künftig vielleicht sogar von Hartz IV leben musste. Schnell stellte ich das Giftfläschchen zurück ins Büffet und raste die Treppe hinunter, während alles in mir nach Vergeltung schrie!

22

Erst klingelte ich, und als sich nichts tat, hämmerte ich mit der Faust an die Wohnungstür. Dennoch, niemand öffnete mir. Nur klassische Musik war zu hören, während unter der Tür ein schmaler Lichtstreifen herausdrang, der es beinahe bis an meine Schuhspitzen schaffte. Es bestand kein Zweifel: Mein Vermieter war daheim.

Ich schrie aufgebracht: »Herr Dr. Wohlleben, machen Sie endlich auf! Ich weiß, dass Sie zu Hause sind! Sie entkommen mir nicht!«

Auch diese unverhohlene Drohung beeindruckte ihn nicht. Ohne lange zu überlegen, holte ich meine Dietrichsammlung hervor und machte mich an die Arbeit. Schnell musste ich erkennen, dass dieses Schloss entschieden raffinierter konstruiert war als die, mit denen ich mich bisher auseinandergesetzt hatte. Aber letztendlich schaffte ich es. Im Eilschritt überquerte ich den Flur und riss die Wohnzimmertür auf.

Mozarts Requiem, sein geheimnisvolles letztes Werk, fiel mit voller Wucht über mich her. Beeindruckt blieb ich stehen und lauschte. Aber nur kurz, dann erinnerte ich mich, warum ich hier war. Langsam wanderte mein Blick durch den Raum. Und plötzlich war mir, als hielte mir jemand den kalten Lauf einer Waffe an den Kopf. Ganze zwei Schritte von mir entfernt, mitten auf dem beigefarbenen Teppich, lag Dr. Wohlleben, Arme und Beine von sich gestreckt, den Kopf zur Seite geneigt, die Augen geschlossen, um den Mund einen weißen Kranz Erbrochenes. Ein Gedanke schoss mir durch den Kopf: der dritte Tote!

Ich schnellte förmlich zu ihm, um nach seinem Puls zu fühlen. Erleichtert atmete ich auf. Er war zu spüren, wenn auch reichlich schwach. Auf dem Tisch befand sich eine umfangreiche Sammlung an diversen Tablettenschachteln, mittendrin stand eine Flasche Whiskey. Alles deutete auf einen Suizidversuch hin. Jetzt war nur eins wichtig: Ich musste ihn so weit bringen, dass er die Augen aufschlug, um das schreckliche Zeug aus ihm rausholen zu können. Ich musste! Ich musste! Als Erstes rüttelte ich wie besessen an ihm herum, dann hob ich mit einer Hand seinen Kopf, mit der anderen gab ich ihm ein gutes Dutzend kräftiger Ohrfeigen. Ganz langsam öffneten sich seine Augen. Er wollte sogar etwas sagen, aber es wurde nur ein kurzes unverständliches Gebrabbel. Danach begann er zu husten.

»Hoch!«, schrie ich. »Doktor, Sie brauchen Bewegung!«

Seine einzige Reaktion: Er schloss wieder die Augen. Aber ich blieb dran, zerrte an ihm, schließlich versuchte ich, ihn aufzurichten. Doch der Mann hatte sein Gewicht. Aber letztendlich gelang es mir. Erst jetzt bemerkte ich, dass das Requiem zu Ende war. Ich legte seinen rechten Arm um meine Schulter und schleifte ihn umher, zwischendurch verabreichte ich ihm Backpfeifen. Schließlich grölte ich »Brüder zur Sonne zur Freiheit« und marschierte mit ihm durch das Wohnzimmer. Es war der Versuch, bei einem Erzkonservativen wie ihm eine Schockreaktion hervorzurufen. Und tatsächlich. So ganz allmählich begann das Leben in seinen Körper zurückzukehren, seine Beine und

Augenlider bewegten sich. Als das Kampflied zu Ende war, hatten wir fast so was wie Gleichschritt erreicht. Jetzt war die Zeit gekommen, seine inneren Kräfte zu mobilisieren.

»Doktor, Sie haben sieben Häuser, alle in bester Lage, jeder Quadratmeter ist vermietet. Allein von den Mieteinnahmen könnten sich mehrere Großfamilien ernähren. Dazu Ihre Wertpapierdepots, Ihre hochkarätige Uhren- und Münzsammlung, Ihr Gold, Ihre Auslandskonten. Das alles wollen Sie doch nicht einfach im Stich lassen?«

Ich blieb abrupt mit ihm stehen, gab ihm eine weitere Ohrfeige und schrie ihn an: »Wollen Sie das wirklich?«

Ich hatte das Gefühl, er schaute mich erschrocken an. Schließlich schüttelte er kaum wahrnehmbar den Kopf und hauchte: »Nein!«

Der Notdienst fiel mir ein. Doch dann hatte ich eine bessere Idee, ich versuchte es erst einmal beim Professor. Gott sei Dank war der Mann in seiner Praxis und hatte die Situation sofort erfasst. Er versprach, so schnell es ginge zu kommen. Ich solle ihn fleißig weiterbewegen.

Ich setzte unseren Marsch fort.

»Mönchberg war Ihr Freund! Sein Tod hat wehgetan, nicht wahr!« Ich hatte den Eindruck, seine Lippen bewegten sich, aber es war nichts zu hören. »Das geht ganz tief!«, fuhr ich fort und dachte an Cordula.

Unvermittelt begann es in seinem Hals zu würgen. Sofort erkannte ich die Chance und schlug ihm, ohne zu zögern, meine Faust mit voller Wucht in den Magen. Ein Mix aus Galle und Pharmaprodukten schoss wie eine Fontäne aus seinem Mund, blieb auf dem Teppich liegen und verbreitete augenblicklich einen üblen Gestank. Unberührt marschierte ich mit ihm weiter.

Kurz darauf betrat der Professor die Wohnung. Er hatte offenbar einen Schlüssel.

»Setzen Sie ihn in den Sessel!«, befahl er und übernahm umgehend die Regie. Dann fühlte er den Puls, maß den Blutdruck, kontrollierte mit dem Stethoskop Herz und Lunge, schließlich betrachtete er ausgiebig die Augen. Zwei Spritzen beendeten die medizinische Behandlung.

»Eins ist gewiss: Unser guter Doktor wird durchkommen. Er ist zäher, als ich immer dachte!«, verkündete der Professor und tätschelte seinem Patienten die Wangen. Doch ich fand, dieses Tätscheln war keine Spur liebevoll, eher ein wenig böse. Und der Patient schien es genauso zu empfinden, denn er drehte den Kopf vom Professor weg und schaute hilfesuchend zu mir. Aber wie sollte ich ihm helfen? Ich nahm an, die beiden mochten sich nicht. Vielleicht gab es auch etwas in der Vergangenheit?

Der Professor wandte sich an mich. »Legen Sie ihn auf die Couch! Und decken Sie ihn zu. Er darf nicht frieren. Was er ansonsten braucht, ist vor allem Ruhe und nochmals Ruhe!«

»Also nicht Krankenhaus?«

»Nein, wir lassen es erst einmal!«

Ich wies auf das Erbrochene. »Und das?«

»Eine Schwester wird sich ein, zwei Tage um ihn kümmern. Vielleicht gleich hier schlafen. Bei der Gelegenheit bringt sie alles in Ordnung. Cordula organisiert das.«

Der Professor hatte schon wieder seine Tasche in der Hand, und während er seinen Blick auf Dr. Wohlleben richtete, fragte er mich: »Ahnen Sie, warum er das gemacht hat?«

Ich zuckte mit den Schultern.

»Na ja, ein kleines Sensibelchen war er schon immer!«

»Sie meinen, er hat die Anlagen dazu.«

»So könnte man es sagen!« Der Professor schaute auf die Uhr. »Ich muss weiter.« Er zeigte zum Ausgang. »Gehen wir!«

»Ich würde noch bleiben ...«

»Nicht nötig!«, unterbrach er mich. »Er schafft es auch so! Und er soll seine Ruhe haben. Allein das ist jetzt wichtig.«

Als wir zusammen die Treppe hinuntergingen, legte er mir vertrauensvoll den Arm um die Schultern. So, als gehörte ich zu seinen besonders engen Freunden, denen er vollstes Vertrauen schenkte. »Das haben Sie ganz hervorragend gemacht.

Wirklich, ganz hervorragend! Ohne Sie wäre Dr. Wohlleben möglicherweise nicht mehr unter uns. Hoffentlich dankt er es Ihnen mal! Herr ... eh ...«

»Marowski!«, half ich wie selbstverständlich.

»Der Tiroler, nicht wahr!«

Ich nickte. Wenigstens das hatte er sich gemerkt.

»Wie sind Sie eigentlich bei Dr. Wohlleben reingekommen?«

»Die Tür war offen«, log ich.

»Ach so«, entgegnete er und fügte wie nebenbei hinzu: »Vielleicht wollte er gefunden werden?«

Ohne mich weiter zu beachten, eilte er die Treppe hinunter, dem nächsten Patienten entgegen. Ich war verblüfft, wie flink er noch war, mit seinen Sechzig. Aber vor allem war ich tief beeindruckt, mit welcher Souveränität er gehandelt hatte. Das Sprichwort »Nichts geht über einen guten Arzt« traf offenbar voll zu.

Kaum war ich zurück in meiner Wohnung, hörte ich das Telefon klingeln. Als ich Anna Bergers Stimme erkannte, war ich erst einmal perplex. Im ersten Moment dachte ich, sie wollte die Rechnung monieren. Doch schnell merkte ich, dass ich damit falsch lag. Dazu klang ihre Stimme viel zu freundlich, auch kam kein böses Wort über ihre Lippen, nicht einmal der Hauch einer Anspielung. Sie wolle sich einfach nur gerne mit mir unterhalten. Auch, um einiges geradezurücken. Schließlich seien wir beide zivilisierte Menschen. Natürlich nur, wenn meine Zeit es erlaube. Ich zögerte kurz, aber dann kam ich zu dem Ergebnis, dass ich eigentlich nichts dagegen haben konnte. Zumal man sich in meinem Beruf den Luxus, beleidigt zu sein, nicht wirklich leisten kann. Wir vereinbarten einen Termin für den nächsten Tag, in der Berger-Villa.

Als das Gespräch beendet war, ließ ich es noch einmal Revue passieren. Bemerkenswert waren ihre Freundlichkeit, ihre Lockerheit, aber auch ihre Vertrautheit! Fast so, als wollte sie mir das Gefühl vermitteln, ich gehörte zur Familie!

Es war nicht lange her, da hatte sie mich einen kleinen, miesen Schnüffler genannt. Ein mehr als bemerkenswerter Gesinnungswandel! Aber was war momentan nicht bemerkenswert? Mir fiel nichts ein!

23

Es summte, das schmiedeeiserne Tor öffnete sich gehorsam. Eine junge Frau, die ich noch nie gesehen hatte und die offenbar bei den Bergers als Hausmädchen arbeitete, kam mir entgegen. Sie trug eine weiße Bluse, dazu einen engen schwarzen Rock und um die Taille ein schneeweißes Schürzchen. Ihr langes volles Haar hatte sie zu einem Zopf geflochten, der beinahe bis zu den Pobacken reichte. Alles an ihr sah total frisch und ländlich aus. Ein Prachtstück von einem Schwarzwälder Ökoprodukt. Sie fragte leise, unterlegt mit einem keuschen Blick: »Herr Marowski?«

Ich nickte.

»Frau Anna Berger erwartet Sie. Ich zeige Ihnen den Weg!«

Sie ging mit wippendem Hinterteil vor mir her. Ihre Pobacken in der Bewegung sehen zu dürfen, war mehr als ein ästhetischer Genuss. Zu weiteren Betrachtungen kam ich allerdings nicht, da sie vor einem filigranen Gartenhaus, das im hinteren Teil des Grundstücks lag und von Bäumen und Sträuchern eingeschlossen war, stehen blieb.

»Wir sind da«, sagte sie und lächelte mir noch einmal artig zu. Dann huschte sie wie ein scheues Reh davon, das sich für nichts auf der Welt einfangen lassen wollte.

Wieder fiel mir die Rechnung ein, die ich der Jüngeren für das Auffinden von Bornholm zugeschickt hatte, und wieder attackierte mich mein schlechtes Gewissen. Ich hatte schließlich alles mit dem Faktor zwei multipliziert. Nun, falls sie auf einer Minderung bestehen würde … Der miese, kleine Schnüffler würde mit sich reden lassen.

Rechter Hand neben der Eingangstür baumelte eine kleine Messingglocke. Ich zog an der Schnur. Es vergingen nur ein paar Sekunden, und Anna Berger stand vor mir. Sie steckte in einem langen grauen Kittel, der von oben bis unten mit Farbe beschmiert war. Die Haare trug sie hochgesteckt, um den Hals hing wie immer ein Bündel Schmuck, unterhalb des Kittels lugten nackte Füße hervor. Ohne Schuhwerk war sie etwa so groß wie ich. Doch was mich aufatmen ließ: Sie lächelte mich an, hakte sich sogar bei mir ein. Mein verändertes Outfit überging sie einfach, meinen Auftritt im *Bermudas* ebenfalls. Stattdessen zeigte sie auf ihre nackten Füße.

»Der direkte Kontakt zwischen Boden und Füßen tut mir gut. Ich fühle das Material unter mir direkt. Dadurch verstehe ich es sinnlich. Übrigens, viele Kollegen empfinden ähnlich. Aber jetzt, Herr Marowski, zeige ich Ihnen erst einmal mein kleines Reich. Einverstanden?«

Ich nickte, und die Führung begann. Zuerst war die Küche dran. Der Raum war klein und praktisch angelegt, ohne jeden Schnickschnack. Die Frau hatte schlicht Spaß an Formen und Farben, an ihrem Zusammenspiel. Für den Schlafraum und das Bad galt dasselbe. Das Atelier war ohne jeden Zweifel der zentrale Ort. Ich tippte, dass er mindestens zwei Drittel des Hauses beanspruchte. Die Außenwände bestanden vorwiegend aus Glas. Der Rest der Wände war mit Regalen zugestellt. In ihnen lagerten Pinsel, Farben, Leinwände, Bücher, Skulpturen. Sogar ein Teil der Decke war verglast, so dass das Tageslicht ungehindert alle Ecken ausleuchten konnte. Ansonsten gab es viele, viele Bilder. Mitten im Raum stand eine Staffelei, auf der ich eine leere Leinwand sah. Alles in allem: ein kleines Paradies, dazu angetan, im Einklang mit sich und der Umwelt malen und leben zu können.

Anna Berger zeigte um sich. »Dieses Haus ist mein ganz persönlicher Bereich! Selbst meine Schwester muss mich um Erlaubnis bitten, wenn sie zu mir will.« Sie lachte und drückte sich fester an mich, so dass ich ihren Busen spürte. In meinem Inneren begann es wärmer zu werden.

»Malen war schon immer meine große Leidenschaft. Ich kann Ihnen versichern, auch wenn ich keinen Pfennig Geld dafür bekäme, ich würde malen.«

Als wir vor einem Bild stehen blieben, das eine zerbrechlich wirkende Frau mit großen Augen und melancholischem Blick zeigte, wurde sie ernst. »Meine Mutter«, murmelte sie. »Ich habe ein Foto als Vorlage benutzt. Das Bild ist natürlich unverkäuflich. Wobei ich meine Bilder generell nur ungern verkaufe. Es sind meine Kinder! Die gibt man doch auch nicht einfach so her.«

Ich nickte. »Eine schöne Frau! Aber sehr, sehr traurig. Irgendwas scheint sie zu bedrücken«, entgegnete ich.

»Sie lebte in einem Zwiespalt. Auf der einen Seite hatte sie Verpflichtungen, Kinder, Familie, Repräsentieren und dergleichen mehr. Andererseits war sie eine phantastische Konzertpianistin. Sie hätte es zu etwas bringen können. Den Spagat zwischen diesen beiden Seiten schaffte sie einfach nicht.« Anna Berger schaute entrückt zur Decke. »Sie hat mir oft vorgespielt. Es steckt immer noch in meinem Kopf. Mozart war ihr absoluter Liebling. Bedenken Sie, ich war erst fünf, als sie sich das Leben nahm. Ist das nicht schrecklich!«

Sie gab unvermittelt meinen Arm frei und fragte: »Herr Marowski, erst einmal hätte ich eine Bitte an Sie.«

Ich nickte überrascht.

»Sie haben hoffentlich nichts dagegen, mir Modell zu sitzen?«

Ich starrte sie fassungslos an, während mein Mund auf- und zuklappte, ohne dass er etwas von sich gab.

»Heißt das ja?«

»Wann?«

»Na, jetzt und hier.«

Mein Kopf bewegte sich mechanisch.

Sie fasste es als Zustimmung auf. »Das freut mich! Ausziehen müssen Sie sich nicht. Es geht mir vor allem um Ihr Gesicht. In ihm sehe ich Züge, die mir wichtig sind. Wie Ernsthaftigkeit, Entschlossenheit, Grundsätze.«

Sie wies auf einen Stuhl in der Nähe der Staffelei. Kaum hatte ich mich niedergelassen, begann sie mit der Arbeit. So, als hätte sie Angst, ich könnte meine Zustimmung widerrufen.

»Ich habe vor, erst einmal ein paar Skizzen von Ihnen anzufertigen. So beginne ich meistens.«

»Was soll ich tun?«

»Bleiben Sie ganz normal, ganz locker. Schauen Sie in die Baumspitzen oder in die Wolken.«

Ab und an musste ich meine Haltung ändern, um nicht zu verkrampfen. Sie hatte nichts dagegen.

»Und wie sehen Sie mich?«, fragte ich irgendwann.

Sie lächelte. »Soll ich ehrlich sein?«

Ich nickte tapfer, obwohl mir nicht ganz wohl dabei war.

»Sie sind ein introvertierter Mensch, schleppen einen Panzer mit sich herum. Sich zu öffnen, fällt Ihnen ausgesprochen schwer. Andererseits sind Sie voll von hehren Prinzipien. Zusammengefasst: Sie sind ein introvertierter, ehrlicher, gradliniger Mensch. Der auch schon mal sehr impulsiv werden kann.« Sie lächelte mich schelmisch an. »Wie sich ja erst kürzlich gezeigt hat!«

Von da an verstummte sie und malte konzentriert weiter. Ich war verblüfft. Die Frau war obendrein auch eine gute Psychologin. Nach etwa zwei Stunden hatte sie genug.

»Fürs Erste reicht's!«, meinte sie, streckte ihren Oberkörper und stemmte die Arme in die Hüften.

Ich war froh, mich wieder bewegen zu dürfen. Alles in allem war es halb so schlimm gewesen. Sie hatte inzwischen den Pinsel weggelegt und wandte sich mir zu. Ihr Gesicht hatte einen ernsten Ausdruck angenommen.

»Es gibt noch ein paar Dinge, über die ich mit Ihnen reden möchte!« Sie zeigte auf die Sitzgruppe. Ich setzte mich und war hellwach.

»Wissen Sie schon, dass meine Schwester mich dazu drängt, dass ich es mit künstlicher Befruchtung versuche?«

»Nein!«, entgegnete ich verblüfft.

»Künstliche Befruchtung! Bei mir! Wie bei einem Labortier. Eine typische Idee meiner Schwester!«

Sie begann vor mir auf und ab zu laufen. In ihren Augen blitzte es, während ihre Hände immer hektischer mit dem Halsschmuck spielten.

»Hinzu käme: Das Kind würde ohne leiblichen Vater aufwachsen. Kann man das einem Kind zumuten? Aber das interessiert meine große, kluge Schwester nicht! Überhaupt, sie ignoriert gerne unangenehme Fragen!«

»Erwarten Sie von mir bitte keine Antwort, ich habe mich mit Dingen wie künstlicher Befruchtung noch nie befasst.«

»Immer hat sie sich durchgesetzt! Sie denkt, ich wäre ihr kleines, unmündiges Kind! Das alles falsch macht und geführt werden muss. Aber ich bin verdammt noch mal erwachsen! Das soll sie endlich zur Kenntnis nehmen.« Ihre Fäuste ballten sich, ihr Schritt wurde schneller. »Aber sie hat sich getäuscht! Ich gebe nicht klein bei! Nein, dieses Mal nicht!«

Ich rutschte verlegen auf meinem Platz hin und her. Doch da sie eine Antwort erwartete, sagte ich möglichst leise und zügig: »Eine so persönliche Angelegenheit müssten Sie dennoch mit Ihrer Schwester ausdiskutieren. Ich bin Junggeselle und mit dem Thema total überfordert.«

»Sie haben natürlich recht! Entschuldigen Sie, aber es musste einfach mal raus!«, entgegnete sie schnell, setzte sich wieder und lächelte mich ruhig an, so, als wäre nichts gewesen. Schließlich fuhr sie mit sanfter Stimme fort: »Herr Marowski, es ist noch etwas. Es gibt ein Bild, hinter dem ich schon lange her bin. Jetzt besteht die einmalige Gelegenheit, es zu erwerben. Der Eigentümer ist jedoch reichlich eigenwillig. Er will das Geld in bar, und zwar ausschließlich in Fünfziger- und Hunderterscheinen.«

»Wie hoch ist der Kaufpreis?«

»Hunderttausend.«

»Wird nach dem Bild gefahndet?«

Sie lachte. »Alles koscher. Sonst würde ich es niemals haben wollen. Glauben Sie mir: Ich hasse nichts mehr als Ärger!«

Sie stellte einen kleinen ledernen Handkoffer vor mich auf den Tisch. »Herr Marowski, könnten Sie das mit den Hunderttausend in Fünfziger- und Hunderternoten bitte überprüfen! Mir fehlt dazu die Ruhe. Ach, das hätte ich beinahe vergessen. Sie haben mir ja eine Rechnung geschickt.« Sie entnahm ihrer Brieftasche mehrere Geldscheine, gab sie mir, ohne nachzuzählen, und sagte wie nebenbei: »Das müsste hinkommen!«

Ich zählte es ebenfalls nicht, sondern steckte das Geld einfach weg. Mir schien jedoch, dass sie extrem aufgerundet hatte. Dagegen hatte ich natürlich nichts! Das mit den geizigen Reichen stimmte offenbar nur bedingt. Danach griff ich zum Koffer und öffnete ihn. Hunderttausend Euro, fein säuberlich in Bündeln abgelegt, blinzelten mich an! Instinktiv fuhren meine Hände zärtlich über das Geld. Für Anna Berger war es nichts als eine Lappalie. Für mich dagegen ... Bevor Neid in mir hochstieg, verbot ich mir jeden weiteren Gedanken, der in diese Richtung zielte, und machte mich unverzüglich ans Geldzählen, während sie zu ihrer Staffelei ging, um weiterzumalen. Wie ich es erwartetet hatte, konnte ich nichts Unrechtes entdecken.

»Stimmt!«, sagte ich und schloss den Koffer.

»Danke, Herr Marowski! Übrigens, bei der Kaufabwicklung hätte ich Sie ebenfalls gerne dabei. So ganz geheuer ist mir der Besitzer nämlich auch wieder nicht. Übrigens, ein Franzose aus dem Elsass.«

»Soll ich eine Waffe mitnehmen?«

»Könnte nicht schaden.« Danach klatschte sie strahlend in die Hände. »Wissen Sie, ich will mir eine Sammlung aufbauen! Vor allem, um Geld anzulegen. Damit bringe ich es auch vor meiner Schwester in Sicherheit.«

»Inwiefern?«

»Nun, sie ist in letzter Zeit etwas leichtsinnig geworden. Der Firma geht es nicht mehr so, wie es sollte.«

»Die russischen Hotels?«

»Herr Marowski, mehr Wünsche habe ich für heute nicht.«

Ich erhob mich schnell und gab ihr die Hand. Sie schaute mich an und sagte wie nebenbei: »Ihr neues Outfit steht Ihnen. Ich mag entschlossene Männer. Schönheit ist mehr was für Frauen.«

Ich hatte schon die Türklinke in der Hand, da rief sie mir hinterher: »Ach, Herr Marowski, was ich im *Bermudas* zu Ihnen gesagt habe, das mit dem miesen, kleinen Schnüffler, vergessen Sie es bitte. Das müssen Sie mir versprechen!«

Ich nickte.

»Danke!«, hörte ich sie noch erleichtert sagen.

Als ich draußen war, glitten meine Finger über das Jackett. Sie hatten schnell die Stelle gefunden, wo das Geld steckte. Soeben hatte ich das höchste Honorar in meiner Karriere als Privatdetektiv bekommen. Und das, obwohl bei meiner Arbeit im Grunde genommen alles schiefgegangen war. Aber ich nahm es, wie es war. Schließlich konnte auch ich mal ein bisschen Glück gebrauchen.

Ich war schon auf der Höhe der Villa, als ich plötzlich wie elektrisiert stehen blieb. Auf dem Parkplatz stand ein roter, über und über mit Dreck beschmierter Landrover. Dazu mit französischer Nummer. Es gab keinen Zweifel. Der Franzose war hier, ganz in meiner Nähe. Mit hoher Wahrscheinlichkeit in der Villa. Vorsichtig schaute ich mich um. Doch dann verließ ich hastig das Grundstück. Er sollte auf keinen Fall mitbekommen, dass ich ihn gefunden hatte. So konnte ich mich besser an seine Fersen heften.

24

Etwa fünfzig Meter entfernt hatte ich meinen Golf hinter einem Haselnussbusch geparkt. Die Beretta lag auf dem Beifahrersitz, versteckt unter den Badischen Neuesten Nachrichten, während meine Hände das Lenkrad kneteten. Der Franzose musste an mir vorbeikommen. Erst vorne an der Straße hatte er zwei Möglichkeiten. Links ging es in Richtung Schwarzwald, rechts in Richtung Frankreich. Ich nahm an, er würde rechts wählen. Natürlich hatte ich mir sein Nummernschild notiert. Er kam aus Haguenau. Mit diesem Wagen war Bornholm unmittelbar nach Mönchbergs Tod verschwunden. Und ich erinnerte mich, schon bei meinem ersten Besuch in der Wochenendsiedlung hatte ich ihn gesehen. Ich fand, er war schon fast ein alter Bekannter von mir.

Zunächst musste ich mich eine gute Stunde gedulden, bis der Rover das Berger'sche Anwesen verließ. Als er auf meiner Höhe angekommen war, schaute ich zum Fahrer. Beinahe hätte ich vor Überraschung einen Schrei von mir gegeben. Am Lenkrad saß Katharina Berger und auf dem Beifahrersitz der Franzose. Die beiden lachten und wirkten vertraut wie ein Ehepaar, das gerade dabei war, sich einen angenehmen Tag zu gönnen.

Ich folgte ihnen mit sicherem Abstand. Verloren gingen sie mir nicht, denn ich glaubte zu wissen, wo sie hinwollten. Und in der Tat, sie fuhren in Richtung Frankreich. Und wohin sie konkret wollten, war mir auch klar. Mein Golf und ich kannten die Strecke wie im Schlaf. B 500, dann die Autobahn Karlsruhe–Basel überqueren, anschließend an der Iffezheimer Staustufe vorbei und hinein nach Frankreich; dort ging es noch durch zwei kleine elsässische Dörfer, kurz darauf war die Wochenendsiedlung erreicht.

Während Katharina Berger den Rover an der Badewiese abstellte, parkte ich meinen Golf in einem kleinen Waldstück etwa hundert Meter vor der Siedlung. Ich wollte um nichts in der Welt gesehen werden. Dass ich mir endlich den Franzosen vorknöpfen könnte, war durch Katharina Bergers Anwesenheit ohnehin illusorisch geworden. Ich wollte lediglich herausfinden, warum die beiden überhaupt hier waren.

Sie bekamen zehn Minuten Vorsprung, dann ging ich zum Grundstück des Franzosen. Dort schaute ich mich erst einmal um. Ein Fenster des Bungalows war weit geöffnet. Vorsichtig schlich ich hin und lugte kurz ins Innere. Ich zuckte zurück. Beide lagen splitternackt auf dem Sofa, ihre Sachen lagen wahllos über den Fußboden verteilt herum. Wie bei einem Paar, das es nicht erwarten konnte. Jetzt streichelten sie sich zärtlich und sprachen liebevoll miteinander. Damit hatte ich nicht gerechnet. Die kühle, vom Kopf gesteuerte Frau und der Franzose, der mich so übel zugerichtet hatte, waren ein Liebespaar! Die feine Katharina Berger hatte Sex mit einen Mann, der für mich zumindest einen kriminellen Touch hatte! Aber es soll ja Frauen geben, die so etwas anmachte. Ich setzte mich unter das Fenster und hörte zu. Gott sei Dank unterhielten sie sich in Deutsch.

»Jacques, wie konnte das mit Bornholm passieren?«

»Keine Ahnung!«

»Und du hast wirklich nichts damit zu tun?«

»Warum sollte ich. Ich bin doch kein Mörder! Oder denkst du ...«

»Ich traue dir einiges zu, mein großer, kräftiger Franzose, der so gerne böse wird!«

»Katharina, überleg mal: Jens und ich, wir verstanden uns blendend! Und du weißt, wie vernarrt Monique in ihn war. Seit er tot ist, heult sie nur noch. Ich hätte ihr das nie antun können.«

»Aber einer muss es gewesen sein?«

»Die Polizei meint, ein Serienkiller. Du, der soll bereits drei oder vier Männer auf dem Gewissen haben. Alle um die vierzig. Ihm soll jemand die Frau ausgespannt haben, der auch so alt war. Er hat sich wohl hier irgendwo versteckt gehalten. Jens war einfach zum falschen Zeitpunkt am falschen Ort!«

»Na ja, viel habe ich nicht von ihm gehalten! Pass du wenigstens auf dich auf!«

»Worauf du dich verlassen kannst. Was macht eigentlich dieser Schnüffler?«

»Ich habe ihm den Auftrag entzogen. Du hättest mal sehen sollen, wie wütend der deshalb wurde.«

»Ich habe ihn ja auch kennengelernt. Ein ziemlich unangenehmer Bursche, aber verdammt zäh. Weißt du, was der mit mir gemacht hat?«

»Was?«

»Lassen wir's! Ach, Katharina, was anderes.«

»Willst du etwa wieder Geld?«

»Ich könnte schon was gebrauchen.«

»Jacques, ich habe zur Zeit auch meine Probleme.«

»Du und Geldprobleme!« Er lachte.

»Ich war in letzter Zeit unvorsichtig!«

»Die Hotels in Russland?«

»Nun ja, so schlimm ist es auch nicht. Aber du musst mir versprechen, das Geld endlich mal auf die Bank zu schaffen! Nicht ins Casino! Sonst stehst du im Alter wirklich ohne einen Cent da.«

Der Franzose lachte. »Katharina, ich kann dich beruhigen, ich bin gerade dabei, fürs Alter vorzusorgen. Und es wird dieses Mal klappen! Das kannst du mir glauben.«

»Ach Jacques, du und deine Pläne!«

Ich hob ein wenig den Kopf und konnte sehen, dass sie ihre Handtasche öffnete und ihm ein Bündel Geldscheine reichte. Er ließ es kurzerhand unter dem Sofa verschwinden. Danach streichelte er sie besonders liebevoll.

»Katharina, ich mag dich ... auch ohne Geld. Das weißt du!«

»Ich weiß! Aber mit Geld geht es leichter, nicht wahr!« Sie lächelte ihn verliebt an und schmiegte sich an seine Brust. »Ich kenne dich doch, du großer, französischer Lump!«

Anschließend war es ruhig, bis lustvolles Schreien und Stöhnen zu mir drang. Ich machte, dass ich wegkam, denn ein weiterer Toter war hier momentan nicht zu erwarten.

25

Zu Hause angekommen riss ich als Erstes das Wohnzimmerfenster auf, um die abgestandene Luft gegen frische einzutauschen. Danach schmiss ich mich aufs Sofa, verschränkte die Hände hinter dem Kopf und starrte in Richtung Zimmerdecke. Tatsächlich, in dem Spinnennetz hatte es Veränderungen gegeben. Statt zwei gab es inzwischen drei Fliegenskelette, während die Mörderin ein paar Zentimeter entfernt seelenruhig auf ihr viertes Opfer lauerte. Ich beschloss, das Sofa für den Rest des Tages nicht mehr zu verlassen. Ich würde die Spinne beobachten und nachdenken. Zum einen über das, was ich brandneu erfahren hatte, und zum anderen war ich fest entschlossen, einen weiteren Mord zu verhindern. Ein paar Mal hatte ich tatsächlich schon geglaubt, mein Puzzle sei vollständig. Aber dann passierte wieder eine von diesen Merkwürdigkeiten und wirbelte alles durcheinander. Ja, ich musste nachdenken, und zwar gründlich und in aller Ruhe!

Doch mein Vorhaben platzte wie eine Seifenblase, denn es klingelte. Missmutig stand ich auf und ging zur Tür. Dr. Wohlleben schaute mich aus glasigen Augen an. Er steckte in einem Bademantel, die Arme hatte er fröstelnd um den Oberkörper gepresst. Es war mehr als offensichtlich, ihm ging es richtig schlecht. Sofort hatte ich vergessen, dass er der Hauptschuldige an dem Schlamassel war. Ich ihn dafür hart anfassen wollte. Der Mann tat mir nur noch schrecklich leid.

»Herr Marowski, können wir miteinander reden?«, fragte er und schaffte es gerade so, den Satz zu Ende zu bringen.

»Doktor, wäre es nicht angebrachter, Sie legen sich erst einmal ins Bett und werden gesund?«

»Nein, ich muss ...«

Er hustete ein paar Mal. Ich hatte schon Angst, er würde schlappmachen. Doch er fing sich halbwegs. Ich hatte es noch nie so bemerkt, aber irgendwo war auch er ein Kämpfer.

»Ich will reinen Tisch machen! Sonst finde ich keine Ruhe!« Während er sprach, klapperten seine Zähne derart, dass ich Angst hatte, er würde sie sich ausschlagen.

Ich zuckte mit den Schultern und ließ ihn in die Wohnung. Dr. Wohlleben schwankte in Richtung Wohnzimmer. Dort nahm er im Sessel Platz. Ich setzte mich schräg gegenüber auf das Sofa.

»Doktor, da Sie schnell wieder ins Bett gehören, möchte ich keine Zeit verlieren und Ihnen gleich eine Frage stellen, die mir schon lange auf der Zunge brennt.« Ich kannte zwar die Antwort, aber ich wollte sie von ihm bestätigt haben.

Er hielt den Kopf gesenkt und nickte tapfer.

»Ich liege doch richtig, dass Sie und Dr. Mönchberg eng befreundet waren?«

Er blickte erst einmal konsequent zum Boden. Den Blick nach unten gerichtet sagte er irgendwann leise, mehr zu sich: »Es war mehr! Wir liebten uns. Sehr sogar!«

Ich sagte nichts, denn ich hatte das Gefühl, das war nicht alles, was ihn bedrückte und was er rasch loswerden wollte. Noch kämpfte er um die passenden Worte.

»Eigentlich wollten wir sogar heiraten, uns bekennen ... Doch irgendwie fehlte uns letztendlich immer der Mut ... Es ist ein sehr schwerer Schritt, den man da zu gehen hat.«

»Sie haben Ihren Freund informiert, dass er von mir überprüft wird. Sie sind Jogi!«

»Entschuldigung, Herr Marowski, ich habe deswegen Ihnen gegenüber ein furchtbar schlechtes Gewissen. Das müssen Sie mir glauben. Aber bitte verstehen Sie mich: Ich wollte lediglich, dass Thomas es schafft. Bevor dieser Widerling Bornholm das Rennen gemacht hätte. Wissen Sie, Thomas war ganz versessen auf Kinder. Sein Bruder hat sogar vier, und zwar zweimal Zwillinge. Der war immer sein großes Vorbild! Ich wollte ihm seinen Wunsch erfüllen und ihn gleichzeitig nicht verlieren. Von Anna wusste ich, dass sie ihn mir niemals wegnehmen würde. Sie hat ja ihre Cordula. Sie müssen zugeben, alles wäre für immer bestens geregelt gewesen.«

Erstaunt musste ich feststellen, dass meine Wut auf Dr. Wohlleben sich inzwischen völlig verflüchtigt hatte. Dass er mir gegenüber mit falschen Karten gespielt hatte, war abgehakt. Im Übrigen klang seine Beichte einleuchtend.

»Auf den Punkt gebracht: Ich wollte Thomas behalten und ihn gleichzeitig glücklich sehen. Mehr nicht!« Und wieder schaute er mich bittend an. »Zu den Schwestern bitte kein Wort, das mit Thomas und mir ... Sie hätten dafür sicher kein Verständnis.«

»Ich arbeite nicht mehr für die Schwestern.«

»Ich weiß.« Er hustete erst einmal eine Weile. »Warum ich eigentlich hier bin. Ich bin der felsenfesten Überzeugung: Thomas hat nie und nimmer Selbstmord begangen! Völlig ausgeschlossen! Dazu war er ein viel zu lebenslustiger Mensch. Mein Gott, was haben wir beide für Pläne geschmiedet. Nach seiner Habilitation stand sogar eine Weltreise an. Ferner liebäugelten wir damit, uns in der Rheinebene ein Haus zu bauen.«

»Doktor, falls es Sie beruhigt, ich glaube auch nicht an Selbstmord.«

Dr. Wohlleben versuchte aufzustehen, schaffte es jedoch nicht. Sagte aber in einem erstaunlich energischen Ton: »Herr Marowski, ich möchte, dass Sie seinen Mörder finden. Hören Sie, ich will den Mörder von Thomas!«

Und plötzlich schaffte er es, den Sessel zu verlassen. Mit funkelnden Augen, die Hände zu Fäusten geballt, während die Beine wie Pudding wackelten, kam er ganz dicht an mich heran. »Das bin ich Thomas schuldig!«

»Klar, Doktor! Ich übernehme den Auftrag. Sogar gerne!«

»Sie sollen es auch nicht umsonst machen. Als Honorar biete ich Ihnen Mieterlass. Und zwar für die Dauer von zwei Jahren.«

»Zwei Jahre!« Ich starrte ihn ungläubig an. »Meinen Sie das ernst?«

»Natürlich!«

»Doktor, ich finde den, der es getan hat! Da können Sie sicher sein!«

Wir lächelten uns an, als wären wir Mitglieder ein und desselben Geheimbundes.

»Und zu niemandem ein Wort!«

»Ich kann schweigen. Und Bornholms Tod?«

»Bornholm!« Er machte eine abfällige Handbewegung. »Interessiert mich nicht! Er war ohnehin kein besonders wertvoller Mensch! Hatte eher den Hang zum Kriminellen. Ich habe gedacht, gegen so einen kann Thomas nur gewinnen.«

Ich sah, dass er gehen wollte, daher fragte ich schnell: »Haben Sie einen Verdacht? Ich meine, Sie kennen die Beteiligten wie kein anderer, und das seit Jahren!«

»Vielleicht sollten Sie sich als Erstes mit dem Professor beschäftigen.«

»Und warum?«

»Er ist ein notorischer Spieler. Und immer klamm! Trotz seiner mehr als üppigen Honorare. Glauben Sie mir: So einer denkt ununterbrochen daran, wie er zu Geld kommt. Dabei ist ihm jedes Mittel recht.«

»Aber inwiefern sollte er von dem Umstand profitieren, dass Anna keinen Erben zur Welt bringt?«

Zum ersten Mal sah ich Dr. Wohlleben wieder lächeln. »Ganz einfach. Wenn Cordula und Anna heiraten und Anna keinen Erben hat, aber Cordula einen zur Welt bringt, dann geht das ganze riesige Berger'sche Vermögen in den Besitz der Goldmanns über.«

»Das erlebt der Professor nicht mehr.«

»Und wenn Katharina etwas ... Unvorhergesehenes passiert ... und irgendwann auch Anna?« Dr. Wohlleben lächelte wissend in sich hinein. »Denken Sie mal darüber nach. Für seine Cordula macht der liebe Professor alles, aber wirklich alles!«

Wenn Katharina was passiert und irgendwann Anna! Dieser Satz traf mich wie ein Wurfgeschoss. Verdammt, eine derartige Möglichkeit hatte ich bisher total übersehen. Das würde bedeuten: Noch mehr Tote standen an!

»Und Cordula selbst?«, murmelte ich kaum hörbar.

»Sie ist ihrem Vater hörig!«

»Inwiefern?«

»Ich denke, in so ziemlich jeder Beziehung.«

Die Antwort ging mir wie ein Stich durch den Kopf. Sah ich Cordula etwa so, wie ich sie gerne sehen würde, nicht, wie sie wirklich war? »Wie ... Doktor ... wie meinen Sie das?«

»Mehr möchte ich dazu nicht sagen. Ach, eins dürfte für Sie noch interessant sein. Heute ist doch Dienstag?«

Ich nickte.

»An diesem Tag können Sie den Professor in der Regel im Casino erleben. Der Grund ist simpel: Am Mittwoch hat er seine Praxis geschlossen und kann folglich ausschlafen.«

»Doktor, vielleicht können Sie mir helfen.« Ich schob ihm die beiden Bilder zu, die ich aus der Wochenendsiedlung mitgenommen hatte. Umgehend zeigte er auf den Franzosen, der sich an den Bentley lehnte. »Das ist Jacques. Er hat einige Jahre für die Schwestern gearbeitet. War so etwas wie das Mädchen für alles. Besonders für die groben Sachen. Für einen ehemaligen Fremdenlegionär genau der richtige Job. Wobei manche sagen, er wäre für mehr angestellt gewesen. Das haben Sie aber nicht von mir!«

Ich wusste sogar, dass er es immer noch war. Das behielt ich aber für mich und schüttelte nur brav den Kopf.

»Es hat einen Vorfall gegeben. Danach hörte er bei den Schwestern auf. Aber worum es da ging, kann ich Ihnen leider nicht sagen.« Dr. Wohlleben zeigte auf das Bild mit der hübschen Frau. »Das ist Monique, Jacques' Schwester. Eine richtige Schönheit. Von ihr heißt es, sie hätte einen Narren an Bornholm gefressen.«

»Doktor, jetzt habe ich Sie wirklich genug ausgequetscht! Ruhen Sie sich erst einmal aus. Soll ich Sie hochbringen?«

Er strahlte mich an und schüttelte den Kopf. »Nein, nein, nicht nötig. Es geht mir schon viel besser!« In der Tür drehte er sich noch einmal um. »Herr Marowski, Sie glauben nicht, wie gut mir unser Gespräch getan hat.« Dann fügte er noch schnell hinzu: »Dass ich Sie beauftragt habe, die Umstände von Thomas' Tod zu klären, bleibt allerdings unter uns!«

Beinahe hätte ich hinzugefügt: Ich will keinen Ärger mit den Damen. Doch ich nickte nur.

»Und wenn Sie was gefunden haben, kommen Sie umgehend zu mir. Ich bin von jetzt an nicht nur Ihr Vermieter!« Verschwörerisch hob er den Zeigefinger. »Ich bin auch Ihr Auftraggeber!«

»Natürlich, Doktor! Ach, Doktor, eine Frage hätte ich doch noch. Wissen Sie, ob die Damen finanzielle Schwierigkeiten haben?«

»Mit diesen russischen Hotels soll es in der Tat nicht wie gedacht laufen. Aber ...« Er machte eine abwinkende Handbewegung. » Die haben so viel Geld!«

Er hustete noch ein paar Mal, dann schwenkte er kumpelhaft die Hand und war einen Moment später endgültig gegangen. Ich starrte ihm noch eine Weile hinterher. War ich damit wieder in der Phase »Auftrag bekommen« angelangt? Je länger ich darüber nachdachte, umso mehr fand ich, dass mir daran dennoch einiges nicht gefiel. Allein, wie rigoros er den Professor beschuldigte, sogar vor Cordula keinen Halt machte! Versuchte er, mich für irgendwas einzuspannen?

Ich legte mich zurück auf das Sofa und registrierte ein wenig schadenfroh, dass der Spinne kein viertes Opfer ins Netz gegangen war. Ich schlug mich eindeutig auf die Seite der Fliegen. Und dann kreiste mir urplötzlich wieder dieser Satz durch den Kopf: Wenn Katharina was passiert und irgendwann Anna! Es war, als hätte jemand eine Roulettekugel in Bewegung gesetzt, die sich durch nichts stoppen ließ.

26

Draußen war es inzwischen richtig dunkel geworden und damit an der Zeit, mich casinotauglich zu machen. Entschlossen holte ich die letzten Überbleibsel meiner Bankerphase aus dem Schrank. Dunkelblauer Bossanzug mit Weste, hellgraues Leinenhemd, tiefrote Seidenkrawatte und Schuhe aus butterweichem Leder. Ich war schon ein paar Mal kurz davor gewesen, die Sachen für immer in einer Kleidersammlung verschwinden zu lassen. Doch jedes Mal hatte sich eine Schranke in mir aufgebaut, die es erfolgreich verhinderte. Als ich all die edlen Stücke an meinem Körper platziert hatte, setzte ich noch ein Sahnehäubchen drauf und rieb mir die Glatze mit einem Spritzer Gel glänzend. Danach steckte ich mir dreihundert Euro und den Personalausweis in die Brieftasche. Natürlich vergaß ich die getönte Armani-Brille nicht. Abschließend gab es den obligatorischen Blick in den Spiegel. Ich fand mich zwar zum Kotzen, doch fürs Casino genau richtig. Dann fiel mir ein, dass es Zeiten gegeben hatte, da ich so angezogen zur Arbeit gegangen war, um aberwitzige Finanzprodukte an den Kunden zu bringen. Was auch meistens geklappt hatte. Ein Gedanke, der mich frösteln ließ.

Als ich den heiligen Ort betrat, lief das Spiel mit dem Glück bereits auf Hochtouren. Egal, ob Baccara, Poker oder Roulette, überall wurde gespielt. Leute schlenderten anscheinend gelassen hin und her. Und doch sah ich ihnen die Anspannung an. Wie sie die Hände verkrampften, nach ihren Brieftaschen tasteten, plötzlich unruhig hin und her tippelten, verhalten stöhnten. Und es ging hier international zu. Neben deutschen Dialekten hörte ich Arabisch, Russisch, Französisch, Englisch und Laute, die ich nicht zuordnen konnte. Wer hier nach den Anzeichen einer Finanzflaute suchte, sollte besser woanders nachschauen.

Ich wollte erst einmal selbst spielen, bevor ich nach dem Professor suchte, und entschied mich für Roulette. Das war ein Spiel, das schnell zu Ende ging. Der Tisch, den ich wählte, wurde von Herren umlagert, zwischen denen zwei herausgeputzte Damen saßen, die sich vor Nervosität pausenlos die Nasen puderten und mit fahrigen Bewegungen ihre Jetons setzten.

Im ersten Spiel, an dem ich mich beteiligte, setzte ich fünfzig Euro auf Rot und gewann, im zweiten fünfzig auf Schwarz und verlor. Damit war alles beim Alten, ich hatte nach wie vor dreihundert Euro in der Brieftasche. Nach einigem Hin und Her setzte ich auf die Zahlen eins bis zwölf. Die Kugel entschied sich für die Fünfzehn. Ich blieb bei eins bis zwölf und gewann. Wieder war es ausgeglichen.

Während ich über meine weitere Strategie grübelte, hatte ich auf einmal den Professor im Blick. Er saß zwei Tische von mir entfernt und setzte mit hochkonzentriertem Gesicht seine Jetons. Ich ließ meine in den Seitentaschen meines Jacketts verschwinden, rückte die Armanibrille zurecht und ging zur Bar. Ein kleiner, schmaler Mann um die fünfzig, der zitternd ein Whiskyglas in der Hand hielt, in das er mit leerem Blick hineinstarrte, war der einzige Gast. Ich bestellte ein Kölsch und nahm den Professor ins Visier. Dabei überlegte ich, wie ich mich am besten verhielt. Beschränkte ich mich aufs reine Beobachten oder redete ich mit ihm? Ich könnte ihm sagen, dass ich zufällig hier sei, es Dr. Wohlleben wieder besser gehe. Ich bestellte mir gerade ein neues Kölsch, da entdeckte ich den Franzosen. Offenbar war er nicht gewillt, Katharina Bergers Rat, das geschenkte Geld zur Bank zu schaffen, tatsächlich zu befolgen. Strotzend vor Selbstbewusstsein, die Hände in den Hosentaschen, stand er breitbeinig im Eingang und sondierte die Lage. Bald hatte er den Professor geortet. Ein spöttisches Lächeln legte sich auf sein Gesicht, dann ging er gemächlich zu ihm an den Tisch und blieb hinter ihm stehen. Kurz darauf setzte auch er seine Jetons. Der Professor war so auf sein eigenes Spiel fixiert, dass er es nicht mitbekam. Doch augenscheinlich hatten beide einen rabenschwarzen Tag erwischt. Von den Jetons, die nach jedem Spiel von dem Croupier an die Teilnehmer verteilt wurden, landete selten etwas bei ihnen.

Der Professor war der Erste, der aufgeben musste. Selbst das Abklopfen seiner Hose und das Befummeln seines Jacketts verhalfen ihm zu keinen neuen Jetons. Wütend verließ er seinen Platz und stieß dabei mit dem Franzosen zusammen. Eine Weile starrten die Männer sich mit zusammengezogenen Augenbrauen an, dann begann der Franzose zu lächeln. Es war ein herausforderndes Lächeln, dazu ohne jede Angst. Der Professor versuchte, ebenfalls cool zu sein. Doch es klappte bei weitem nicht so gut wie bei seinem Gegenüber. Schließlich gab er ihm mit einer Kopfbewegung zu verstehen, dass er mitkommen sollte. Der Franzose nickte und beide gingen zum Ausgang. Ich trank schnell mein Kölsch aus, legte Geld auf den Tresen und folgte den beiden. Die Männer verließen das Casino, gingen an der Garderobe vorbei und verschwanden im Zugang zur Tiefgarage. Angst, dass sie mich erkannten, brauchte ich nicht zu haben. Mein Bankeroutfit schützte mich wie eine Tarnkappe. Hinzu kam, dass die beiden mit sich zu tun hatten.

Als ich ebenfalls die Tiefgarage betrat, hörte ich sofort ihre Stimmen. Sie standen etwa zwanzig Meter von mir entfernt. Hinter ihnen der rote Landrover mit der französischen Nummer. Und wie immer über und über dreckverschmiert. Registriert hatten sie mich nicht. Ich ging ein Stück in ihre Richtung, dann stellte ich mich hinter einen Pfeiler.

»Warum verdirbst du mir die Laune am Spiel?«, hörte ich den Franzosen sagen.

»Jacques, gib mir mein Geld! Ich brauche es!«

»Verspielst es ja doch nur ... Professorchen!«

»Und was machst du?«

Der Franzose lachte dem Professor frei ins Gesicht. »Dasselbe! Ich brauche es also auch! Schon deshalb kannst du es gar nicht bekommen!«

»Ich werde gegen dich vorgehen!«

»Wie? Willst du dich etwa an die Polizei wenden?«

»Ich werde Katharina die Augen öffnen!«

Der Franzose lachte herzhaft, danach spottete er: »Einer wie du will Katharina die Augen öffnen.« Doch dann hörte ich plötzlich einen Schlag und den Franzosen fauchen: »Du alter Sack, komm mir nie wieder zu nahe! Und wenn ich neues Geld brauche, gibst du es mir! Ist das klar?« Kurz darauf raste der Landrover mit quietschenden Reifen zur Ausfahrt der Tiefgarage.

Schnell eilte ich zum Ort des Geschehens. Der Professor saß auf dem Betonboden, den Oberkörper an die Vorderreifen eines Fünfhunderter-BMWs gelehnt. Aus seiner Nase lief Blut. Als er mich bemerkte, hob er traurig den Kopf, wollte etwas sagen, aber ließ es resigniert sein. Ich fragte mich, ob er mich überhaupt erkannt hatte.

»Sie bluten!«, sagte ich.

»Ich weiß!« Es klang unwirsch. Danach befühlte er seine Nase. »Keine Fraktur, nur eine Prellung.«

Schnell holte ich mein Handy hervor. »Ich rufe die Polizei.«

»Keine Polizei!«, herrschte er mich an.

»Aber ... «

»Keine Polizei!«

Ich nickte und steckte das Handy wieder weg.

Der Professor begann sich aufzurappeln. Als er auf den Beinen stand, wackelte er derart, dass man annehmen konnte, ein Orkan fegte durch die Tiefgarage. Aber dennoch musste ich zugeben: Der Mann war kein Weichei!

»Professor, womit erpresst Sie Ihr Exfahrer?«

Er schaute mich verwundert an. »Woher kennen wir uns?«

»Professor, womit?«

Als er mich immer noch ungläubig anstarrte, sagte ich schnell: »Marowski! Der Tiroler!«

Ich sah es an seinem Gesicht, dass es bei ihm zu dämmern begann.

»Und Sie sind ein Kaschube!«, fügte ich schnell hinzu, um ihm noch eine Stütze zu geben.

»Wie sehen Sie denn aus?«, fragte er schließlich, fast ein wenig belustigt, und meinte damit offenbar mein Outfit.

Ich überging die Frage. »Soll ich Sie nach Hause bringen?«

»Verschwinden Sie endlich! Einen wie Sie kann ich momentan am allerwenigsten gebrauchen!«, schrie er mich unvermittelt mit voller Wut an.

»Professor, so nehmen Sie doch Vernunft an.«

»Hauen Sie endlich ab!«

Ich lächelte trotzdem, hob bedauernd die Hände und murmelte: »Professor, Entschuldigung! Ich bin schon weg!« Dann verschwand ich. Unmittelbar bevor ich die Kaiserallee betrat, hörte ich die Stimme des Professors. Offenbar sprach er in sein Handy. Was jedoch, konnte ich nicht verstehen, die Entfernung war zu groß. Der Franzose erschien mir momentan auch entschieden interessanter. Ich war entschlossen, heute mit ihm abzurechnen. Übermäßig zu beeilen brauchte ich mich nicht, schließlich wusste ich, wo ich ihn finden würde.

27

Ich ging im Eilschritt nach Hause, vor allem, um mich von diesen entsetzlichen Bankerklamotten zu befreien. Aber auch, weil ich schnellstens nach Frankreich musste. Wenn ich diesen Jacques zum Plaudern bringen konnte, war der Fall wahrscheinlich gelöst. Davon war ich fest überzeugt! Und heute würde er reden! Und wenn ich ihm die entsicherte Beretta an den Kopf hielt. Er hatte mich auch nicht mit Samthandschuhen angefasst. Zwischen uns gab es eine offene Rechnung. Ich würde sie ihm noch heute präsentieren!

Zügig wechselte ich die Sachen, steckte die Pistole ein und griff nach dem Autoschlüssel. Doch der lag nicht in der Obstschale auf dem Couchtisch im Wohnzimmer. Wo ich auch nachschaute, ich fand ihn nicht. Wann hatte ich das

Auto zuletzt benutzt? Was hatte ich danach getan? In meinem Kopf herrschte urplötzlich das blanke Chaos. Statt des Autoschlüssels sah ich das blutige Gesicht des Professors, das fiese Grinsen des Franzosen, hörte Katharina Berger lustvoll stöhnen, Cordula starrte mich mit wütend an, Anna Berger ließ mich Geld zählen und Dr. Wohlleben sagte mir mit hinterhältigem Blick: *Wenn Katharina was passiert und irgendwann Anna ...* Mal tauchten die Bilder einzeln auf, mal fielen sie gleichzeitig über mich her. Und inmitten dieses ganzen Wirrwarrs lag irgendwo die Lösung versteckt. Aber ich hatte keine Chance, sie zu finden.

Ich griff auf mein Hausmittel zurück, schloss die Augen und atmete mehrmals tief durch. Und so allmählich begann ich mich zu beruhigen. Schließlich nahm mein Kopf wieder die geordnete Arbeit auf. Ich erinnerte mich, dass ich zuletzt den Golf zum Einkaufen benutzt hatte. Als ich zurück war und auspackte, hatte mein Handy geklingelt. Das hatte mich abgelenkt. Es war folglich möglich, dass ich den Schlüssel im Zündschloss hatte stecken lassen.

Ich eilte in den Hof, und tatsächlich, der Schlüssel steckte dort, wo ich ihn vermutete. Ich schaute auf die Uhr. Seit dem Vorfall in der Tiefgarage war eine gute Stunde vergangen. Das war viel Zeit! Ich setzte mich in meinen Golf und fuhr los.

Kurz nach der Iffezheimer Staustufe wurde ich ausgebremst. Die Franzosen zelebrierten wieder mal eine ihrer Fahrzeug- und Personenkontrollen. Eine Kompanie Schwerbewaffneter, die an jeder Front dieser Welt hätte kämpfen können, erledigte die Arbeit. Damit es ihnen auch richtig Spaß machte, wurden Autofahrer wie Terroristen behandelt. Unruhig rutschte ich auf meinem Sitz hin und her. Ich musste an meine Beretta denken. Wenn sie die fanden, hatte ich ein gewaltiges Problem. Plötzlich quietschten hinter mir Reifen. Jemand wendete und fuhr zurück nach Deutschland. Dabei hätte er mich fast gerammt. Kurz darauf winkten die Franzosen mich durch. Ich hatte endlich mal richtig Glück.

Als ich den Golf vor der Badewiese abgestellt hatte und ausstieg, erkannte ich sofort, dass ich noch rechtzeitig gekommen war. Jacques' Landrover parkte nur ein paar Meter entfernt, während aus seinem Wochenendhaus Licht drang. Ich steckte mir die entsicherte Beretta in den Bund der Jeans. Jagdfieber machte sich in mir breit. Gleich würde ich ihn haben, und dann: Was hatte er mir zu sagen? Auf dem Weg zum Bungalow machte ich mir noch einmal die Gefahren klar. Ich sollte auf alles vorbereitet sein, musste ihn immer im Auge haben. Auf jede Finte, jeden Trick schnell und überlegt reagieren. Immerhin hatte der Mann einiges vorzuweisen: Fremdenlegion, Katharina Bergers Liebhaber, Professor Goldmanns Erpresser und vielleicht sogar Bornholms Mörder. In ihm taten sich Abgründe auf.

Zunächst schlich ich mich zum Fenster des Holzhauses und schaute ins Innere. Die Deckenlampe war eingeschaltet und verbreitete ein eher spärliches Licht, während Jacques im Sessel saß und Fernsehen schaute. Ein Stück seiner Glatze guckte hinter der Sessellehne hervor. Französisch gesprochene Dialoge drangen zu mir. Ab und an verstand ich sogar ein paar Wörter.

Ohne lange zu zögern, betrat ich das Haus. Der Franzose hatte mich offenbar nicht gehört. Ich blieb hinter ihm stehen, zog die entsicherte Beretta aus dem Hosenbund und hielt ihm den Lauf an den Hinterkopf. »Ganz ruhig bleiben!«, sagte ich mit fester Stimme.

Doch er reagierte nicht. Entweder hatte der Mann Nerven wie Drahtseile, oder er war eingeschlafen. Hochkonzentriert und immer darauf bedacht, dass die Waffe auf ihn gerichtet blieb, ging ich um den Sessel herum. Gleichzeitig achtete ich darauf, dass ich hinter mir genügend Platz hatte, um einer plötzlichen Attacke ausweichen zu können. Als ich sein Gesicht sah, war mir, als zöge mir jemand den Boden unter den Füßen weg. Ich schaffte es gerade so, mich wenigstens auf den Beinen zu halten und die Beretta wegzustecken. Danach hielt ich mich erst einmal an der Lehne des

Sessels fest. Der dritte Tote! Dieser nicht enden wollende Albtraum ging weiter!

Alles an dem Franzosen wirkte schlaff und kraftlos, wie bei einem Ballon, aus dem die Luft entwichen war. Seine Augen waren weit geöffnet, sein Gesicht qualvoll zusammengezogen. Offensichtlich war er mit fürchterlichen Schmerzen gestorben. Er schien sie ungläubig registriert zu haben, wusste aber nichts damit anzufangen. Um seinen Mund hatte sich ein Kranz von weißem Schaum abgesetzt, und in unmittelbarer Nähe seiner herabhängenden rechten Hand stand ein fast leergetrunkenes Whiskyglas, aus dem dennoch ein bitterer Geruch strömte. Ich kannte nicht nur den Geruch, ich kannte auch dieses fürchterliche Bild nur zu gut! Mönchberg und Jacques waren zweifelsfrei auf haargenau dieselbe Art gestorben, sie waren vergiftet worden, und es gab nur eine Schlussfolgerung: Beide hatten denselben Mörder.

Vorsichtshalber fühlte ich nach seinem Puls. Natürlich war da nichts. Ich bemerkte ein Blatt Papier, das unter dem Sessel hervorlugte. Der Brief war in französisch geschrieben.

Sinngemäß stand Folgendes darin: Er bezichtigte sich, den deutschen Lehrer umgebracht zu haben. Sie hätten sich gestritten, plötzlich habe er eine Eisenstange in der Hand gehabt und zugeschlagen. Es sei um Geld gegangen. Schuld sei seine Spielleidenschaft. Vor allem habe er mit der Tat seiner Schwester sehr wehgetan. Bei ihr entschuldigte er sich und flehte sie gleichzeitig an, ihm zu vergeben.

Natürlich fehlte auch hier die Unterschrift. Überhaupt war alles haarklein wie bei Mönchberg. Schon der war kein Selbstmordkandidat gewesen, aber dieser Jacques erst recht nicht. Selbst wenn er Bornholm tatsächlich erschlagen haben sollte, umgebracht hätte er sich deswegen nicht. Bei seinem ausgeprägten Selbstbewusstsein wäre er damit fertig geworden. Das bedeutete: Der wirkliche Mörder lief nach wie vor frei herum. Und in einem war ich mir ganz sicher: Er hatte sein Ziel noch nicht erreicht, hatte ein viertes Opfer im Visier! Vielleicht war für ihn alles, was bisher passiert war, nichts weiter als Staffage gewesen, um davon abzulenken, was er wirklich vorhatte. Und genau das musste ich verhindern!

Bevor ich ging, hängte ich die beiden Bilder, die ich bei meinem vorhergehenden Besuch mitgenommen hatte, an ihren Platz zurück. Ich überlegte, ob ich die französische Polizei anrufen sollte. Doch ich könnte mir damit unendlichen Ärger einhandeln. Zumal es für mich in Frankreich nichts mehr zu klären gab.

Als ich in meinem Golf saß, fiel mein Blick auf den roten dreckverschmierten Landrover. Möglich, dass ich ihn zum letzten Mal sah, auf jeden Fall würde er sich mit einem neuen Halter anfreunden müssen. Ob er bei ihm mit mehr Pflege rechnen konnte, war nicht vorhersagbar. Franzosen tickten diesbezüglich anders als wir Deutsche. Zügig fuhr ich in Richtung Baden-Baden davon. Denn so viel war klar: Von nun an spielte ausschließlich dort die Musik.

28

Das Haus des Professors lag dunkel und verschlossen vor mir. Ich drückte auf den Klingelknopf. Aber nirgendwo brannte Licht, bewegte sich eine Gardine oder raschelte es. Alles signalisierte: Niemand war zu Hause. In der Sophienstraße dasselbe. So gab ich es vorerst auf, den Professor zu überprüfen. Ich musste noch was anderes checken, und zwar eine Sache, die mindestens genau so wichtig war. Kurzentschlossen fuhr ich nach Lichtental.

Als ich vor Bornholms Haus aus meinem Golf kletterte, begann es heftig zu regnen. Es war ein warmer Regen, der mir guttat. Ich stellte den Kragen meines Jacketts hoch und zog den Kopf ein. Ein Blick auf die Uhr zeigte mir, dass es auf Mitternacht zuging. Trotzdem war die Haustür immer noch unverschlossen. Ohne zu zögern, schaltete ich die Hausbeleuchtung ein und stürmte die Treppen hoch. Vor Bornholms Wohnungstür beruhigte ich kurz meinen Atem, dann holte ich mein Werkzeug hervor und öffnete sie wie gehabt, schnell und lautlos. Ich schaltete die Taschenlampe ein und ging ins Wohnzimmer. Immer bedacht, möglichst jedes Geräusch zu vermeiden.

Vor dem Büfett blieb ich stehen. Wie ich es erwartet hatte: Die Sammeltasse mit Goldrand und Feldblumen stand alleine da, das Giftfläschchen dagegen war verschwunden. Ich rieb mir mit der freien Hand über die Glatze. Das hieß mit ziemlicher Sicherheit: Mönchberg und der Franzose waren mit dem hier deponierten Gift umgebracht worden. Und der Mörder war noch im Besitz der Giftflasche. Ich war bereit jede Wette einzugehen, dass dieses kleine, braune Fläschchen bald wieder hinter der Sammeltasse stehen würde. Eigentlich brauchte ich mich nur auf die Lauer zu legen und zu warten, bis der Täter kam. Doch wie schon bei Mönchberg tauchte auch hier die Frage auf: Wie sollte das praktisch funktionieren? Hier müsste sogar Frau Seiffert mitmachen. Dennoch, ich sollte darüber nachdenken.

Plötzlich flammte das Licht einer Stehlampe auf. Ich fuhr herum und blickte mit weit aufgerissenen Augen auf zwei Männer, die auf dem Sofa saßen und mich finster musterten. Der Jüngere der beiden, an dem alles knochig, sehnig und kantig war, stand schnell auf und stellte sich in die Tür. Offenbar wollte er mir zu verstehen geben, dass davonrennen aussichtslos war. Ich begann zu ahnen, wer die beiden waren und was sie wollten. Und ich Unglücksrabe musste ihnen in die Arme laufen. Am liebsten hätte ich auf der Stelle losgeheult. Und in der Tat, der Ältere stand auf und kam auf mich zu. Umständlich holte er eine Polizeimarke aus seiner Hosentasche und hielt sie mir entgegen. Er war klein und schmal, und die paar Haare, die sich auf seinem runden Kopf behauptet hatten, trug er akkurat zur Seite gekämmt. Während er sich die gerötete Nasenspitze rieb, ließen mich seine kleinen, flinken Augen nicht eine Sekunde los.

»Ich bin Hauptkommissar Fuchs.« Er hatte eine tiefe, leicht kratzige Stimme. Dann zeigte er zur Tür, wo sein großer sperriger Partner stand. »Das ist Kommissar Mainbach.«

Ich nickte dem einfachen Kommissar zu und hätte beinahe gesagt: »Angenehm!« Doch im letzten Moment ließ ich es.

»So, und jetzt sagen Sie uns erst einmal, was Sie hier treiben. Ihre Wohnung kann es schließlich nicht sein. Oder?«

Erst nickte ich, dann schüttelte ich den Kopf.

»Wie denn nun, Herr ...«

»Krötzinger!«, rutschte es mir heraus. Am liebsten hätte ich mich dafür geohrfeigt. In ein paar Minuten wussten die, wer ich wirklich war. Aber nun war es für eine Korrektur erst einmal zu spät.

Die beiden Polizisten schauten sich an. »In welcher Verbindung stehen Sie zu Herrn Bornholm?«

»Ein Kollege!«, hörte ich mich sagen und hätte mich augenblicklich wieder ohrfeigen können, auch das hätten sie in ein paar Minuten geklärt.

Der Hauptkommissar kramte in seinem Jackett herum, schließlich holte er ein Blatt Papier hervor, das er aufmerksam durchging. Schließlich sagte er unfreundlich: »Nun, auf dieser Liste stehen alle Kollegen von Herrn Bornholm. Ein Krötzinger ist nicht dabei. Haben Sie eine Erklärung?«

»Ich ... ich ...«

»Verdammt, wer sind Sie? Raus mit der Sprache!«

Ich fühlte mich wie ein Tier, das man plötzlich gefangen hatte und das gleichzeitig wusste, dass es keinen Weg zurück in die Freiheit gab.

»Ich werde es Ihnen alles erklären«, entgegnete ich schnell und reichte dem Hauptkommissar kurzentschlossen meine Lizenz.

Er murmelte: »Private Ermittlungen, Peter Marowski, Baden-Baden.« Dann gab er sie an seinen Kollegen weiter. »Mainbach, was sagen Sie?«

Der Angesprochene guckte erst auf mich, dann auf die Lizenz, schließlich schüttelte er belustigt den Kopf, ließ die Lizenz in seiner Jackentasche verschwinden und nuschelte: »Heutzutage kann jeder Heinz Detektiv spielen.«

»He, die brauche ich!«, rief ich aufgebracht.

»Wenn wir mit Ihnen fertig sind!«, sagten beide nahezu synchron. Danach lächelte der Hauptkommissar mich zuckersüß an und zeigte auf den Sessel. »Sie werden verstehen, es gibt Klärungsbedarf.«

Ich sagte nichts und setzte mich, obwohl ich meine Wut, dass ich den beiden blind in die Arme gelaufen war, nur mit Mühe verbergen konnte.

»Herr Marowski, als Erstes wüssten wir gerne, in welcher Sache Sie ermitteln,«, fuhr der Hauptkommissar fort.

»Darüber möchte ich nicht sprechen.«

»Sie müssen aber. Ihre Lizenz ist ansonsten in allergrößter Gefahr. Ich meine, gegen was Sie alles verstoßen haben ... Erstens ...«

»Ich weiß, ich weiß!«, entgegnete ich genervt. »Also gut!« Ich lehnte mich zurück und setzte eine wichtige Miene auf. »Herr Bornholm hat Schulden. Mein Klient will schlicht und ergreifend wissen, ob der Mann wirklich kein Geld hat oder einfach nur zahlungsunwillig ist. Das war's!«

»Um welche Summen handelt es sich denn?«

»Fünfstelliger Bereich.«

»Und zu welchem Resultat sind Sie gekommen?«

»Nun, ich bin erst dabei, es herauszufinden. Aber mein erster Eindruck ...« Ich zeigte auf die Einrichtung. »Eher nicht!«

»Arbeiten Sie für ein Inkassobüro?«

»Erwarten Sie nicht, dass ich Ihnen irgendetwas über meinen Auftraggeber sage.«

»Das werden Sie aber müssen! Es geht inzwischen nicht um ein paar tausend Euro, es geht vielmehr um Mord!«

Ich riss überrascht den Mund auf. »Mord?«

»Ja, so ist es! Herr Bornholm wurde ermordet.«

»Dann kann mein Klient sein Geld wohl abschreiben?«

»Das ist nicht unser Problem. Nur so viel: Man hat Herrn Bornholm in Frankreich gefunden.«

»Wo?«

»Die Fragen stellen wir! Wie oft haben Sie mit ihm gesprochen?«

»Ein einziges Mal. Ich gab mich als Anlageberater Krötzinger aus. Ich kam noch ein zweites Mal, aber da war er nicht mehr da.«

»Und das wievielte Mal ist heute?«

»Das dritte Mal.«

»So, so!« Ich sah, dass er schwankte, ob er mir glauben sollte oder nicht. Doch unvermittelt schloss er die Augen und lehnte sich entspannt zurück. »Erst dachten die französischen Kollegen, es wäre die Tat eines Serienmörders. Aber inzwischen haben sie den Typ gefasst. Und was stellt sich heraus? Zur Tatzeit war er definitiv woanders. Da taucht zwangsläufig die Frage auf: Wer war es dann? Vielleicht ein Deutscher? Vielleicht ist es sogar in Deutschland passiert? In Frankreich war lediglich der Fundort. Immerhin hat er hier in Baden-Baden gelebt. Nichts ist auszuschließen. Genau um das alles herauszufinden, haben uns die französischen Kollegen um Mithilfe ersucht.«

»Da kann ich Ihnen leider nicht helfen!«

»Ich denke schon!« Jäh verfinsterte sich sein Gesicht. »Das, was Sie uns weismachen wollen, ist doch von A bis Z erstunken und erlogen. Gut möglich, dass Sie bis zum Hals mit drinstecken.«

»Haben Sie dafür einen Anhaltspunkt?«

»Den finden wir! Verlassen Sie sich darauf. Erklären Sie uns doch mal: Warum kommen Sie zu dieser Zeit in dieses Zimmer und interessieren sich ausschließlich für das Büfett dort?« Seine Rechte wies drohend in die Richtung.

»Zufall«, murmelte ich.

»So kommen Sie uns nicht davon!« Der Hauptkommissar stand auf und wandte sich an seinen Kommissar. »Was sagen Sie, Mainbach?«

»Ja, Chef, morgen schlachten wir ihn.«

»Richtig! Da sind wir wieder frisch! Und zwar Punkt zehn Uhr. Hier in Baden-Baden auf dem Revier! Und dann wollen wir von Ihnen ein paar schlüssige Antworten hören. Sie können gehen!«

Als ich mich an dem einfachen Kommissar, der immer noch in der Tür stand, vorbeischlängelte, schaute der höhnisch grinsend auf mich herab. »Schlafen Sie gut! Morgen wird ein harter Tag werden, da ist es besser, man ist ausgeruht!« Danach lachte er schallend über das, was er mir mit auf den Weg gab.

Unruhig durchkämmte ich meine Wohnung. Was erzählte ich den Polizisten? Überall hatte ich meine Fingerabdrücke und meine DNA hinterlassen, man hatte mich teilweise gesehen. Die nagelten mich fest, machten mich zu ihrem Hauptverdächtigen! Ein Motiv fanden sie irgendwann auch noch. Plötzlich wurde mir übel. Ich musste unter Menschen! Und zwar auf der Stelle. Und wie meistens, wenn ich so weit war, fiel mir das *Bermudas* ein. An der Bar sitzen, ein Kölsch in der Hand halten, der ukrainischen Stripperin auf den üppigen Hintern schauen und irgendwann auf Whisky umsteigen. Kaum hatte ich an Whisky gedacht, würgte es in meinem Hals. Doch schnell beruhigte ich mich, ein guter Obstler tat es auch.

29

Heute brummte es im *Bermudas*, fast jeder Tisch war besetzt. Kein Wunder, denn in der Stadt wimmelte es von unternehmensdurstigen Touristen und Kongressteilnehmern. Gottlob gab es an der Bar noch ein paar freie Plätze, so dass ich mich auf einen Barhocker setzen konnte. Pierre, der Barkeeper, begrüßte mich mit einem kurzen Zucken der Augenbrauen und stellte wenig später ein frisch gezapftes Kölsch vor mir auf die Theke. Auch das Busenwunder war wieder am Schaffen. Heute hatte sie es auf eine Gruppe älterer Herren abgesehen, die Schulter an Schulter und mit hochroten Köpfen um einen runden Tisch saßen und ihre Darbietung offenbar als ein Geschenk des Himmels empfanden. Das feuerte die Ukrainerin ungemein an. Sie ließ Busen und Hintern derart kreisen, dass man meinen konnte, die beiden Körperteile trügen ein wichtiges Match gegeneinander aus. Erst als die Herrenrunde weite Teile ihres Körpers mit Geldscheinen zugedeckt hatte, beendete sie den Wettkampf. Irgendwie bewunderte ich die Frau. Es war zwar eine sehr einfache Art, seine Brötchen zu verdienen, man brauchte keine Ausbildung, keine Vorkenntnisse, keine Sprachbegabung, nur die richtige Figur und ein wenig Mut. Aber man musste es eben machen!

Ich schaute mich um und sah weit und breit niemand, den ich kannte. Bis sich urplötzlich der tote Franzose zu mir setzte. Weder grüßte er, noch schaute er mich an. Ja, er tat, als wäre ich ein Fremder. Stumm nippte er an seinem Rosé und ließ seinen Goldzahn blitzen. Schnell orderte ich ein weiteres Kölsch und dazu einen Obstler. Ich setzte gerade an, um den Schnaps in mich hineinzukippen, da tippte mir jemand auf die Schulter. Ich zuckte zusammen. Der Franzose! Nun stand er hinter mir! Ängstlich schaute ich mich um. Doch es war Anna Berger. Sie strahlte mich mit leuchtenden Augen an. Ihr Körper steckte in einem engen, schwarzen Kleid, das bis zu den Knien reichte; die Schultern ließ es frei und hatte an der Seite einen langen Schlitz. Ihre schwarze Kollektion musste aus einem unendlichen Fundus an Modellen bestehen. Das Haar trug sie halblang, dazu offen, um den Hals baumelte das obligatorische Bündel glitzernder Ketten. Während die eine Hand damit spielte, hielt sie in der anderen ein zierliches perlmuttbesetztes Täschchen.

»Herr Marowski! Welch ein Zufall!« Sie legte ihr Täschchen vor sich auf den Tresen und setzte sich zu mir.

»Aber Frau Berger, Sie sind doch nicht etwa alleine hier?«

Sie lächelte mich offen an. »Doch, doch! Muss auch mal sein!«

Ohne Aufforderung stellte Pierre beflissen eine Flasche Champagner und zwei Gläser vor uns auf den Tresen, und natürlich vergaß er nicht, sie augenblicklich zu füllen, garniert mit einem wohldosierten Lächeln. Schließlich schenkte er mir einen anerkennenden Blick. Meine Ex-Klientin und ich lächelten uns zu, dann stießen wir an.

»Ach, Herr Marowski, in drei Tagen ist es so weit. Dann ist der Franzose bereit, mir sein Bild zu verkaufen. Wann genau, erfahren Sie noch. Jedenfalls, ich rechne mit Ihnen!«

Ich nickte.

»Morgen und übermorgen bin ich allerdings erst einmal in München. Es gibt dort eine sehr interessante Ausstellung. Neue Leipziger Schule. Die will ich unbedingt sehen. Schon erstaunlich, was im Osten momentan abläuft! Und da heißt es immer: Der wilde Osten!«

»Fährt Cordula, ich meine Frau Goldmann, also Ihre Verlobte, auch mit?«

»Nein, sie will hierbleiben. Was ich sehr bedaure, aber sie hat ja auch ihre Verpflichtungen. Das habe ich zu respektieren.«

Danach war das Gespräch erst einmal versiegt. Wir starrten beide auf unsere Getränke. Ich musste mich zwischen Obstler, Kölsch und Champagner entscheiden. Ich entschied mich zunächst für den Schnaps, damit wenigstens der einmal weg war. Danach hätte ich beinahe einen Allgemeinplatz über das Wetter von mir gegeben. Glücklicherweise kam Anna Berger mir zuvor.

»Wissen Sie, warum ich hier bin?«

Ich schüttelte den Kopf.

»Ich feiere einen Sieg!« Sie lächelte mir hintergründig zu. »Mit Ihnen kann ich ja darüber reden. Ich habe es doch tatsächlich geschafft, meine Schwester niederzuringen. Die künstliche Befruchtung ist jedenfalls vom Tisch. Es ist für mich eine Art Premiere. Sie werden es nicht glauben, aber es war das erste Mal, dass ich mich bei ihr durchgesetzt habe! Ein wahnsinniges Gefühl!«

Sie hielt mir ihr Glas entgegen. Wir stießen an und tranken.

Sie fuhr beseelt fort: »Mein entscheidendes Argument war, und dem hatte meine liebe Schwester rein gar nichts entgegenzusetzen, dass unser Erbe nicht ohne Vater aufwachsen darf. Er braucht doch jemanden, der mit ihm herumtollt, ihm Geschichten erzählt, Fußball spielt und so etwas macht.« Sie verzog angewidert das Gesicht. »Anonymer Vater, das kann man einem Kind nicht wirklich zumuten. Oder wie sehen Sie das?«

»Ich kann Ihnen nur zustimmen! Seit meinem fünften Lebensjahr fehlt mir die Mutter. Ja, ich glaube, ich habe bis heute meine Probleme damit!«

»Sehen Sie! Das bestätigt meinen Standpunkt! Man leidet sein ganzes Leben darunter. Wie ich unter dem viel zu frühen Verlust meiner Mutter!« Anna Berger streichelte mir mitfühlend den Arm und sagte mit samtweicher Stimme: »Herr Marowski, wir sind zweifelsohne Schicksalsgenossen!«

Mir wurde es nicht nur langsam zu warm, sondern irgendwie auch zu heimelig. Ich wechselte rasch das Thema. »Und, sind Sie bei der Suche nach einem neuen Kandidaten schon fündig geworden?«

»Ja, ich hoffe, ich habe ihn gefunden!«

»So!« Ich drehte mich überrascht zu ihr. »Wer ist denn der Glückspilz?«

Sie schaute mich eine Weile mit einer Art Schleierblick an.

Schweißperlen traten mir auf die Stirn. Geradezu ängstlich hauchte ich: »Kenne ich ihn?«

»Das kann man sagen!« Sie genoss meine Unsicherheit, bevor es aus ihr herausplatzte: »Sie, Herr Marowski!«

»Ich!«, stammelte ich und wäre beinahe vom Barhocker geflogen, obwohl ich es schon irgendwie geahnt hatte. Und auf einmal begann ich zu husten. Ich konnte nichts dagegen tun. Ich hustete und hustete. »Es ist nur ...« Weiter kam ich nicht, der Husten erstickte alles.

»Sie sind doch nicht ernsthaft anderweitig liiert?«

Ich hustete weiter und schüttelte dabei instinktiv den Kopf.

Anna Berger stand auf und streichelte mir den Rücken. »Na, dann husten Sie sich erst einmal aus. Ich werde mich inzwischen ein wenig auffrischen.« Sie schnappte sich ihr Täschchen und verschwand. Mir entging trotzdem nicht, dass ihr mehrere Herren ausgiebig hinterherstierten, und das, obwohl das Busenwunder weiterhin vollen Einsatz zeigte.

Kaum war sie weg, legte sich mein Hustenanfall. Marowski, was nun? Ich sollte schnell eine Antwort finden. Zum Beispiel aufstehen und gehen. Damit konnte ich mich allerdings sehr lächerlich machen. Und überhaupt, eine Frau wie Anna Berger ließ man nicht einfach stehen. Sie war attraktiv, sündhaft reich, dazu intelligent und natürlich kreativ. Alles Faktoren, da konnte ein Mann nicht einfach nein sagen. Sollte es sich herumsprechen, dass ich vor so einer Frau die Flucht ergriffen hatte, würde jeder sagen: Marowski ist schwul. Bald hatte ich mich derart in meine Gedanken verbissen, dass ich gar nicht mitbekam, dass Anna Berger zurück war. Erst als sie mir ihren Arm um die Schultern legte, schaute ich hoch und sah, dass in ihren Augen der Schalk funkelte.

»Nun, Herr Marowski, zu welchem Entschluss sind Sie gekommen?«

Ich wollte wieder anfangen zu husten, aber es klappte nicht mehr.

»Zunächst hätte ich eine Frage«, sagte ich wie beiläufig.

Sie nickte.

»Warum gerade ich?«

»Die Antwort gebe ich Ihnen gerne. Sie sind gradlinig, verantwortungsbewusst, haben Ideale, eine, ich möchte sagen: natürliche Intelligenz. Alles Eigenschaften, die ich bei meinem Kind unbedingt sehen möchte. Auch sind Sie mir als Mann nicht unsympathisch. Sie haben einfach rundum gute

Voraussetzungen. Ich frage mich, warum ich das erst jetzt erkenne.« Ich spürte, wie sich ihre Hand unter mein Jackett schob und meinen Rücken streichelte. »Auch denke ich, Sie werden Ihre Vaterrolle ernst nehmen. Oder?«

»Nun, wissen Sie, so genau kenne ich mich da nicht aus.«

»Dafür kenne ich Sie!«

Sie hielt mir ihr Glas entgegen. Wieder stießen wir an und tranken.

»Sie müssten mich aber erst einmal auf Herz und Nieren überprüfen lassen.«

»Ich denke, ein derartiges Procedere ist in Ihrem Fall nicht nötig! Ich habe übrigens bereits den Professor gefragt: Sie sind gesund! Dafür legt er seine Hand ins Feuer!«

»Aber ich kann unbequem sein«, fuhr ich fort. »Überhaupt, ich bin ein ziemlich eingefleischter Junggeselle. Mit zahllosen Marotten.«

»Da wir nicht vorhaben zu heiraten, können wir unser Leben weiterführen, wie wir es gewohnt sind. Sie mit Ihren Marotten, und ich mit den meinen. Ich sehe da keine Probleme.«

»Und Cordula, ich meine Frau Goldmann, also Ihre Verlobte ... Ist die damit einverstanden?«

»Ja, natürlich! Sonst würde ich Ihnen dieses Angebot niemals machen.«

»Und Ihre Schwester?«

»Die trauert zwar noch der künstlichen Befruchtung nach, aber sobald wir Erfolg haben sollten, sind die Wunden schnell geheilt. Sie will den Erben! Fast noch mehr als ich.« Unvermittelt legte sie mir ihren Kopf auf die Schulter. »Herr Marowski, darf ich Ihnen einen Vorschlag machen?«

»Ja, natürlich!«

»Was halten Sie davon, wenn wir zu Ihnen gehen. Und zwar augenblicklich. Sonst bin ich betrunken, und manches geht nicht mehr so, wie es sollte.«

Instinktiv nickte ich.

Ich machte zwar Anstalten zu zahlen, doch das übersah Pierre und nahm den Schein, den meine Begleiterin auf den

Tresen legte. Danach hakte sie sich bei mir ein und sagte: »Ich würde vorschlagen, die Flasche nehmen wir trotzdem mit.«

Ich nickte. Denn auch mir, einem ausgewiesenen Sparer, ging es gegen den Strich, die gute Hälfte des edelsten aller Getränke achtlos stehenzulassen. So steuerten wir zu dritt meine Wohnung an. Im übrigen fand ich, dass ich es ohnehin dringend nötig hatte, endlich wieder mit einer Frau zu schlafen. Alles andere versuchte ich erst einmal tapfer zu verdrängen.

30

Als ich früh aufwachte, schien bereits die Sonne in mein Schlafzimmer, während das Bett neben mir leer war. Auf dem Kopfkissen entdeckte ich einen Zettel.

Hallo, Herr Marowski!
Da ich in München um die Mittagszeit einen sehr wichtigen Termin habe, musste ich schon früh aufbrechen. Wegen unserer gemeinsamen Fahrt ins Elsass, wo ich das Bild kaufen will, lass ich rechtzeitig von mir hören. Ansonsten, bis bald!
Ihre Anna

Während ich ein paar Mal die Zeilen las, überlegte ich, ob wir irgendwann zum »Du« übergegangen waren? Nein, wir hatten zwar ausgiebig Sex miteinander gehabt, trotzdem hatten wir das »Sie«, also die förmliche Ebene, nie verlassen. In dem Punkt war ich mir ganz sicher. Alles war in meinem Kopf gegenwärtig, da oben liefen Bilder über Bilder ab. Anna Berger war eine durch und durch heißblütige Frau, wie ein Mann sie sich wünschte. Und doch hatte sie bei allem etwas Kontrolliertes. Ich glaube, das war es, warum ich mich in ihrer Gegenwart nicht gerade wohl fühlte. Eher wie ein kleiner, lieber Hund, der zu machen hatte, was das Frauchen von ihm erwartete. Doch das war von vornherein zu erwarten gewesen.

Bei Bornholm und Mönchberg wäre es auch nicht anders gelaufen. Diese Frau war nicht dazu geboren, sich unterzuordnen. Sie war einfach immer oben. Auch beim …!

Dass sie ihren Nachfolger von einem miesen kleinen Schnüffler wie mir zeugen lassen wollte, war die Chance meines Lebens. Das würde alles in mir und um mich herum auf den Kopf stellen. Anderen Leuten unter die Bettdecken schauen, das war Geschichte! Auf mich warteten größere Dinge! Vielleicht war Anna Berger ja bereits schwanger? Ich rekelte mich. Eigentlich nannte man so etwas rosige Aussichten. Wenn nicht dunkle Wolken zunehmend das schöne Bild trüben würden. Auf einmal fror ich, mein ganzer Körper begann zu klappern. Parallel dazu produzierte mein Kopf furchtbare Bilder.

Hastig erhob ich mich, mein rechter Fuß stieß die leere Champagnerflasche neben dem Bett um. Es schepperte. Als ich sie aufheben wollte, schellte es. Das war Anna Berger! Fahrig streifte ich mir ein T-Shirt über. Vielleicht war sie doch nicht nach München gefahren, wollte bei mir sein? Wie trat ich ihr entgegen? »Frau Berger, Sie? Welch eine Überraschung!«, würde ich pathetisch sagen, während ich sie vielsagend anzwinkerte, so als Anspielung auf die zurückliegende Nacht oder auf weitere Nächte. Oder ich gab mich frech: »Meine liebe, kleine Anna! Welch eine Überraschung!« Nein, platte Vertraulichkeit war bei dieser Frau nicht angebracht.

Als ich die Tür öffnete, war ich so überrascht, dass ich mit offenem Mund und weit aufgerissenen Augen sprachlos dastand. Ich blickte auf Cordula Goldmann, deren Gesicht von einer riesigen Sonnenbrille zu gut zwei Dritteln verdeckt war, und dennoch sah ich sofort, dass sie ausgiebig geheult hatte.

»Sie!«, brachte ich schließlich zustande und wollte hinzufügen: »Was kann ich für Sie tun?«

Doch dazu kam es nicht. Ohne mir eine Antwort zu geben oder mich zu fragen oder mich sonst in irgendeiner Form zu beachten, schritt sie kerzengerade an mir vorbei und ging schnurstracks ins Wohnzimmer. Dort fing sie umgehend damit an, meinen Schrank zu öffnen, schaute sogar hinter das Sofa. Danach kamen Küche und Bad dran, abschließend das Schlafzimmer, wo sie länger blieb. Erst jetzt begann ich zu ahnen, warum sie sich so verhielt. Als sie schließlich wieder im Wohnzimmer stand und immer noch nichts sagte, nahm ich das Gespräch auf: »Haben Sie gefunden, was Sie suchen?«

Statt zu antworten, fummelte sie an ihrer riesigen Sonnenbrille herum.

Ich empfand inzwischen Schadenfreude und zeigte ihr spontan das breiteste Grinsen, das ich draufhatte. »Aber Frau Goldmann, Sie sind doch nicht etwa eifersüchtig, oder?«

Als sie weiterhin schwieg, fuhr ich genussvoll fort: »Suchen Sie nur in Ruhe weiter! Auch wenn meine Wohnung nicht gerade groß ist.«

Erst nickte sie ein paar Mal, dann drehte sie sich um und ging zur Tür. Doch bevor sie die erreicht hatte, war ich bei ihr und packte sie am Oberarm. »Stopp, Sie bleiben!«

Sie nahm mit der freien Hand die Sonnenbrille ab und fauchte mich an: »Was erlauben Sie sich? Lassen Sie mich sofort los! Sie widerlicher Mensch, Sie!«

»Erst wenn Sie mir ein paar Fragen beantwortet haben!«

Ohne auf ihre Reaktion zu achten, führte ich sie zum Sessel und zwang sie, sich zu setzen.

»Das ist Freiheitsberaubung! Ich zeige Sie an!«

Ich entgegnete nichts, sondern baute mich in der Nähe ihres Platzes auf, um ihr zu zeigen, dass Fliehen zwecklos war.

»Als Erstes möchte ich von Ihnen wissen, wo Ihr Vater gestern Abend zwischen einundzwanzig und zweiundzwanzig Uhr war?«

»Ich sage Ihnen gar nichts!«

»Na gut, dann mache ich es! Ihr Vater hat gestern bis kurz vor einundzwanzig Uhr im Casino gespielt.«

»Das ist wohl seine Sache.«

»Jacques, den Sie sicher kennen werden, war ebenfalls da. Die beiden haben sich dort heftig gestritten. Ihr Vater wurde dabei sogar verletzt!«

»Er ist alt genug, um zu wissen, was er zu tun und zu lassen hat!«

»Da haben Sie recht. Es ist nur: Damit war nicht Schluss! Dieser Jacques ist nämlich zwischen einundzwanzig Uhr und zweiundzwanzig Uhr, also kurz nach dem Streit mit Ihrem Vater, ums Leben gekommen. Hören Sie: Jacques ist tot!«

Cordula nahm ihre Brille vom Gesicht, legte sie auf den Tisch und schaute mich fassungslos an. »Jacques lebt nicht mehr?«

»Sie kennen ihn?«

»Natürlich. Er hat jahrelang für Katharina und Anna gearbeitet. Wir kamen gut miteinander klar. Wie ist es denn passiert?«

»Darüber möchte ich nicht reden.«

»Sie meinen doch nicht ernsthaft, dass mein Vater mit einer so schrecklichen Sache wirklich etwas zu tun hat?«

»Um genau das auszuschließen, brauche ich sein Alibi!«

»Und ich einen Kaffee. Den gibt es hoffentlich in Ihrer lausigen Junggesellenwirtschaft!«

Ich nickte, ging in die Küche, bestückte die Kaffeemaschine und schaltete sie ein. Während sie blubberte, dachte ich darüber nach, ob es Sinn machte, Cordula härter anzupacken. Ich kam zum Schluss, dass ich es besser auf die behutsame Art versuchte. Auch tat sie mir inzwischen leid, trotz dieser angeberischen Brille, die das Schönste verdeckte, was sie hatte, ihre wunderbaren Augen.

Mit zwei gut gefüllten Tassen kam ich zurück und stellte sie auf den Tisch. Cordula saß im Sessel und war gerade dabei, sich wieder die Sonnenbrille vor die Augen zu schieben.

Ich zeigte auf den Kaffee. »Wir können trinken!«

Sie nickte. »Mein Vater war übrigens bei Frau von Kohlberg, Gallenkolik …« Mitten im Satz tauchte ihre Rechte ab und kam mit der leeren Champagnerflasche wieder hoch. »Sie haben mit Anna Champagner getrunken und mit ihr geschlafen!«, fauchte sie mich an, während sie mit der Flasche wedelte.

Ich ging kurzerhand in die Offensive. »Warum nicht? Was spricht dagegen?«

»Sie sind ja so schrecklich gemein!« Jetzt schmiss sie mir auch noch den Zettel mit Annas Morgengruß über den Tisch.

»Erlauben Sie ... Sie selbst hat gesagt, es wäre auch in Ihrem Sinne! Anders gibt es keinen Erben!«

»Sie ... Sie ... sehen doch nur das Geld!«

»Das stimmt nicht! Ist Ihnen auch mal der Gedanke gekommen, dass jeder Mann gerne Vater ist? Also fast jeder!«

Sie antwortete nicht, sondern heulte hemmungslos drauflos. Ihr Körper bebte, und sie tat mir unendlich leid. Doch ich wusste nicht, was ich tun sollte. Ich konnte dieses Unglückspaket nur hilflos anstarren. Als sie vor Erschöpfung nicht mal mehr heulen konnte, stand sie abrupt auf und rauschte davon. Von niemandem mehr zu stoppen. Von mir schon gar nicht.

Ich blieb mit zwei Tassen Kaffee zurück. Während ich die Erste trank, dachte ich darüber nach, ob ich den Professor von der Verdächtigenliste streichen konnte. Ich kam zu keinem Ergebnis, nicht einmal, als ich auch die zweite Tasse getrunken hatte. Im Gegenteil, ich war mir unschlüssiger denn je.

Wieder schellte es an meiner Wohnungstür. Dieses Mal wollte mich Dr. Wohlleben sprechen. Heute trug er seinen Jogginganzug, während sich auf seinem Gesicht die ersten Farbtupfer zeigten. Hinzu kam, dass die Augen fester und der Körper straffer wirkten. Er befand sich ganz offensichtlich auf dem Weg der Besserung. Sein Arm zeigte in Richtung Wohnzimmer, während er vorsichtig fragte: »Ich darf doch?«

Ich nickte, er bedankte sich, ging ins Wohnzimmer und setzte sich auf das Sofa. Es war nicht zu übersehen, Dr. Wohlleben war auf dem Weg zu alter Stärke.

»Herr Marowski, Sie müssen mir helfen.«

»Inwiefern?«

»Eben habe ich einen Anruf von Thomas' Bruder bekommen. Sie wissen, der mit den zwei Zwillingen. Er ist in Baden-Baden, um die Wohnung auszuräumen.«

»Soll ich helfen?«

»Wenn Sie so freundlich wären. Ich möchte dies und das für mich behalten. Das ist auch abgesprochen. Ich meine, obwohl es mit mir inzwischen wieder bergauf geht, fühle ich mich doch noch reichlich schwach.«

»Gut, Doktor, aber ich verlange eine Gegenleistung!«

»Ich höre!«

»Sie geben mir den Zugangscode zu Mönchbergs E-Mails.«

Dr. Wohlleben lächelte. »Nichts einfacher als das. Nehmen Sie den Namen seines Zwillingsbruders, also Erwin, und dazu das Geburtsdatum des Vaters. 24. Mai 1938. Vom Jahr nur die letzte Zahl. Setzen Sie beides zusammen und Sie haben es.«

»Danke, Doktor! Übrigens, es gibt Neues.« Ich legte eine Pause ein.

»Nun, Herr Marowski, spannen Sie mich bitte nicht unnötig auf die Folter. Ich bin schließlich immer noch nicht der Alte, auch wenn es mir schon deutlich besser geht.«

»Der Professor scheidet als Verdächtiger wahrscheinlich aus.«

»Das wissen Sie genau?«

»Er hat ein Alibi! Cordula sagt, zur fraglichen Zeit war er bei Frau von Kohlberg. Die alte Dame hatte eine Gallenkolik.«

»Nun, da wird der Professor reichlich erben!«

»Was haben Sie eigentlich gegen ihn?«

Dr. Wohlleben überlegte kurz, dann räusperte er sich. »Ihnen kann ich es ja sagen. Er schuldet mir Geld. Das heißt, er zahlt seine Miete nicht regelmäßig. Und das bei den Honoraren, die der Mann von seinen Patienten verlangt. Einmal in die Augen schauen: hundert Euro.«

»So machen das die guten Ärzte schon immer. Das Haus in der Sophienstraße gehört also Ihnen?«

»Ja! Ich habe ihn deswegen schon wiederholt angesprochen. Er reagiert einfach nicht, lacht mich aus, wurde sogar schon frech zu mir. Er ist eben ein Spieler!«

»Nehmen Sie sich einen Anwalt.«

»Ich bin doch selber Anwalt. Irgendwie habe ich jedoch eine Scheu, gegen ihn vorzugehen. Ein Mann, der mir jetzt auch noch das Leben gerettet hat. Zusammen mit Ihnen natürlich!«

Ich schaute auf die Uhr. »Doktor, Mönchbergs Wohnung muss allerdings warten. Ich habe mich in zehn Minuten bei der Polizei zu melden. Eine offizielle Vernehmung. Wegen Bornholm. Und das kann dauern.«

Dr. Wohlleben sprang empört hoch. »Warum auf einmal das?«

»Es hat sich herausgestellt, dass es dieser Serientäter nicht gewesen sein kann. Jetzt ermitteln sie in Bornholms Umfeld. Hier in Baden-Baden unsere Polizei und gleichzeitig im Elsass die Franzosen.«

Mein Vermieter kam ganz nahe an mich heran. Als er sprach, spürte ich seinen Atem. »Herr Marowski, weder der Name der Schwestern noch der von Mönchberg oder gar meiner darf in diesem Zusammenhang fallen. Die dürfen zwischen allem keine Verbindung herstellen! Das verstehen Sie hoffentlich!«

»Verdammt, und wer denkt an mich?« Ich klopfte mir auf die Brust, und auf einmal schrie ich: »Wissen Sie, was mich erwartet? Fingerabdrücke, DNA, Wohnungsdurchsuchung, Einbehalt der Lizenz, Berufsverbot! ... Vielleicht sperren sie mich sogar ein!«

»Mein Gott, Marowski, bleiben Sie mal hübsch auf dem Teppich! Niemand wird Sie einsperren. Wenn man Ihnen wirklich die Lizenz entziehen sollte, dann arbeiten Sie eben wieder als Banker! Ich besorge Ihnen schon eine angemessene Stelle! Darauf haben Sie mein Wort!«

Ich schloss gequält die Augen, während Dr. Wohlleben aufstand und knapp sagte: »Ich erwarte, dass Sie sich daran halten! Ansonsten sehen wir uns in Thomas' Wohnung, so schnell es eben geht.«

31

Kaum hatte ich das Polizeirevier betreten, kam mir Kommissar Mainbach entgegen. Um seinen schmalen Mund lag ein dünnes Lächeln. »Herr Marowski, Sie können gleich wieder gehen.« Ohne mich anzuschauen, drückte er mir meine Lizenz in die Hand und fügte unfreundlich hinzu: »Die Franzosen haben gerade angerufen. Sie wissen, wer es war.«

»Und wer?«

»Das hat Sie nicht zu interessieren!«

Ich nickte und konnte mein Glück kaum fassen. Am liebsten wäre ich diesem Mainbach um den Hals gefallen, aber ich ließ es. Der Mann bestand nur aus Knochen und Sehnen, zum Knuddeln total ungeeignet. Es gab nur eine Erklärung: Die Franzosen hatten Jacques und seinen Brief gefunden und daraufhin jede weitere polizeiliche Ermittlung eingestellt. Sie glaubten an Selbstmord oder richtiger: Sie wollten daran glauben. Es machte ihre Ermittlungen halt erheblich einfacher.

»Schade, Herr Kommissar! Wirklich, schade! Ich hätte zu gerne mit Ihnen zusammengearbeitet«, sagte ich in einem überherzlichen Ton. Danach vergrub ich meine Hände in den Jeanstaschen und schlenderte, ohne eine Antwort abzuwarten, gelassen davon.

Als ich in Mönchbergs Wohnung ankam, unterbrach Dr. Wohlleben augenblicklich seine Suche nach Dingen, die er für würdig befand, sie mitzunehmen. Mit leicht zittriger Stimme fragte er: »Und, was wollte die Polizei?«

Es schien ihn mehr beschäftigt zu haben, als er zugeben wollte. Ich ließ ihn erst einmal ein wenig zappeln und schwieg. Ungeduldig stieß er nach: »Nun, zieren Sie sich nicht wie ein kleines Mädchen!«

»Ich nehme an, sie setzen auf Jacques und seinen Abschiedsbrief. Darin beschuldigt er sich, Bornholm umgebracht zu haben. Deshalb keine weiteren Ermittlungen, und ich brauchte nicht eine Frage zu beantworten.«

Mein Vermieter schloss kurz die Augen und griente erleichtert. »Hätte nicht besser laufen können!« Danach wandte er sich wieder Mönchbergs Nachlass zu.

Mir fiel ein, dass ich Mönchbergs Mails lesen wollte. Ich setzte mich an seinen Laptop, und in der Tat: Jetzt klappte es. Hunderte Mails waren in der Zeit, da er nicht mehr lebte, aufgelaufen. Interessant waren für mich nur drei, verfasst von Bornholm und den Schwestern. Ich druckte sie umgehend aus und verstaute sie sorgfältig in meinem Jackett.

Am wichtigsten waren meinem Vermieter die Fische. Sie kamen in große Klarsichtbeutel, das Aquarium wurde geleert und ich stellte es auf den Beifahrersitz. Der Rest der Ladung bestand vor allem aus Büchern, Zeitschriften und Schallplatten. Auf der kurzen Rückfahrt, in der ich strikt die Schrittgeschwindigkeit einhielt, nahm Dr. Wohlleben mir das Versprechen ab, im Fall seiner Abwesenheit die Fische zu versorgen. Nachdem ich die komplette Ladung, einschließlich Aquarium, in seine Wohnung hochgetragen hatte, schaute ich mir noch mal die Fische an ihrem neuen Standort an. Sie waren zum ersten Mal deutlich munterer. Vielleicht war ihnen bewusst, dass sie von nun an mit Futter in Gourmetqualität rechnen konnten. Schmunzelnd verließ ich Dr. Wohlleben, grüßte die alte Welmke im Treppenhaus besonders freundlich und überquerte den Augustaplatz.

Am Theater, wo ich mir den Spielplan für die nächste Zeit anschaute, fiel mir ein, dass ich noch nicht gefrühstückt hatte. Ich entschied mich fürs *Hamilton*. Dort ergatterte ich einen

Tisch direkt am Geländer zur Oos. Die Touristen liebten dieses Restaurant. Hier konnten sie sich nicht nur ausruhen und stärken, sie hatten auch eine ideale Ausgangsbasis, um die Highlights wie Kurhaus, Casino, Burda-Museum, Innenstadt und Festspielhaus in ein paar Minuten zu Fuß zu erreichen. Bei allem, was die Stadt ihren Besuchern bot, sie blieb immer überschaubar.

Ich richtete den Blick auf die Oos und entdeckte zwei kleine Fische, wahrscheinlich junge Forellen. Um ihnen eine Freude zu machen, bestellte ich neben meinem Frühstück auch ein Extrabrötchen für die beiden da unten. Als die Kellnerin, eine bildhübsche Frau mit asiatischem Einschlag, alles brachte, sah ich die Tiere leider nicht mehr. Sicher waren sie der Strömung in Richtung Festspielhaus gefolgt. Es heißt ja, Fische seien musikliebend.

Bevor ich zu essen begann, kramte ich mein Handy hervor und legte es vor mich auf den Tisch. Eine innere Ruhe durchströmte mich, alles in mir entspannte sich. Seit ich mir Mönchbergs E-Mails angeschaut hatte, wusste ich, dass ich mich nicht vergaloppiert hatte. Alles, wonach ich wochenlang gesucht hatte, ordnete sich folgerichtig und logisch zu einem Ganzen. Richtig war auch: Der Mörder war noch nicht an seinem Ziel. Für ihn stand das Wichtigste noch aus, und ich musste davon ausgehen, dass er nicht auf halbem Weg stehen bleiben würde, so entschlossen, wie er bisher vorgegangen war. Er wollte sein Werk vollenden. Zum ersten Mal, seit ich diesen merkwürdigen Fall übernommen hatte, konnte ich auf ein gutes Ende hoffen. Endlich fühlte ich mich nicht mehr als Maus, zumal ich die Katze kannte.

Ein Problem musste ich noch lösen: Ein Puzzle, auch wenn es in jeder Beziehung perfekt war, galt vor Gericht nicht viel. Dort zählte der definitive Beweis. Während ich an meinem Brötchen kaute, lehnte ich mich zurück und schloss die Augen. Die Sonne beschien mein Gesicht und feuerte meine Tatkraft zusätzlich an. Ja, ich begann mich auf das Finale zu freuen. Vor allem, weil danach der Spuk definitiv vorbei war! Somit würde es auch keinen vierten Mord geben. Es war ohnehin genug passiert.

Das Handy läutete. Langsam zählte ich bis drei, erst dann meldete ich mich. Anna Berger war dran.

»Hallo, Herr Marowski, gut, dass ich Sie so schnell erreiche!«

»Frau Berger. Wo stecken Sie?«

»Ich bin auf der Autobahn nach München. Bis Stuttgart bin ich schon gekommen. Auch wenn es nur zäh läuft, rechne ich damit, dass ich es bis Mittag geschafft habe. Aber warum ich anrufe ...«

»Ich höre.«

»Wie Sie wissen, mache ich mir wegen meiner Schwester Sorgen. Auch wenn wir zur Zeit nicht miteinander reden. Trotzdem, Herr Marowski, sie ist meine Schwester! Und sie braucht dringend Beistand. Aber nicht von einem Mediziner, sondern von jemandem wie Sie!«

»Warum ich?«

»Es ist etwas passiert, das sie aus der Bahn geworfen hat.«

»Wird sie erpresst?«

»Möglich. Aber es ist noch mehr. Gestern muss etwas sehr Schlimmes vorgefallen sein. Sie sagt es mir ja nicht. Ich vermute nur, es hängt mit einem Franzosen zusammen, der mal für uns gearbeitet hat. Ich möchte Sie bitten, nach ihr zu schauen. Ihnen vertraut sie!«

»Meinen Sie?«

»Ich glaube schon! Eigentlich hätte ich auf München verzichten müssen, doch ich komme nicht an sie heran! Ich glaube sogar, bei allem, was zwischen uns momentan schiefläuft, bin ich in ihren Augen die Schuldige. Natürlich kann es sein, dass ich zu schwarz sehe. Es ist sogar gut möglich. Aber was macht das schon! Dann war eben nichts. Herr Marowski, ich kann mich doch auf Sie verlassen?«

»Natürlich, Frau Berger. Nur, was sage ich Ihrer Schwester, wenn ich einfach so bei ihr aufkreuze?«

»Sagen Sie ihr die Wahrheit. Ich hätte Sie darum gebeten.«

»Ich werde es versuchen.«

»Danke, Herr Marowski, danke! Das werde ich Ihnen nicht vergessen! Ach, nehmen Sie sich vorsorglich etwas für die Nacht mit. Und richten Sie sich auf ein paar Tage ein. Es gibt in unserem Haus schließlich mehrere Gästeräume, und ausreichend zu essen und zu trinken haben wir natürlich auch.«

Dann schwieg sie eine Weile, schließlich sagte sie: »Herr Marowski, ich freue mich schon auf unsere nächste gemeinsame Nacht. Vielleicht sollten wir sie bei mir im Atelier verbringen.«

»Ich freue mich ebenfalls!«, wollte ich entgegnen, aber dazu kam es nicht, Anna Berger hatte das Gespräch bereits beendet. Ich steckte das Handy weg und aß in Ruhe weiter. Es dauerte nicht lange, und ich hatte alles weggeputzt, doch mein Appetit war noch lange nicht gestillt. Ich bestellte eine weitere Portion. Dieses Mal Ei mit Schinken und dazu einen großen Pott Kaffee. Als auch das vom Teller war, zahlte ich und machte mich entspannt auf den Weg zu mir, um ein paar Sachen zu packen, damit ich in der Berger-Villa etwas für die Nacht hatte.

32

Ich hatte mindestens ein Dutzend mal auf die Klingel gedrückt, aber weder öffnete sich das schmiedeeiserne Tor, noch meldete sich jemand. Ohne lange nachzudenken, kletterte ich über den Zaun. Gut zwanzig Meter von mir entfernt sah ich einen Gärtner Unkraut jäten. Doch der Mann war derart in seine Arbeit vertieft, dass er mich nicht bemerkte. Schnell ging ich in Richtung Villa. Der Kies unter meinen Füßen knirschte, und es roch nach frisch geschnittenen Nadelhölzern. Auf halbem Weg tauchte plötzlich das Hausmädchen auf, das mich bei meinem vorhergehenden Besuch empfangen hatte. Alles an ihr war wie beim ersten Mal. Zopf, weißes Schürzchen, enger schwarzer Rock und ein gut ausgefülltes Blüschen. Nur hielt sie heute frisch geschnittene Rosen in den Händen. Was sie nur noch anziehender machte. Sie stellte sich mir tapfer in den Weg.

»Wie sind Sie hereingekommen?«

»Über den Zaun.«

»Herr Marowski, die Damen sind nicht zu Hause. Beide nicht!«

»Sie lügen! Frau Katharina Berger ist zu Hause!«

Ihr Gesicht wurde rot, gleichzeitig schaute sie mich flehentlich an, ihr die Lüge abzunehmen. »Ich darf niemanden hereinlassen. Ich bekomme sonst Ärger! Das möchte ich nicht!«

»Sie lassen mich jetzt ins Haus! Es ist ein Notfall!«

Sie wedelte drohend mit den Rosen. »Nein!«

Ich hatte genug. Blitzschnell packte ich sie an den Oberarmen und drehte ihren Körper in Richtung Hauseingang. Dann bohrte ich ihr meinen Zeigefinger in den Rücken. »Wenn Sie mir nicht sofort aufmachen, erschieße ich Sie! Es ist mir ernst!«

Meine Entschlossenheit zeigte Wirkung. Sie setzte sich derart eilig in Bewegung, dass ich zu tun hatte, hinterherzukommen. Vor der Villa holte sie mit fahrigen Händen den Schlüssel aus ihrer Schürzentasche und öffnete die Eingangstür.

»Das ist Erpressung!«, sagte sie empört und außer Atem.

Ich winkte ab. »Mir egal!« Entschlossen schob ich sie zur Seite und stürmte ins Haus. Kurz darauf stand ich im Wohnzimmer. Ich musste eine Weile suchen, bis ich Katharina Berger in dem großen Raum gefunden hatte. Sie saß verloren in einem der vielen Sessel, eingewickelt in eine Decke. Anscheinend fror sie, obwohl draußen angenehme Temperaturen herrschten. Auch hatte ich den Eindruck, dass sie mich noch gar nicht wahrgenommen hatte.

»Frau Berger!«, sagte ich laut und ging zu ihr.

Doch die Frau starrte entrückt an mir vorbei. Ihr Gesicht war blass und durchsichtig, wie das edle Porzellan, das hier überall herumstand. Ich fasste sie an die Schultern und rüttelte sie. Langsam, wenn auch widerstrebend, richtete sie ihre Augen auf mich.

»Herr Marowski!«, murmelte sie schließlich, danach ging ihr Blick wieder über mich hinweg. Doch plötzlich schien sie mich zu bemerken. »Wie sind Sie hereingekommen? Ich habe doch gesagt, ich will niemanden sehen!«

»Ihre Schwester hat mich angerufen. Sie meinte ...«

»Meine Schwester!« Sie lachte hämisch. Dann machte sie eine wegwerfende Handbewegung und schwieg.

»Sie macht sich schlichtweg Sorgen um Sie! Das müssen Sie verstehen.«

»Meine Schwester! Sorgen um mich?« Sie versuchte belustigt zu gucken. Aber es gelang nicht einmal ansatzweise. »Hat Sie Ihnen das gesagt?«

Ich nickte.

»Nun, Herr Marowski, Sie beide verstehen sich inzwischen wohl besser?«

»Ja ... möglich. Jedenfalls reden wir miteinander. Was Sie beide endlich auch tun sollten.«

»Sie und meine Schwester, eigentlich gar kein schlechtes Paar!« Ihr Blick schwenkte prüfend über mich hinweg. »Bescheren Sie uns den Nachfolger.« Sie lachte ein wenig hämisch. »Warum nicht! ... Obwohl ... wozu? Brauchen wir überhaupt noch einen Nachfolger?« Sie verzog gequält das Gesicht, ihre Hände krallten sich in die Sessellehnen.

»Was haben Sie?«, fragte ich irritiert.

»Alles geht den Bach runter! Alles!«

»Frau Berger, wovon reden Sie?«

»Die Banken geben mir kein Geld mehr!« Sie schaute mich an, als könnte sie es selbst nicht fassen. »Sagen, das Risiko wäre ihnen zu hoch! Dieselben Banken, die uns bis vor kurzem noch hofierten! Millionen an uns verdienten!«

»Die Hotels in Russland?«

»Auch.« Mit beiden Händen bedeckte sie ihr Gesicht, schließlich murmelte sie: »Das Glück hat mich verlassen! Ist das nicht furchtbar!«

»Wollen Sie damit sagen, dass Sie ...« Ich suchte nach dem richtigen Wort. Pleite klang mir zu hart. »... insolvent sind?«

»So schlimm ist es zwar nicht, aber es ist zur Zeit nicht mehr, wie wir es eigentlich gewohnt waren. Glauben Sie mir, Herr Marowski, das hat es nie gegeben. Misserfolge! Ich war immer hellwach und vorsichtig zugleich! Und jetzt ...«

»Verkleinern Sie Ihre Firma! Trennen Sie sich von unrentablen Geschäftszweigen. Das machen doch viele.«

»Herr Marowski, ich kann es nicht! Ich habe nie zurückgesteckt! Das hat mir nie jemand beigebracht! Unser Vater auch nicht!«

Sie nahm sich eine Wolldecke, die sie sich um den Oberkörper legte. »Frieren Sie auch?«

Ich schüttelte den Kopf.

Ihre Hände krallten sich in die Decke, dass sie weiß wurden, während Tränen über ihr Gesicht liefen.

Ich hatte auf einmal das dringende Bedürfnis die Frau zu trösten. »Frau Berger, was spielt das schon für eine Rolle, ob man zweihundert Millionen hat oder nur hundert! Beide Summen sind mehr als reichlich!«

»Wir haben nur noch die Hälfte! Begreifen Sie doch! Die Hälfte. Und wenn es so weitergeht, wieder nur die Hälfte!«

»Wenn ich Ihnen irgendwie helfen kann?«

»Ausgerechnet Sie!«

»Ich war Anlageberater!«

»Für den Sparstrumpf einer Toilettenfrau!« Sie schaute mich verächtlich an.»Ich brauche Ihre Hilfe nicht! Ich brauche überhaupt keine Hilfe! Von niemandem!« Den letzten Satz hatte sie regelrecht geschrieen.

»Ich glaube schon!«

Auf einmal begann sie sich aus ihrer Decke zu schälen, stand auf und kam wütend auf mich zu. Es wirkte reichlich grotesk. Dieses Häufchen Unglück wollte mir Angst einjagen.

»Ich kann sehr wohl alleine auf mich aufpassen, Herr Marowski! Immer noch! Nehmen Sie das bitte zur Kenntnis!«

»Man trachtet Ihnen nach dem Leben.«

»So, wer denn?«

Ich schwieg.

»Was Besseres kann mir doch gar nicht passieren als tot dazuliegen. Bekomme ich wenigstens noch ein anständiges Begräbnis! Das dürfte in ein paar Monaten nicht mehr so sein! Dann werde ich irgendwo verscharrt!«

»Jacques hat sich umgebracht!«

Katharina Berger starrte mich mit weit aufgerissenen Augen an. »Was sagen Sie da?«

»Gestern Abend. Genauso wie Dr. Mönchberg. Sogar mit demselben Gift. Als wenn er es ihm abgeschaut hätte.«

»Jacques und Selbstmord!« Sie lachte abgehackt. »So einen Unsinn habe ich lange nicht gehört. Der würde sich niemals umbringen! Der wusste gar nicht, was Depressionen sind. Unvorstellbar!«

Und plötzlich hatte ich den Eindruck, sie konnte nicht mehr und würde umkippen. Aber wieder fing sie sich und sagte mit halbwegs fester Stimme:

»Wie können Sie so etwas behaupten?«

»Er hat einen Abschiedsbrief geschrieben. In dem gesteht er, dass er Bornholm im Affekt erschlagen hat. Es ging um Geld. Ansonsten entschuldigt er sich bei seiner Schwester.«

»Und Sie haben gesehen, dass er tot ist?«

Ich nickte.

Ihr Gesicht verhärtete sich, sie verschränkte die Arme vor der Brust und ging ein paar Mal auf und ab. »Jacques sich umbringen! Das kann nur ...« Sie hob den Kopf, schwieg eine Weile, dann sprach sie leise, wie zu sich. »Nein, das hätte er mir nie angetan! Sicher, er war nicht bis über beide Ohren in mich verliebt. Aber ein schlechter Mensch war er deswegen noch lange nicht. Er war nur eben in manchen Dingen etwas anders. Nennen Sie es schwach oder egoistisch oder sonst wie. Sie hätten sehen sollen, wie rührend er sich um seine jüngere Schwester gekümmert hat.«

Sie schmiss die Decke achtlos von sich, dann erhob sie sich und begann unruhig hin und her zu gehen. »Haben Sie noch mehr solcher Nachrichten?«

»Ich bin überzeugt, dass derjenige, der Mönchberg, Bornholm und Jacques umgebracht hat, es jetzt auf Sie abgesehen hat.«

»Das ist ... das ist ... Sagen Sie, dass Sie das nicht ernst meinen!« Langsam ging sie rückwärts in Richtung ihres Sessels.

»Doch, leider, Frau Berger, leider! Zumindest muss es in Betracht gezogen werden.«

Plötzlich verdrehte sie die Augen, ihr Körper sackte in sich zusammen. Gott sei Dank nahm der Sessel sie gnädig auf.

Ich hatte ein schlechtes Gewissen. Ich hatte der Frau zu viel zugemutet. Aber was hätte ich machen sollen. Ich musste sie auf die Gefahr, in der sie sich befand, hinweisen. Schnell prüfte ich ihren Puls. Ich fand ihn zwar in Ordnung, dennoch rief ich den Professor an. Er versprach, sofort zu kommen. Ich machte mich auf die Suche nach dem Hausmädchen. Sie sollte den Professor an der Pforte empfangen, damit keine Zeit verlorenging.

33

»Katharina, altes Mädchen, was machst du?« Der Professor beugte sich über die Bewusstlose und klatschte ihr mit der flachen Hand mehrmals auf die Wangen. Als es nicht half, holte er ein Fläschchen aus seinem Arztkoffer und hielt es ihr unter die Nase. Die Wirkung war frappierend. Katharina Berger schlug umgehend die Augen auf. Ihr Blick ging fragend zwischen dem Professor und mir hin und her. Schließlich murmelte sie: »Reinhold, was machst du hier?«

»Katharina, du hattest einen Schwächeanfall. Gott sei Dank war Herr Marowski bei dir und konnte mich rufen. Für so was bin ich schließlich da.«

»Jacques ist tot«, murmelte sie.

»Ich weiß!«, entgegnete der Professor knapp und streichelte ihr liebevoll das Gesicht. »Es wird schon wieder!«

Sie schob seine Hand weg und fragte barsch: »Reinhold, hast du was damit zu tun?«

Der Professor lachte gekünstelt. »Warum wohl sollte ich Jacques umbringen? Absurd!«

»Weil er Geld von dir wollte.«

»Und warum?«

»Weil er ein Spieler war und verschiedene Dinge von dir wusste.«

»Aber deswegen bringt man doch nicht gleich jemanden um. Im Übrigen, ich habe ein Alibi. Ich war bei Frau von Kohlberg im *Brenner's*. Das kann man dir dort ganz bestimmt bestätigen. Ein besseres Alibi kann man gar nicht haben.«

Er sprach schnell, und bevor sie Widerspruch einlegen konnte, lächelte er sie gewinnend an. »Ich werde dir jetzt zwei Spritzen geben. Eine zum ...«

»Du gibst mir gar nichts!«

Der Professor starrte seine renitente Patientin erstaunt und zugleich beleidigt an. »Katharina, sag bitte, dass es nicht dein Ernst ist, was du da sagst!«

»Doch, ist es!«

Der Professor zog das Gesicht beleidigt in die Höhe, langte nach seiner Tasche und sagte überraschend: »Herr Marowski, ich muss Sie sprechen. Unter vier Augen!«

Ich schaute ihn verblüfft an, Katharina Berger ebenso, doch es gab keinen Grund, ihm den Wunsch nicht zu erfüllen. Wir gingen vor die Wohnzimmertür. Dort legte er mir die Hand auf die Schulter. Erst jetzt bekam ich mit, dass unter seinen Augen dicke, schwarze Ringe hingen. Der Mann befand sich offensichtlich ebenfalls in keiner guten Verfassung.

»Das macht sie immer mal mit mir! Doch sie beruhigt sich auch wieder! Ich bin nicht nachtragend. Doch was wesentlich schlimmer ist und warum ich mit Ihnen sprechen muss: Cordula ist verschwunden!«

Ich schüttelte ungläubig den Kopf.

»Doch! Ich habe schon überall angerufen und bin obendrein zu Orten gefahren, wo sie stecken könnte! Aber nichts. Als hätte sie sich in Luft aufgelöst.«

»Vielleicht ist sie Anna nach München hinterhergefahren.«

»Nein, mit Anna habe ich auch schon gesprochen. Cordula ist nicht bei ihr, sie hat es mir hoch und heilig versichert!«

»Bestimmt wird Ihre Tochter bald wieder auftauchen.«

Der Professor nickte traurig. »Dennoch, wenn Sie in Erfahrung bringen sollten, wo sie stecken könnte, rufen Sie mich bitte umgehend an! Das müssen Sie mir versprechen!«

Ich nickte, worauf der Professor mir einen dankbaren Blick schenkte, dann eilte er davon.

»Ist er endlich weg?«, fragte Katharina Berger, als ich wieder das Zimmer betrat.

Ich schaute sie vorwurfsvoll an. »Einen besseren Arzt bekommen Sie nicht.«

»Bester Arzt!« Sie lachte hämisch. »Seine Honorare sind die besten!«

»Was haben Sie gegen ihn?«

»Er ist auch ein Spieler. Bei dieser Kategorie Mensch weiß man nie, woran man ist!«

»Soll ich auch gehen?«

Erst schaute sie mich unschlüssig an, dann sagte sie: »Spielen Sie etwa auch?«

Als ich nicht antwortete, fuhr sie schnippisch fort: »Machen Sie doch, was Sie wollen, ich werde mich jedenfalls zurückziehen.«

»Und ich werde die Stellung halten«, entgegnete ich gereizt.

Ohne etwas zu erwidern, verließ die ältere der Berger-Schwestern den Raum.

Ich nutzte die Zeit, um herauszufinden, wie man möglichst unbemerkt auf das Grundstück und in die Villa gelangen konnte. Auf der westlichen Seite gab es eine Stelle, die mir für diesen Zweck am geeignetsten erschien. Der Weg führte über das Nachbargrundstück. Da es dort anscheinend keinerlei Sicherheitstechnik gab und das Gebäude momentan sogar unbewohnt war, schien er gefahrlos zu sein. Zumal der Zaun zwischen den beiden Grundstücken lediglich einen guten Meter hoch war. Und hatte man erst das Berger'sche Grundstück betreten, konnte man im Schutz diverser Sträucher und Bäume bis ans Haus gelangen, ohne von einer Überwachungskamera erfasst zu werden. Dort wiederum stieß man auf einen Kellereingang. Die dazugehörende Tür hatte ein ziemlich einfaches Schloss. Ja, genau so würde ich an die Sache herangehen. Ich nahm mir vor, diese Stelle besonders im Auge zu behalten.

Gegen achtzehn Uhr meldete sich mein Handy. Anna Berger rief mich an.

»Ich hoffe, Sie konnten meine Schwester überzeugen, dass Sie ihr Gesellschaft leisten.«

»Nun ja, ganz einfach war es nicht. Aber schließlich hat sie es zähneknirschend hingenommen. Ansonsten, in der Villa ist alles ruhig. Nichts deutet darauf hin, dass etwas passieren könnte.«

»Herr Marowski, halten Sie bitte trotzdem die Stellung. Ich verlasse mich auf Sie! Spätestens in zwei Tagen bin ich zurück, dann reden wir über alles. Haben Sie eine Schlafstätte gefunden?«

»Bin noch am Suchen.«

Ich versprach ihr noch, alles zu tun, um ihre Schwester zu beschützen, und sie natürlich feinfühlig zu behandeln. Danach war das Gespräch beendet.

Gegen zwanzig Uhr aßen Katharina Berger und ich zusammen Abendbrot. Es wurde eine reichlich schweigsame Angelegenheit. Die Stille war derart belastend, dass ich irgendwann aufstand und mir die Beine vertrat. Katharina

Berger dagegen zog sich erneut zurück. Als ich wieder alleine war, schaltete ich den Fernseher an und zappte mich durch die Programme. Nebenbei ging ich noch mal detailliert meinen Plan durch. Er war denkbar einfach, allein schon deshalb, weil ich komplizierte Pläne hasste. Der Täter sollte zunächst ungestört ins Haus kommen können, doch von dem Moment an, wo er sich dem Wohnbereich von Katharina Berger näherte, würde ich ganz in seiner Nähe sein. Um auf alles, was er tun wollte, unmittelbar reagieren zu können. Schließlich musste ich ihn auf frischer Tat überführen, das war das oberste Ziel!

Gegen dreiundzwanzig Uhr stellte ich den Fernseher aus und ging in die Küche. Dort braute ich mir einen Kaffee, der Tote lebendig gemacht hätte. Danach knipste ich im ganzen Haus das Licht aus und ging in Katharina Bergers Zimmer. Dort gab es eine erste Überraschung. Ihr Bett war leer, auch hielt sie sich nirgendwo im Raum versteckt. Dafür gab es nur eine Erklärung: Im Gegensatz zu dem, was sie mir gesagt hatte, ahnte die Frau, in welcher Gefahr sie sich befand. Es war sogar möglich, dass sie die Villa verlassen hatte. Nun, dadurch konnte ich meinen Plan weiter vereinfachen. Als Erstes präparierte ich Katharinas Bett. Sogar eine Perücke hatte ich für diesen Zweck mitgebracht. Als ich damit fertig war, konnte man denken, sie schlafe tief und fest in ihrem Bett. Vorausgesetzt, der Täter kam nicht auf die Idee, das Licht anzuknipsen. Aber es war kaum anzunehmen, dass er das tat. Danach setzte ich mich ans Fenster, mein Warten begann. Ich hatte von dieser Stelle aus einen ausgezeichneten Blick auf das Nachbargrundstück sowie auf den Teil des Berger'schen Grundstücks, den er überwinden musste, um zum Kellereingang zu gelangen. Auch der Mond, der sich in voller Größe am Himmel zeigte und alles mit einem silbrigen Licht überzog, spielte mit. So war ich zuversichtlich, dass dieser unsägliche Spuk in wenigen Stunden sein Ende finden würde.

34

Zunächst passierte zwei Stunden erst einmal nichts. Außer dass in der Ferne ab und an ein Hund kläffte. Ansonsten lag alles da, als wäre weit und breit der ewige Frieden ausgebrochen. Ich begann schon daran zu zweifeln, ob heute Nacht überhaupt etwas geschehen würde. Doch plötzlich hörte ich ein leises Knarren. Es kam aus Richtung Treppe und war kaum wahrzunehmen, aber mein Gehör war intakt. Und wieder knarrte es, dieses Mal schon deutlicher. Offenbar hatte die Warterei ein Ende!

Eins war merkwürdig, dass ich niemanden hatte kommen sehen. Der Unbekannte musste einen anderen Weg gewählt haben. Ich ging zu Katharinas Bett, legte mich mit dem Rücken auf den Boden und schob mich darunter. Vorsichtshalber entsicherte ich die Beretta und legte sie griffbereit neben mich auf den Boden. Danach beruhigte ich meinen Atem. Ich war bereit!

Eine Weile hörte ich nur das Ticken einer Uhr. Wahrscheinlich stand der Täter vor der Tür und lauschte.

Dieses Mal sollte ich Recht behalten, denn bald darauf sah ich, wie sich die Tür langsam zu öffnen begann und der Eindringling den Raum betrat. Er trug Turnschuhe. Vorsichtig bewegte er sich in meine Richtung, in unmittelbarer Nähe meines Kopfes blieben die Turnschuhe stehen. Kurz darauf knallte es dreimal. Es klang dumpf und unterdrückt. Ich begriff, er hatte eine Waffe mit Schalldämpfer benutzt. Aber wie dem auch war: Ich musste schnell handeln. Ich dirigierte meine Hände in Richtung seiner Turnschuhe und schob den Körper vorsichtig hinterher. Entschlossen packte ich den Täter bei den Fußgelenken und riss ihm im selben Moment die Beine weg. Es krachte, gleichzeitig hörte ich einen Schrei und irgendwo im Raum die Waffe aufschlagen. Blitzschnell schob ich mich unter dem Bett hervor, und schmiss mich auf die am Boden liegende Person. Die war derart überrascht, dass sie nicht die Spur von Widerstand leistete. Ich konnte endlich das machen, worauf ich seit Tagen regelrecht hingefiebert hatte. Ich riss dem unter mir Liegenden die Maske vom Gesicht.

Anna Berger starrte mich mit weit aufgerissenen Augen an.

»Ihre Schwester ist umgezogen«, sagte ich und lächelte sie an.

Es dauerte, bis sie murmelte: »Sie!«

»Sie haben mich doch selbst engagiert, dass ich auf sie aufpasse.«

Ich spürte, wie sich die Erstarrung ihres Körpers zu lösen begann.

»Lassen Sie mich!«, fauchte sie, während ich in ihren Augen ein Gemisch aus Wut und Verzweiflung bemerkte. Gleichzeitig begann sich ihr Körper aufzubäumen.

»Frau Berger, Sie sind eine dreifache Mörderin! Sie wollten sogar einen vierten Mord begehen. Und zwar an Ihrer Schwester! Wozu sind Sie noch fähig?«

»Halten Sie den Mund!«

»Wie sind Sie eigentlich in die Villa gekommen?«

»Sie sollen mich loslassen! Sie widerlicher Kerl! Wollen Sie mich etwa vergewaltigen? Das wird Sie teuer zu stehen kommen! Ich hetze Ihnen die besten Anwälte auf den Hals. Die zerpflücken Sie! Dann sind Sie das, was sie immer waren: ein jämmerliches Nichts! Ein mieser, kleiner Schnüffler! Ein ...«

»Sie waren gar nicht in München? Sie hielten sich in der Villa versteckt, haben mich von hier aus angerufen.«

Statt zu antworten, schaffte sie es, mir mit aller Kraft in den Arm zu beißen. Gleichzeitig versuchte sie mich abzuschütteln. Doch es nützte ihr alles nichts, ich war ungleich kräftiger als sie. Hinzu kam, dass ich wütend wurde. Ich gab ihr eine schallende Ohrfeige, die auch als Boxhieb durchgegangen wäre. Benommen hielt sie inne. Danach presste ich sie derart an den Boden, dass sie sich keinen Millimeter bewegen konnte. Mein Mitleid mit dieser Frau war endgültig aufgebraucht.

Ich fauchte sie an: »Warum wollten Sie, dass ich Ihre Schwester beschütze?«

»Sie können Fragen stellen! Der Mörder muss am Tatort sein, wenn es passiert. Wo sonst!« Auf einmal lachte sie mir hämisch ins Gesicht. »Es wäre mir eine riesige Freude gewesen, wenn Sie für den Rest Ihres Lebens hinter Gittern gesessen hätten. Sie miese Ratte!«

»Was habe ich Ihnen getan?«

»Sie wollten mir Cordula wegnehmen! Denken Sie etwa, ich bin blind?«

»Sie und ich, wir haben miteinander geschlafen!«

Sie guckte mich belustigt an. In ihrem Blick lag nicht die Spur von Bedauern. »Das musste sein! Es war mein Plan! Einzubilden brauchen Sie sich darauf nichts!« Sie musterte mich eine Weile. »Letztendlich habe ich Sie wohl unterschätzt. Das war schon immer eine meiner großen Schwächen!«

»Tut Ihnen wenigstens Cordula leid?«

Sie schloss kurz die Augen, dann fauchte sie mich wieder an. »Lassen Sie Cordula aus dem Spiel! Sie ist ein so liebes, wunderbares Mädchen! Doch ich konnte nicht anders! Ich musste es tun! Hoffentlich kommt sie schnell über alles hinweg.«

Ich wollte ihr noch irgendetwas Schlimmes an den Kopf werfen. Aber ich brachte es nicht raus. Der Gedanke, dass sie mich als Täter aufgebaut hatte, schnürte mir regelrecht die Luft ab. Ich hockte nicht auf einer schönen, verführerischen Frau, ich hockte auf einem monströsen Ungeheuer!

Auf einmal hörte ich, dass sich jemand räusperte. Erschrocken fuhr ich herum und blickte in das bleiche, angespannte Gesicht von Katharina Berger. Sie hatte es in ihrem Versteck nicht mehr ausgehalten. Ihr Blick hing wie festgezurrt an ihrer jüngeren Schwester.

Die lächelte spöttisch. »Hast du also auch meinen Plan durchschaut?«

»Herr Marowski, lassen Sie uns bitte allein!«, forderte die Ältere mich auf.

Ich nickte, hob Anna Bergers Waffe auf, entnahm ihr das Magazin, steckte es mir in die Jackentasche und ging aus dem Raum. Was blieb, waren die Schwestern, inmitten einer unheilvollen Stille.

35

Ich hatte die Tür einen Spalt offen gelassen. Es reichte, um mithören zu können.

»Anna, bist du wütend, dass es der Firma in der letzten Zeit nicht so besonders geht?«

»Du verspekulierst unser Erbe!«

»Nein, das tue ich natürlich nicht! Es ist richtig, ich hatte in letzter Zeit kein besonders glückliches Händchen, aber trotzdem haben wir genug! Im Übrigen: Es kommen auch wieder bessere Tage. Das musst du mir glauben!«

»Lass die Floskeln. Du treibst uns nicht nur in den Ruin, du hast mich auch mit diesem Nachfolger erpresst! Eigentlich hast du mich das ganze Leben lang erpresst! Alles Unglück kommt von dir! Alles, Katharina!«

»Anna, das darfst du nicht sagen!«

»Aber das macht niemand mit mir! Auch du nicht! Dieser entsetzliche Mönchberg protzte sogar damit, dass er die Gene zu Zwillingen in sich trage. Stell dir vor: Ich sollte Zwillinge bekommen! Eine Horrorvision! Eine Million habe ich ihm geboten, wenn er für eine gewisse Zeit untertaucht und mich in Zukunft in Ruhe lässt. Ja, ich habe mein Angebot schließlich sogar verdoppelt! Aber er lachte mich nur aus. Bestand darauf, unbedingt Kinder mit mir zu haben! Wie ein starrsinniges Kind! Meinte noch stolz, aus ihnen würde etwas ganz Besonderes werden! Unsere Gene würde sich ideal ergänzen. Halb Künstler, halb Naturwissenschaftler! Er war wie besessen davon. Und du standest auf ihn! Sahst in ihm den Garant für einen Erben wie aus dem Bilderbuch! Wenn ich mit dem ins Bett gemusst hätte, ich wäre gestorben. Mir blieb keine Wahl!«

»Warum hast du es mir nicht gesagt?«

»Die Alternative war Bornholm. Der hat das Geld sofort genommen und ist verschwunden. Alles ging gut, bis er dahinterkam, was mit Mönchberg wirklich passiert war. Von da an versuchte er mich zu erpressen. Wurde immer unverschämter. Ich war gezwungen, ihn zu beseitigen! Ich hatte keine Wahl! Bei deinem Jacques war es dasselbe, er hat nach Bornholms Tod dessen Platz eingenommen und mich erpresst. Um beide ist es nicht schade! Sie waren Menschen, um die man nicht trauern muss.«

»Mein Gott, Anna, wie redest du!«

»Schuld an allem bist du! Wolltest eine Gebärmaschine aus mir machen!«

»Aber Anna, für eine gesunde Frau ist es doch nicht schlimm, wenn sie ein Kind zur Welt bringt. Im Übrigen, du hättest jede Unterstützung bekommen. Ein, zwei, meinetwegen drei Kindermädchen, überhaupt alles, was du wolltest! Einer muss doch wenigstens da sein, in dem wir weiterleben. Verdammt, warum plage ich mich sonst jeden Tag ab! Wozu soll unser immer noch riesiges Vermögen sonst gut sein?«

»Und für den Rest meines Lebens hätte ich zu hören bekommen: Anna, du machst zu wenig für das Kind. Was soll aus dem Kleinen werden? Es braucht vor allem die Mutter. Das wäre ich nie los geworden! Nie! Warum hast du nicht für Kinder gesorgt?«

»Es ging nicht. Ich wollte ja! Das weißt du!«

»Du und deine Fehlgeburten! Die hast du doch selbst herbeigeführt! Alles andere sind Ausreden!«

»Hör auf! Du weißt, das stimmt nicht!«

Plötzlich schrie die Ältere: »Steck dieses Ding weg! Bitte, Anna! Wir bekommen das alles schon irgendwie wieder hin! Anna, ich verzeih dir! Bitte, Anna! Nur steck deine entsetzliche Waffe weg! Außer diesem Marowski ahnt niemand etwas! Wir geben ihm Geld! Er wird damit zufrieden sein!«

Ich hörte die Jüngere höhnisch lachen. »Vergiss nicht, ich wollte dich umbringen! Wir beide kommen in diesem Leben nicht mehr miteinander klar! Verdammt, ich hätte es gleich tun sollen. Nicht erst Mönchberg, Bornholm, Jacques. Das war völlig überflüssig. Allein du warst mein Problem! Von vornherein.«

»Warum bist du nicht einfach weggegangen? Hättest irgendwo ein Leben ohne mich angefangen? Geld hast du doch genug!«

Eine Weile hörte ich nichts, dann sprach die Jüngere leise. »Ich weiß auch nicht, warum das so ist. Aber ich brauche einfach diese Stadt, dieses Haus, mein Atelier, links den Rhein, rechts den Schwarzwald, die Leute, die ich hier kenne. Nur in diesem Umfeld fühle ich mich so, dass ich malen und leben kann.«

Beschwörend entgegnete die Ältere: »Denkst du, ich habe mich nach der Mutterrolle dir gegenüber gesehnt? Ich fühlte mich nur in die Pflicht genommen. Wer hätte es sonst tun sollen? Für meinen Geschmack warst du immer zu leichtlebig. Glaube mir, ich habe stets nur versucht, mein Bestes zu geben.« Und nach einer Pause hörte ich sie leise sagen: »Schuld daran ist Mutter! Sie hätte sich nicht einfach davonschleichen dürfen! Alles wäre anders gekommen.«

»Lass unsere Mutter aus dem Spiel! Sie wäre eine phantastische Pianistin geworden. Doch niemand ließ sie! Damit ist sie nicht fertig geworden. Und du willst, dass ich auch so ende!«

»Das stimmt nicht!«

»Doch! Du hast über meine Malerei immer die Nase gerümpft!«

»Das ist nicht wahr! Im Gegenteil: Ich bewundere dein Talent! Mutter dagegen war krank, psychisch äußerst labil. Ständig hatte sie Migräne oder Depressionen. Egal, ob sie Klavier spielte oder nicht.«

Die Ältere begann hin und her zu gehen. »Gut, hinzu kam, Vater ist ein paar Mal fremdgegangen. Aber du musst ihn verstehen! Er war ein lebenslustiger Mann. Irgendwann ist Mutter dahintergekommen. Das war der endgültige Auslöser. Das wäre aber auch passiert, wenn sie den ganzen Tag nur Klavier gespielt hätte. Alles andere ist Unsinn!«

»Du lügst, wie du mich immer belogen hast!«

»Du hättest mit mir darüber reden sollen!«

»Du warst ja nie zu bremsen. Als das mit Bornholm und Mönchberg nichts wurde, hattest du sofort die künstliche Befruchtung zur Hand.«

»Ich dachte, dieser Detektiv gefiel dir. Ich hatte mich schon mit ihm abgefunden.«

»Du glaubst doch nicht ernsthaft, dass ich von dem ein Kind wollte!«

Anna lachte hysterisch auf, aber nur kurz, danach war nichts mehr zu hören. Eine geradezu unheimliche Stille machte sich breit. Doch jäh wurde sie von einem Schuss durchbrochen. Ich stürzte ins Zimmer. Anna Berger lag ausgestreckt auf dem Boden, in einer ständig größer werdenden Blutlache, die aus der Herzgegend gespeist wurde. Die Augen hatte sie weit aufgerissen, und in ihrer Rechten hielt sie einen kleinen Revolver. Sie war also mit zwei Waffen gekommen. Ich wusste sofort, da gab es nichts mehr zu behandeln. Hier konnte nur noch der Totenschein ausgestellt werden. Ansonsten fand ich, dass die beiden Frauen dieses offene Gespräch schon lange vorher hätten führen sollen. Möglich, dass es dann nie so weit gekommen wäre.

Katharina Berger stand ein paar Meter entfernt, aschfahl im Gesicht, ihr Körper starr vor Schreck. Sie war weder in der Lage zu schreien noch zu weinen. Langsam ging ich zu ihr hin und zog sie an mich. Es dauerte eine ganze Weile, bis sich endlich der Krampf in ihrem Inneren löste und ihr die ersten Tränen über das Gesicht liefen. Irgendwann murmelte sie »Danke!« und machte sich frei.

»Rufen Sie Professor Goldmann an. Danach benachrichtigen Sie bitte die Polizei. Wenn die da sind, geben Sie ihnen ein paar unverbindliche Auskünfte. Auf keinen Fall ein Wort über Ihren Auftrag! Ich habe Sie lediglich konsultiert, sagen wir, in Fragen der Firmensicherheit.«

»Da sollten wir uns näher abstimmen.«

Sie machte einc wegwerfende Handbewegung. »Ach, so wichtig ist das jetzt auch nicht mehr! Sagen Sie den Herren von der Polizei einfach, dass ich unter Schock stehe. Und deuten Sie an, dass meine Schwester, wie unsere Mutter auch schon, depressiv veranlagt war. So etwas liegt in den Genen unserer Familie. Professor Goldmann wird es bestätigen. Der tut generell, was man ihm sagt. Immer vorausgesetzt, er bekommt dafür ein anständiges Honorar. Morgen, spätestens übermorgen stehe ich den Herren von der Polizei zur Verfügung. Und jetzt entschuldigen Sie mich!«

In der Tür drehte sie sich noch mal um. »Ach, richten Sie bitte Professor Goldmann aus, er möchte sofort zu mir kommen.« Einen Moment später hatte sie den Raum verlassen.

Ich nickte noch eine Weile, obwohl ich schockiert war, wie die Frau funktionierte. Selbst nach diesen Ereignissen hatte sie schon wieder alles im Blick. Und wie sie mit dem Professor umging! Erst schmiss sie ihn raus, dann wieder ging ohne ihn nichts.

36

Ich hatte noch Professor Goldmann hereingelassen und ihm kurz die Ereignisse geschildert.

»Ich habe so was zwar geahnt! Aber nicht für möglich gehalten«, murmelte er. Danach klopfte er mir anerkennend auf die Schulter. »Mein Lieber, Sie haben ganze Arbeit geleistet.« Er schaute mich durchdringend an. »Herr ...«

»Marowski!«, half ich wie immer.

»Natürlich, Marowski! Jedenfalls, wenn Sie gebraucht werden, sind Sie zur Stelle.« Er lächelte mich vielsagend an. »Ach,

Cordula hat sich inzwischen Gott sei Dank bei mir gemeldet. Sie ist wohlauf. Ich könnte mir vorstellen, sie wird demnächst bei Ihnen auftauchen. Dieses Mal kann ich ihre Neugierde verstehen. Gehen Sie bitte nicht zu hart mit ihr ins Gericht. Sie wird es in der nächsten Zeit ohnehin schwer genug haben.«

»Professor, eine Frage. Es ist wegen der Vollständigkeit. Was hatte Jacques gegen Sie in der Hand?«

Er wandte mir sein Gesicht zu. »Es bleibt aber unter uns!«

Ich nickte.

»Ich habe meiner Frau beim Sterben geholfen. Es war schwer für mich, sie derart leiden zu sehen. Trotzdem hätte ich es nicht tun dürfen. Es kann mich die Zulassung kosten, mich völlig ruinieren. Und Jacques, der mich zu der Zeit öfters chauffiert hat, bekam es dummerweise mit. Dazu meine Spielleidenschaft ...«

Ich nickte. »Frau Berger braucht Sie!«

Der Professor verließ hastig das Zimmer. So, als hätte er Angst, noch mehr über sich preiszugeben.

Kurz darauf rückte die Polizei mit einem ganzen Tross an. Ich hatte damit gerechnet: Die ermittelnden Beamten waren Hauptkommissar Fuchs und Kommissar Mainbach. Als sie mich sahen, schauten sie mich überrascht an.

»Wieder Sie!«, sagte der Hauptkommissar, lächelte dezent und reichte mir die Hand. »Sagen Sie jetzt bitte nicht, das sei Zufall.«

»Ja, natürlich, Zufall! Was sonst?« Dann lächelte auch ich dezent. »Nun ja, nicht ganz.«

»Habe ich es mir gedacht!«

»Den sollten wir mal richtig in die Mangel nehmen, der ...« Weiter kam Kommissar Mainbach nicht. Sein Vorgesetzter wies ihn mit einem kurzen Blick an, den Mund zu halten. »Nun, Herr Marowski, dann erzählen Sie mal hübsch der Reihe nach, warum Sie hier sind und was sich in diesem Haus abgespielt hat. Für uns ist natürlich jedes Detail wichtig.«

Häppchenweise gab ich das preis, was Katharina Berger von mir erwartete. Die Villa hatte gewaltige Sicherheitslücken. Keinen Deut mehr. Auch wenn Hauptkommissar Fuchs immer wieder versuchte, sich in mich hineinzubohren. Kommissar Mainbach hatte vollauf damit zu tun, alles mitzuschreiben und mich, wenn sich die Gelegenheit ergab, finster zu mustern. Als sie merkten, dass sie wenig Erfolg bei mir hatten, entließen sie mich. Offenbar waren auch sie müde. Bevor sie endgültig die Villa räumten, versiegelten sie den Tatort.

Anna Berger war zuvor von einem Bestattungsunternehmen in die Rechtsmedizin gebracht worden. Nur der Professor blieb. Er wollte Katharina Berger in dieser schweren Stunde nicht allein lassen. Schließlich musste sie mit sehr unangenehmen Dingen fertig werden. Ich dagegen erkannte, dass ich nicht mehr gebraucht wurde, und machte mich davon.

37

Als ich durch den Tunnel fuhr, begann ich es zu verinnerlichen: Hinter dem Auftrag der Schwestern war der Schlusspunkt gesetzt worden, alles war geklärt. Vor allem, warum es vier Tote gegeben hatte. Ich fühlte mich dadurch weder besonders wohl noch besonders mies, nur völlig ausgebrannt. Wie eine leere Batterie, die zum Aufladen dringend an eine Steckdose gehört.

An der Aral-Tankstelle, die gleich nach dem Tunnel kam, kaufte ich mir einen Sechserpack Pilsner Urquell. Mein absolutes Lieblingsgesöff, das ich allerdings nur konsumierte, wenn etwas wirklich Besonderes anfiel, wie Weihnachten, Geburtstag – oder ich etwas erfolgreich zu Ende gebracht hatte. Dadurch behielt die Marke in meinem ganz persönlichen Wertekanon immer ihren herausgehobenen Status.

Auf der Langen Straße in Höhe Festspielhaus begann es sachte zu regnen. Wassertropfen breiteten sich auf der Windschutzscheibe aus. Nachdem ich am Badischen Hof vorbei war und in die Kaiser-Wilhelm-Straße einbog, war der Regen schon wieder vorbei.

Für den Rest der Strecke brauchte ich ein, zwei Minuten, dann konnte ich meinen Golf neben Frau Welmkes Daimler abstellen. Ich fand, die beiden waren ein total konträres Gespann. Der eine neu, teuer, dazu durch und durch vornehm, der andere alt, zerbeult und nahezu wertlos. Und trotzdem leisteten beide dasselbe: Mit Benzin im Tank brachten sie ihren Besitzer von A nach B.

Mit dem Sechserpack unter dem Arm und der Morgendämmerung im Rücken betrat ich das Haus. Ich hatte gerade die ersten Stufen geschafft, da kam plötzlich die alte Welmke auf mich zu. An ihrer Körpersprache, daran, wie sie sich vor mir aufbaute, mich anschaute, ihre kleine Nase in die Luft streckte, merkte ich, sie war wieder das alte Kampfhuhn, mit dem selbst zu dieser frühmorgendlichen Stunde nicht zu spaßen war.

»Frau Welmke?«, fragte ich, ganz auf Abwehr fixiert.

»Herr Marowski, ich wollte Ihnen schon lange etwas sagen!«

Ich wusste sofort: Was sie unbedingt loswerden wollte, war für mich nichts Gutes. Ich schaute demonstrativ auf die Uhr. »Sie sollten im Bett liegen. Und ich auch!«

»In meinem Alter braucht man nicht mehr viel Schlaf!« Sie holte kurz Luft, streckte den Körper noch einen Millimeter, dann sagte sie mit giftiger Stimme: »Es muss sein!«

»Wenn es nicht zu lange dauert. Meinetwegen.«

»Herr Marowski, ich finde, Sie passen nicht zu dieser Stadt. Sie sind als Baden-Badener Einwohner eine glatte Fehlbesetzung!«

Ich schaute sie mit großen Augen an. »Warum?«

»Schauen Sie mal in den Spiegel.« Ihr Zeigefinger wies auf mein Tattoo. »Dieses entsetzliche Bild, was Sie da am Hals haben, widerlich! Ihre abgerissenen Jeans. Ihr ewig zerknülltes Jackett, Ihre Glatze, die Sie auch noch blankpolieren, Ihr schrottreifes Auto und vor allem Ihr entsetzlicher Beruf. Sie sind einfach kein Baden-Badener! Und werden es nie sein!«

»Wie sieht denn ein richtiger Baden-Badener aus?«

»Wie Dr. Wohlleben!«, kam es wie aus der Pistole geschossen. Dazu lächelte sie mich mit hochgezogener Nase an. »Aber geben Sie sich keinen Illusionen hin, das werden Sie nie schaffen. Nie!«

»Unser Vermieter betrachtet mich als seinen Freund.«

»Das versteh, wer will!«

Ich wollte etwas erwidern, aber sie war nach der Attacke sofort in ihre Wohnung abgetaucht. Die Frau wendete die klassische Guerillataktik an: Plötzlich auftauchen, sofort schießen, danach umgehend verschwinden. Doch statt mich zu ärgern, schüttelte ich amüsiert den Kopf. Was sollte es auch: Ich hatte gerade eine dreifache Mörderin überführt und einen vierten Mord verhindert. Das war doch auch etwas. Im Übrigen, irgendwann würde die alte Dame in einem Altenheim oder gar auf dem Friedhof landen, und spätestens dann würde ich meine Ruhe vor ihr haben.

38

Wie ein Süchtiger trank ich die erste Flasche Pilsner Urquell in einem Zug aus. Danach schaffte ich es gerade so bis zum Bett. Mich auszuziehen schaffte ich nicht mehr, denn einen Moment später war ich eingeschlafen.

Ich träumte. Ich war im Casino und gewann und gewann. Das nannte man eine echte Strähne! Ich brauchte zwei große Alditüten, um all die gewonnenen Jetons unterzubringen. Als ich meinen Gewinn quer durch den Kurpark nach Hause schleppte, riss es mir fast die Arme aus dem Leib. In meiner Wohnung schob ich die Beute kurzerhand unters Bett. Danach hockte ich mich auf den Boden, die entsicherte Beretta in der Rechten. Ich war wild entschlossen, niemanden an meinen Schatz heranzulassen. Egal wer zu mir wollte – ich würde ihn abknallen.

Als ich aufwachte, war es gegen neun Uhr. Ich erhob mich und tapste zum Fenster. Der Himmel präsentierte sich durchweg uneinheitlich: Grau durchsetzt mit blauen Flecken. Ich gähnte herzhaft und streckte mich ein paar Mal, dann tapste ich weiter in Richtung Küche. Dort kam ich vor einem leeren Kühlschrank zum Stehen, doch ich nahm es gelassen. Brühte mir seelenruhig eine Kanne Tee auf und kramte die allerletzte Reserve, einen Kanten Schwarzbrot, hervor.

Während ich zufrieden kaute und ausgiebig Tee trank, durchzuckte es mich urplötzlich, so als hätte mich ein Blitz gestreift. Ich sprang hoch, raste ins Schlafzimmer, schmiss mich auf den Boden und kroch unters Bett. Von prallgefüllten Alditüten war nichts zu sehen. Nur Staub und Dreck!

Gerade wollte ich mich wieder aufrichten, da fiel mein Blick auf ein kleines schwarzes Lederköfferchen. Es lag halb unterm Bett, halb unter dem Schrank. Rasch holte ich den Koffer hervor und ging mit ihm nachdenklich ins Wohnzimmer. Lange konnte es dort unten nicht gelegen haben, denn es war im Gegensatz zu seiner Umgebung kaum verstaubt.

Und dann fiel es mir wie Schuppen von den Augen. Ich hatte schon mal in dieses Köfferchen hineingeschaut. Mit zittrigen Händen öffnete ich die Schnappschlösser und hob den Deckel an. Hunderttausend Euro lagen vor mir. Geld, das Anna Berger gehörte. Aber die war tot. Angeblich sollte damit ein Bild gekauft werden. Doch das war nicht die wahre Bestimmung des Geldes gewesen. Sie hatte mir den Koffer unter das Bett gelegt. Er war allein dazu gedacht gewesen, mich hinter Schloss und Riegel zu bringen. Schließlich trug jeder Schein meine Fingerabdrücke, ebenso der Koffer selbst. Und Anna Berger hätte der Polizei einen Fingerzeig gegeben, wo es lag. Ich wäre in eine Falle getappt, aus der es kaum ein Entrinnen gegeben hätte.

Ich hörte Anna Berger sagen: »Marowski, Sie haben verdammtes Glück gehabt!« Obwohl ich ein bekennender

Atheist war, bekreuzigte ich mich ausgiebig und schickte mehrere dankbare Blicke in Richtung Zimmerdecke. Danach besserte sich meine Stimmung. Immerhin befand ich mich in einer wahrhaft komfortablen Situation. Ich hatte einen Haufen Geld, von dem niemand etwas ahnte, auch würde es nirgendwo fehlen. Idealer ging es nicht!

Ich kippte das Köfferchen über dem Tisch aus und setzte mich auf das Sofa. Als Erstes legte ich die Geldbündel übereinander. Ein regelrechter Geldberg baute sich vor mir auf. Nachdem ich mich eine Weile daran erfreut hatte, schichtete ich um. Die Geldbündel wurden nebeneinander gelegt. Jetzt war der Tisch komplett bedeckt. Zärtlich strich ich darüber. Auf einmal hatte ich das Verlangen, das Geld körperlich zu fühlen. Ich riss die Banderolen herunter und verteilte die Scheine wahllos auf dem Tisch. Danach griff ich mit beiden Händen hinein, stieg auf das Sofa und warf das Geld in Richtung Zimmerdecke. Wie es flatterte! Ein geiles Gefühl! Und es war so phantastisch real! Wäre ich Raucher gewesen, ich hätte, ohne mit der Wimper zu zucken, einen oder vielleicht sogar zwei oder drei Scheine geopfert, um mir eine Zigarre anzustecken.

»Verdammt, Marowski, du bist endlich auch mal reich«, schrie ich mich an. »So reich, alter Junge, das hättest du dir mal nie träumen lassen!«

Es klingelte. Hastig klaubte ich das Geld zusammen, steckte es zurück in den Koffer und schob ihn unter das Sofa. Dann ging ich nachschauen. Vor der Tür stand Cordula Goldmann. Ihr Gesicht wirkte starr wie eine Maske, selbst ihre Locken taten nichts, nur in ihren Augen lag etwas unendlich Trauriges.

»Was ist heute Nacht passiert?«, fragte sie und fügte flehentlich hinzu: »Herr Marowski, bitte schonen Sie mich nicht! Sie müssen mir alles sagen!«

Ich gab ihr ein Zeichen hereinzukommen.

»Kaffee?«, fragte ich.

Sie schüttelte den Kopf. »Sagen Sie mir, was geschehen ist!«

Wir setzten uns. Ich sah, wie die Frau litt. Trotzdem erzählte ich ihr haarklein, was passiert war. Besser, sie erfuhr alles von mir, also aus erster Hand, als verzerrt von Dritten. Während ich redete, hatte Cordula die Hände vors Gesicht geschlagen, ihr Körper zuckte, Tränen liefen ihr über das Gesicht. Neben meiner Rede versorgte ich sie in regelmäßigen Abständen mit Tempotaschentüchern. Wenigstens das konnte ich für sie tun. Mehr war mir einfach nicht vergönnt.

Irgendwann murmelte sie kaum hörbar: »Warum hat Anna so etwas Schreckliches getan? Ich verstehe das nicht!«

Ich lächelte ihr zu. »Jetzt koche ich uns erst einmal einen Kaffee.«

Ohne auf ihre Antwort zu warten, ging ich in die Küche, um ihr Zeit zu lassen, sich auszuheulen. Eine gute halbe Stunde ließ ich sie allein. Dann kam ich mit dem Kaffee zurück. Ich sah, dass sie sich inzwischen beruhigt hatte.

Während wir tranken, fragte ich: »Haben Sie von all dem etwas geahnt?«

Erst schüttelte sie den Kopf, dann sah ich, dass sie schwankte, nach der richtigen Antwort suchte. »Wenn ich ehrlich bin, irgendwie hatte ich ein ungutes Gefühl. Vor allem in der letzten Zeit. Aber ich habe es verdrängt. Mein Bild von Anna entsprach offenbar nicht der Realität. Und trotzdem, dass sie eine mehrfache Mörderin sein soll! Ich kann es immer noch nicht glauben!«

»Sie wusste, ihre Schwester würde keine Ruhe geben. Die wollte den Nachfolger. Unter allen Umständen! Somit wurde sie für Anna das eigentliche Problem. Nur wenn Katharina nicht mehr da war, hatte sie endgültig Ruhe.«

Cordula erhob sich und kam ganz nahe an mich heran. Dann hauchte sie mir einen Kuss auf die Wange. »Danke, Herr Marowski, dass Sie so verständnisvoll zu mir waren. Ich weiß, für Sie war das alles auch nicht einfach.«

»Passen Sie auf sich auf!«

»Ich bin zäher, als ich aussehe.«

Cordula war schon im Gehen, doch plötzlich blieb sie stehen und zeigte auf den Fußboden. »Da liegt ja Geld herum!«

»Falschgeld!«, entgegnete ich schnell. Als sie mich ungläubig anschaute, fügte ich hastig hinzu: »Ein neuer Fall. Das Geld ist meinem neuen Kunden angedreht worden. Ich soll herausfinden, wer es in Umlauf gebracht hat.«

»Ach so!«, murmelte sie, hob schnell den Schein auf, reichte ihn mir und war, noch bevor ich dazu kam, mich zu bedanken, aus dem Zimmer.

Ich starrte noch eine Weile traurig auf die Wohnzimmertür, durch die Cordula verschwunden war. Obwohl sie ihre Partnerin verloren hatte, hatten sich meine Chancen dadurch nicht verbessert. Sie standen unverändert bei Null. Um nicht wieder depressiv zu werden, sammelte ich das restliche Geld ein. Während ich den letzten Schein zurück in den Koffer legte, machte sich das Telefon bemerkbar. Dr. Wohlleben meldete sich.

»Herr Marowski, am besten, Sie kommen auf der Stelle zu mir! Etwas ganz, ganz Wunderbares ist passiert! Das müssen Sie miterleben! Also, setzen Sie sich in Bewegung! Es ist ein Befehl!«

Ohne meine Antwort abzuwarten, hatte er das Gespräch beendet. Ich lachte grimmig: Etwas ganz Wunderbares war passiert! Ich wusste nur, dass jede Menge Entsetzliches passiert war.

Als ich ihm gegenüberstand, wusste ich sofort, dass mein Vermieter wieder zurück in sein Leben gefunden hatte. Frisch frisiert, das kleine Lippenbärtchen akkurat geschnitten, um seinen Mund ein feines, versnobtes Lächeln, außerdem steckte er von oben bis unten in noblen Sachen. Ja, er war wieder der Alte! Ansonsten konnte er es kaum erwarten, mir etwas zu zeigen.

»Da!« Sein Arm wies stolz auf das Aquarium. »Schauen Sie nur!«

Ich sah natürlich sofort, was sich verändert hatte. Ein Schwarm kleiner Fische schwamm munter herum, während die älteren dem Treiben mit gewohntem Gleichmut begegneten. Schweigsam und mit glänzenden Augen schauten wir eine geraume Weile zu. Diese kleinen, unscheinbaren Fische schafften es, dass ich mich zu entspannen begann.

»Thomas wäre so glücklich gewesen«, sagte Dr. Wohlleben schließlich.

Ich nickte und fand, dass es trotz des freudigen Ereignisses an der Zeit war, ihm in groben Zügen zu berichten, was passiert war. Schließlich war er mein letzter Auftraggeber und hatte damit ein Anrecht auf Informationen aus erster Hand. Als ich mit meinem Bericht fertig war, murmelte er: »Anna also!«

»Doktor, haben Sie es geahnt? Ich bitte Sie händeringend, geben Sie mir eine ehrliche Antwort!«

»Jein! ... Verrückt alles! Thomas musste sterben, weil er ihr Geld verschmähte und dazu mit seinen Genen prahlte. Er würde ihr locker Zwillinge schenken. Erst im Nachhinein wird mir klar, was das für Anna bedeutete! Zwillinge! Für sie eine absolute Horrorvorstellung! Schon ein Kind war für sie zu viel! Und ihr war es damit ernst, todernst!«

»Warum haben Sie mich mit dem Professor auf die falsche Spur gehetzt?«

»Einmal, weil ich Spielern wirklich alles zutraue. Zum anderen konnte ich generell Informationen über ihn gebrauchen. So ganz habe ich seine Mietschulden nämlich noch nicht abgeschrieben. Ich sehe nicht ein, dass ich für seine Spielleidenschaft aufkommen soll. Andererseits hat er mir geholfen, wieder auf die Beine zu kommen. Kurzum, ich muss mir die ganze Sache in Ruhe durch den Kopf gehen lassen.«

Plötzlich lächelte er mich verschmitzt an. »Wie dem auch sei: Für Sie bedeutet das zwei Jahre mietfrei!«

»So ist es, Doktor! Zwei Jahre mietfrei!«

»Nun, Herr Marowski, aber die Nebenkosten, die müssen Sie mir natürlich trotzdem überweisen.«

Ich nickte ergeben. Denn immerhin ging es mir momentan ein klein wenig wie ihm: Geldsorgen gehörten nicht zu meinen drängendsten Problemen.

Leseprobe

Die große Gestalt beugte sich über das Bündel am Boden. Dann ging der Mann in die Hocke und verharrte reglos. Seine Augen hatten sich längst an das Dämmerlicht gewöhnt. Eine entfernte Straßenbeleuchtung spendete gerade so viel Licht, dass er deutlich sah, was geschehen war. Doch die Wirklichkeit drang nicht in sein Gehirn vor. Es weigerte sich zu begreifen, dass Leben unwiederbringlich ausgelöscht werden konnte, dass der Tod ein Zustand war, der absolut und unumkehrbar ist.

Noch einmal fassten seine Hände die Schultern des Toten am Boden und versuchten, sie anzuheben. Noch immer war da die Hoffnung, eine Regung des leblosen Körpers zu spüren. Nur einen Funken Lebenswillen, der die Bemühungen, ihn aufzurichten, durch eine kleine Bewegung unterstützt hätte.

Mühsam nur erreichte die Realität sein Bewusstsein. Langsam setzte das Erkennen ein. Was hatte er getan? Wie war er nur auf diese wahnwitzige Idee verfallen? Wie hatte er sie in diese ausweglose Situation manövrieren können? Es war alles seine Schuld. Er hatte das größte aller Verbrechen begangen. Durch ihn hatte ein Mensch sein Leben verloren.

Er nahm das herannahende Dröhnen des Intercitys nicht wahr. Erst die Scheinwerfer des Zuges, die für einige Sekunden die Szene in grelles Licht tauchten, rissen ihn aus seiner Erstarrung. Dann donnerte der Zug in den nebenliegenden Tunnel und gab ihm Gelegenheit für einen Schrei. Er schrie sich die Lunge aus dem Hals. Er schrie seinen Schmerz in die Dunkelheit. Er durfte für ein paar Momente seiner Verzweiflung eine Stimme geben, weil niemand ihn in dem Getöse hören konnte.

Es war längst wieder Ruhe eingekehrt. Nur der ferne Straßenlärm der nächtlichen Stadt lag in der Luft. Noch lange schluchzte er immer wieder auf, wimmerte leise mit bebenden Schultern. Irgendwann hatte seine Hand die Kraft, dem Toten sanft die Augen zu schließen. Ein Ruck ging durch seinen drahtigen Körper. Er griff in die Taschen des leblosen Mannes am Boden und fischte einen Euro, zwanzig Cent und zwei Griwna-Scheine heraus. Dann erhob er sich und ging über die Gleise durch den Nieselregen davon.

Mittwoch, 9. März 2005

»Das Band ist da.« Lucas Stimme am Telefon klang, als wolle er den Frühling verkünden.

»Okay. Wir fahren zusammen rüber ins LKA.« Hauptkommissar Bialas schob mit Genugtuung die Akte beiseite, die er soeben bearbeitet hatte, und dankte Luca innerlich für die Unterbrechung. Seit einer Restrukturierung der gesamten Polizei des Landes waren im Landeskriminalamt viele technische Einrichtungen und die entsprechenden Spezialisten der Kriminalpolizei des Landes konzentriert. Auf hohem fachlichen Niveau standen diese nun allen städtischen Polizeipräsidien zur Verfügung. Was auf den ersten Blick durchaus sinnvoll erschien, hatte eine Flut von Anträgen und Formularen zur Folge und bedeutete, dass Bialas für viele Dienstleistungen nervige Fahrten quer durch die staugeplagte Stadt auf sich nehmen musste.

Im Medienraum des LKA erwartete sie eine junge freundliche Kollegin mit braunem Haar und bernsteinfarbenen Augen. Bialas hatte schon einige Male mit ihr zu tun gehabt. Er konnte sich jedoch nie merken, ob sie Schumann, Schuster oder Schubert hieß. Die kleine Frau Schu... begrüßte sie fröhlich, sah mit großen Augen Luca an und hatte sich ganz offenbar augenblicklich in ihn verknallt.

»Na, dann kann's ja losgehen.« Luca reichte ihr die Tonkassette, die in der Notrufzentrale mitgeschnitten worden war. Frau Schu... fütterte damit ein kleines Gerät, hackte Befehle in eine Computertastatur und erweckte so einen der drei Bildschirme auf dem Schreibtisch vor ihr zum Leben. Nach weiteren Eingaben begann der Pegel des Spektrogramms auf dem Bildschirm zu zittern und begleitete mit schnellem Auf- und Niederzucken, was sie nun hörten. Nach einem Rauschen war die Stimme des diensthabenden Beamten zu vernehmen:

»Notrufzentrale, was kann ich für Sie tun?«

Es folgte Stille. Das Atmen eines Menschen konnte fast nur erahnt werden.

»Hier ist die Notrufzentrale. Liegt bei Ihnen ein Notfall vor? Bitte melden Sie sich.«

Wieder kam lange keine Antwort. Dann hörten sie die Stimme eines Mannes. Keine tiefe Stimme, fast sanft, mit einem rauen Unterton und starkem Akzent:

»Bitte – schauen an Zug-Gleis, bei Tunnel. Bei Firma Wagner. Toter Mann dort.«

»Wer sind Sie? Bitte nennen Sie Ihren Namen.«

Am anderen Ende der Leitung war nun deutlich das Atmen eines Menschen zu hören.

»Sagen Sie mir bitte, wo Sie sind«, insistierte der Beamte.

Wieder nur das schwere Atmen. Und schließlich noch einmal die leise rauchige Stimme, fast flehentlich:

»Bitte schauen, bei Tunnel, wo ist Bahnchof. Dass Mann kann bekommen Grab.«

Dann wurde aufgelegt.

Das Band war zu Ende.

Die kleine Frau Schu... drückte blitzschnell auf Knöpfe, fuhr das Band in Sekundenschnelle zurück, ließ ihre Finger auf Tastatur und Maus herumsausen und startete es noch einmal. Wieder hörten sie die sachlich-nüchterne Stimme des Beamten. Wieder verfolgten sie das Atmen und die abgehackten Sätze des Anrufers.

Nachdem wieder Stille im Medienraum herrschte, sagte Luca: »Man hat zunächst die Kollegen bei der Kriminaldauerwache verständigt. Die konnten den Fundort vor allem deswegen ausmachen, weil der Mann die Firma Wagner genannt hat. Wagner hat zwischen dem Feuerbacher Tunnel und dem Nordbahnhof ein altes zerfallenes Lagerhaus. Aber der Name Wagner ist groß draufgepinselt und immer noch gut lesbar.«

»Was ist das für ein Landsmann?«, fragte Bialas die freundliche Kollegin.

»Bestimmt ein Klingone«, schaltete Luca sich ein. »Ein Sizilianer ist das auf jeden Fall nicht.«

»Ein Klingone?« Bialas runzelte die Stirn. Lucas Faible für die Star-Trek-Episoden war ihm fremd.

»Die krächzen genauso«, erklärte Luca.

»Osteuropäer«, sagte Frau Schu... und warf Luca einen heißen Augenaufschlag zu. »Ich würde sagen, aus den GUS-Staaten. Ein Pole ist es nicht. Die sprechen das L anders aus. Und die Tschechen haben nicht so ein gutturales Ch: ‚Bahn-Chof'. Serbisch oder Kroatisch kommt für mich eigentlich auch nicht in Frage. Ich werde das aber noch mal genau auswerten. Ich würde sagen, GUS, ehemalige Sowjetunion, also ein Russe. Beim BKA, da gibt es einen, der könnte Ihnen sogar sagen, ob das ein Nordrusse oder ein Südrusse oder Vor-dem-Ural- oder Hinter-dem-Ural-Russe ist. Aber den bekommt man nur in besonderen Fällen. Der ist ziemlich ausgebucht, seit wir so viel mit der Russen-Mafia zu tun haben.«

»Südrusse?«, fragte Luca erstaunt.

»Na ja, man könnte auch Ukrainer dazu sagen«, meinte Frau Schu... verlegen.

»Kann man erkennen, in welchen Räumen er spricht?«, fragte Bialas.

»Ich schätze mal: eine Telefonzelle. Aber das müsste ich noch genauer analysieren.«

»Tun Sie das bitte. Und machen Sie uns eine Abschrift von dem Band.«

Bialas wandte sich zum Gehen.

»Und mehr wollen Sie nicht wissen?«, fragte Frau Schu... fast ein bisschen enttäuscht.

»Was könnten wir denn noch wissen wollen?«, fragte Luca.

»Zum Beispiel, in welcher Verfassung der Mann war, wie alt er etwa ist, was für ein Typ ...«

»Und?« Bialas wandte sich ihr wieder zu.

»Also, ich würde sagen: Kein alter Mann, eher ein jüngerer. Kein Schläger oder Großmaul, also eher der verhaltene, unauffällige Typ. Vor allem aber hatte er eine Scheißangst. Der wirkt verängstigt oder verzweifelt.«

»Und das hören Sie alles aus dem bisschen Band?« Luca zeigte sich beeindruckt.

»Ist ja schließlich mein Job.« Frau Schu... strahlte ihn mit ihren bernsteinfarbenen Augen an und versprach, so schnell wie möglich die weiteren Analysen durchzuführen und einen ausführlichen Bericht zu liefern, der spätestens am nächsten Vormittag an das Präsidium weitergeleitet werden würde.

Dienstag, 12. April 2005

Das neue Kongress- und Messezentrum, kurz KMZ genannt, war ein heiß umstrittenes Projekt, wie Bialas wusste. Jahrelang hatten sich Bauern und Anwohner dagegen gewehrt, dass hier eine der fruchtbarsten Ackerlandschaften der Region kommerziellen Interessen weichen sollte. Es war demonstriert und verhandelt worden. In Gemeinderatssitzungen wurde heftig gestritten. Gerichte wurden angerufen, die Presse mobilisiert. Die Bauern wehrten sich vehement gegen die Enteignung durch den Staat. Auf ihren Feldern wuchs das beste Spitzkraut, das man sich nur denken konnte. Das Sauerkraut von den Fildern, das man daraus machte, war weit über die Grenzen der Region hinaus bekannt. Die Gemeinden ringsum befürchteten indes vor allem eine weitere Verkehrsbelastung des ohnehin durch Flughafen, Autobahnen und Gewerbegebiete gepeinigten Lebensraums.

Nun stand Bialas vor einer Wüstenlandschaft unter einem bleigrauen Aprilhimmel. Die Bagger und Planierraupen hatten gründliche Arbeit geleistet. Was hier noch wachsen würde, waren Beton- und Glasfassaden. Und vielleicht irgendwann einmal ein paar wohldisziplinierte Ziersträucher und Blütenstauden nach den gestrengen Vorgaben eines stilsicheren Landschaftsarchitekten.

Das Dröhnen eines Kippladers riss ihn aus seinem versunkenen Blick auf diese Mondlandschaft. Das Fahrzeug, das unglaublich schnell auf sie zugeschossen kam, bremste mit solcher Wucht, dass die Reifen sich in den festgefahrenen Untergrund fraßen. Aus der Kabine sprang ein kleiner drahtiger Mann von offenkundig türkischer Abstammung. Dreckverkrustete Gummistiefel, die Arbeitskleidung und der obligatorische Schutzhelm wiesen ihn als heimisches Wesen dieser Baustelle aus. Dabei waren vor allem seine Stiefel und Hosen von puderigem weißem Staub überzogen. Das dichte Haar unterm Helm zeigte zwischen viel Grau kaum noch eine dunkle Strähne. Dafür prangten Schnurrbart, Brauen und die Augen in dem wettergegerbten Gesicht in glänzendem Schwarz.

Der Mann ging mit entschlossenem, geraden Blick auf Bialas zu und fragte: »Du Polizei?«

»Wir.« Bialas zeigte auf Hanna und sich.

»Kommen«, ordnete der Bauarbeiter in festem Ton an, stieg behände in die Kabine des Kipplasters und öffnete von innen die Tür der Beifahrerseite. Bialas und Hanna kletterten in die Kabine, die angesichts der Größe des Gefährts erstaunlich eng war. Sie hatten kaum die Tür geschlossen, als der Motor wieder aufheulte und der Laster auch schon nach vorne schoss. In einem Affentempo ging es über die Baustellenpisten, die, zerpflügt durch schwere Fahrzeuge, unzählige Schlaglöcher hatte, sodass sich Hanna, die in der Mitte saß, fest an Bialas' Arm klammern musste, um nicht ständig gegen ihren Chauffeur geschleudert zu werden. So überquerten sie die ganze Baustelle bis zu den eingefrästen Flächen fast am Ende des Geländes, wo bereits erste Gebäudestümpfe aus Beton aus dem Boden wuchsen. Stahlarmierungen, Verschalungen, Gerüste und Kräne bildeten hier einen undurchschaubaren Wirrwarr. Auf einem der Tafelberge am Rande einer der ausgehobenen tiefergelegten Flächen trat ihr Fahrer kräftig auf die Bremse. Wieder kam der Kipplader jäh zum Halten.

»Hier ist tote Mann«, sagte ihr türkischer Fahrer, blickte sie bedeutungsvoll an und fügte leise, aber bestimmt hinzu: »Nix war Unfall.« Dann sprang er aus dem Lastwagen, öffnete von der anderen Seite die Tür und ließ die beiden aussteigen.

Bialas trat an den Rand und versuchte, sich ein Bild zu machen. Sie befanden sich hier fast am Ende des riesigen Bauareals, am Ostrand, der direkt an die Autobahn grenzte. Das gleichbleibende Brummen des Autoverkehrs lag in der Luft. Das Gelände fiel zu der breiten sechsspurigen Straße hin ab. Dort, wo der Höhenunterschied zwischen Bauplateau und Autobahn am größten war, hatte man eine langgezogene Fläche ausgebaggert. Es war ein steiler Abhang entstanden, an dessen Rand nun die Polizisten standen und dessen Hänge mit Matten belegt waren, die ein Abrutschen der Erde verhindern sollten.

Am Grunde der ausgehobenen Fläche war bereits ein halbrundes Fundament von mindestens fünfzehn Metern Durchmesser zu erkennen. In einem großen Halbbogen zur Autobahn hin ragten darauf montierte Verschalungen von fast drei Metern in die Höhe. Im Halbrund liefen parallel zwei Schalwände, aus denen in gleichmäßigen Abständen Eisenstäbe hervorschauten. Was hier einmal entstehen sollte, war kaum zu erkennen. Am linken Ende der Verschalung hing am Haken eines weiteren Krans ein schmales hohes Schalbrett. Es schwebte über David und Goliath, die sich dort unten heftig stritten.

David war, durch seine rot-weiße Kleidung deutlich zu erkennen, ein kleiner schmächtiger Notarzt. Immer wieder schüttelte er den Kopf und hob abwehrend die Hände, als wolle er sich Goliath vom Leibe halten. Seine Stimme wurde vom Rauschen des Verkehrs vollkommen verschluckt. Goliath, sein Gegenüber, war gut einen Kopf größer und hatte doppelt so breite Schultern. Sein Outfit, die Stiefel und der Helm, wiesen ihn als Baumenschen aus. Auch wenn nicht zu verstehen war, was er sagte, so war doch deutlich zu vernehmen, dass er immer wieder auf den Kleineren einschrie, wobei er seine riesige Faust bedrohlich in Richtung des gegnerischen Gesichts sausen ließ. Zwei uniformierte Kollegen und ein Sanitäter standen hilflos daneben und schienen die Situation in keiner Weise zu beherrschen.

Zwei weitere Kollegen in Uniform, denen man gnädigerweise die hohen Baustellenstiefel verpasst hatte, kamen auf sie zu. In ihren Händen hielten sie die rot-weißen Absperrungsbänder, mit denen sie ganz offensichtlich nichts anzufangen wussten.

»Dort unten liegt der Tote«, informierte sie einer der beiden. »Zwischen den Schalbrettern. Wir haben den Auftrag, die ganze Baugrube abzusperren. Aber können Sie mir mal sagen, wie wir das machen sollen?«

An etwa sechs Stellen führten rohe hölzerne Stufen hinunter in die Grube. Sie abzusperren machte jedoch wenig Sinn. Von allen Seiten konnte, wer nur wollte, auf das Areal gelangen. »Lassen Sie's«, sagte Bialas. »Und bringen Sie uns lieber zum Fundort.« Ein Kollege führte sie zu einer der Bautreppen und stieg mit ihnen hinunter. Sie traten zu David und Goliath und zeigten ihre Ausweise.

»Herr Kommissar, er will, dass ich den Toten dort raushole«, sagte der Arzt hilfesuchend. Er war ein schmalbrüstiger, blasser junger Mann, der aussah wie ein Student im vierten Semester. Zugleich hatte er jedoch dunkle Ränder unter den Augen, als ob er die ganze Nacht im OP gestanden hätte.

»Er behauptet, das könne nur ein Unfall gewesen sein.

Aber schauen Sie sich das doch mal an. Für mich ist das kein Unfall!« So schmächtig er war, so war er offensichtlich doch standhaft und sich seiner Sache sehr sicher.

»Unfall oder keiner – der Kerl muss da weg!«, wetterte Goliath. Der Mann war Mitte fünfzig, ein Bär und ein offensichtliches Baustellengewächs. Das braune Gesicht war wettergegerbt. Dichte Augenbrauen gaben den graugrünen Augen eine verwegene Note. Die kräftigen Hände waren gezeichnet von rauen Materialien und schweren Lasten. Der Bauarbeiter schaute grimmig von einem zum andern.

»Der Beton muss rein, und wenn der da drinbleibt«, schimpfte er weiter. »Seit sieben soll hier der Beton fließen. Zwei Mischer hab ich schon zurückschicken müssen. Die Leute stehen rum und halten Maulaffen feil, und wir können die Termine nicht halten.«

Bialas trat auf ihn zu und zückte einen Notizblock. »Wie ist ihr Name? Welche Funktion haben Sie hier?«, fragte er den Hünen.

»Und wer sind Sie, dass Sie hier einfach mal so ein Milliardenprojekt aufhalten können?«, schnauzte ihn der Mann an.

»Hauptkommissar Andreas Bialas. Und wenn der Arzt hier sagt, dass er eine gewaltsame Todesursache nicht ausschließt, dann werde ich dafür sorgen, dass hier gar nichts geschieht, bis dieser Ort so untersucht worden ist, dass wir auch jeder noch so kleinen Spur nachgehen können. Milliardenprojekt hin oder her.«

Goliath sah ihn grimmig an, drehte sich um und stapfte wortlos davon.

»Kommen Sie«, sagte der bleiche Arzt, der sichtlich froh war, den Druck des großen Mannes los zu sein. Er führte Bialas ans Ende der Verschalung. Das Schalbrett, das über ihnen am Kran in der Luft hing, war offenbar das Abschlussstück für die Wand, die hier einmal entstehen sollte. Nachdem es entfernt war, konnte man nun ein ganzes Stück weit zwischen die parallel verlaufenden Schalwände blicken, bis die Rundung der

Konstruktion die Sicht beendete. Die Schalung war erstaunlich breit. Über einen Meter, so schätzte Bialas den Abstand zwischen den hölzernen Wänden. Die Betonmauer, die hier entstehen würde, war offenbar dafür gedacht, einmal eine schwere Last zu tragen. Zwischen den Holzschalbrettern verliefen in mehreren Lagen Stahlgitter parallel zu den Schalwänden. Sie waren an zahllosen Stellen durch querliegende Eisenstäbe und Drähte miteinander verbunden. Nur etwa einen halben Meter entfernt vom Ende des Korridors lag, wie in die Stahlmatten eingeflochten, ein Mann, den Kopf in Richtung zu seinen Beobachtern. Am Hinterhaupt war selbst von hier aus eine klaffende Wunde zu erkennen. Die Haltung des Mannes wirkte grotesk. Er lag verdreht auf dem Rücken. Seine Beine waren angewinkelt und hingen über seinem Bauch zwischen den Gittern. Die Stäbe, das sah man auf den ersten Blick, waren verbogen und teilweise durchtrennt worden, um Raum für den Körper zu schaffen. Schon bei oberflächlicher Betrachtung sah man die metallisch glänzenden Spuren auf den rostigen Stahlstäben, die eindeutig von Werkzeugen herrührten. Die Metallstäbe waren, so gut es ging, zurück in ihre ursprüngliche Position gedrückt worden. Den Toten da wieder herauszuholen, würde man nicht schaffen, ohne das Eisengeflecht auseinanderzubiegen. Es war nach menschlichem Ermessen unmöglich, dass der Körper, lebendig oder tot, ohne fremde Hilfe an diese Stelle und in diese Position gelangt sein konnte. Bialas konnte sich noch nicht einmal wirklich vorstellen, wie man einen leblosen Körper in diese Lage zwischen die engmaschigen Armierungen schieben konnte. Hier von einem Unfall auszugehen, war absurd.

Aus Birgit Hummler: Stahlbeton. Ein Stuttgart-Krimi.
464 Seiten. ISBN 978-3-87407-988-4.
Der Roman erhielt den Stuttgarter Krimipreis 2011
in der Sparte »Bester deutscher Wirtschaftskrimi«.